FOLIO BIOGRAPHIES

collection dirigée par

GÉRARD DE CORTANZE

Freud

par

René Major
et Chantal Talagrand

Gallimard

Crédits photographiques :

1, 2, 3, 5, 6, 7, 9, 10, 11, 12, 13, 18 : Sigmund Freud Copyrights/Mary Evans Picture Library/Keystone. 4 : Erich Lessing/AKG-images. 8 : Alinari/Bridgeman Giraudon. 14 : Lotte Jacobi/AKG-images. 15 : AKG-images. 16 : Keystone. 17 : Rue des Archives/collection Bourgeron.

René Major, psychanalyste, est l'auteur de plusieurs essais dont *Rêver l'autre* (Aubier, 1977), *L'Agonie du jour* (Aubier, 1979), *Le Discernement* (Aubier, 1984), *De l'élection* (Aubier, 1986), *Lacan avec Derrida* (Mentha, 1991, et Champs Flammarion, 2001), *Au commencement la vie la mort* (Galilée, 1999), *La Démocratie en Cruauté* (Galilée, 2003). Il a été directeur de programme au Collège international de philosophie et préside actuellement la Société internationale d'histoire de la psychiatrie et de la psychanalyse.

Chantal Talagrand, psychanalyste, membre de la Société internationale d'histoire de la psychiatrie et de la psychanalyse, est l'auteur de nombreux articles parus dans diverses revues en France et à l'étranger. Elle a été rédactrice des *Cahiers Confrontation* et de la revue *Contretemps*.

Avant-propos

Sigmund Freud aurait eu cette année cent cinquante ans.

Le problème que posent au biographe la vie et l'œuvre de Freud, et tout ce qui s'est archivé sous ce nom depuis un siècle, n'a aucun précédent dans l'histoire. Ce qui constitue les données d'une biographie, la mémoire, le témoignage, l'archive, les conditions de leur consignation, les lieux de conservation en des traces manuscrites ou imprimées et surtout dans les vestiges d'une écriture psychique individuelle, transindividuelle et transgénérationnelle, tout cela aura été l'objet même de ce qui s'appelle depuis Freud la psychanalyse.

Dès lors, qui parle de Sigmund Freud, qu'il le veuille ou non, qu'il le sache ou non, s'exprime à partir de ces empreintes laissées en lui, dans sa culture, dans sa manière de penser, dans son style, par les traces de la mise en suspens du sens que l'homme depuis des siècles s'était donné de la conscience de lui-même, de son histoire, de ses croyances, de son destin. Mais pas seulement.

L'implication du biographe et de son désir dans l'espace qu'il pouvait prétendre objectiver de l'histoire d'une autre vie que la sienne, d'une vie si intimement liée à l'objet de ses découvertes, ne peut que refléter la façon dont se structure, s'agence, se détermine la mémoire pour lui-même, étant devenu à son tour un lieu d'archive livré à ses propres oublis, remaniements et déplacements. Qui plus est, le projet freudien, dans son effectuation, transforme le statut même de l'objet de l'historien, ses méthodes de lecture et de déchiffrement, sa conception de « la vérité historique ».

D'éminents biographes de Freud avant nous ont pris le parti de traiter l'archive freudienne — et les statuts différenciés que prennent l'œuvre écrite de son vivant, les écrits posthumes ou la correspondance — selon une historiographie ou une herméneutique indépendantes de cette transformation imprimée par Freud à la lecture de l'histoire, telle qu'il l'a mise lui-même à l'œuvre dans *L'Homme Moïse*.

Notre parti aura donc été d'introduire, avec *l'homme Freud*, à ce qu'on pourrait appeler une *biographie analytique*. Non pas au sens où elle appliquerait l'analyse au sujet répondant au nom de Sigmund Freud. Mais au sens où la méthode freudienne change l'écriture de l'histoire, y compris l'écriture de l'histoire de Freud. Au risque de dérouter le lecteur, cette nouvelle biographie — nouvelle dans le sens que nous venons de préciser — ne suit nullement la chronologie linéaire habituelle. Elle voudrait tenir compte de la notion essentielle d'*après-coup* chez Freud selon laquelle le sens d'une expérience ou d'une impression est différé dans le temps, où ce qui apparaît à retardement donne un autre sens à des empreintes laissées auparavant, où nous ne connaîtrons la promesse ou la menace de certaines traces pourtant archivées que dans un temps encore à venir.

Il devrait dès lors apparaître plus nettement encore que, dans les formes concrètes de l'inconscient et de l'histoire, Freud aura rompu radicalement avec toutes les pratiques d'asservissement qui ont marqué l'histoire occidentale. Que ce soit en dégageant le rapport médecin/malade du pouvoir que confère à l'un le savoir et à l'autre l'ignorance, pour rendre à ce dernier le savoir insu qu'il détient en son symptôme ; ou en abolissant les frontières du normal et du pathologique, de l'individuel et du collectif, du rationnel et de l'irrationnel, pour loger ce qui échappe à la conscience en son cœur même et la folie en la raison ; ou encore, et surtout par les temps qui courent, en mettant à l'œuvre une analyse de la sexualité comme productrice de sens dans la singularité d'une histoire, en opposition à l'usage qu'en font tous les dispositifs de pouvoir pour dresser les « usagers » de la vie, les « normaliser » en les évaluant, les qualifiant, les quantifiant. De cette biopolitique, Freud aura été témoin de ses formes les plus extrêmes, dans son alliance à une symbolique du sang et son chevauchement avec les paroxysmes d'un pouvoir disciplinaire. Évoquant cette conjoncture historique encore si proche, Michel Foucault, dans *La Volonté de* *savoir*, rendait à Freud cet hommage : « C'est l'honneur politique de la psychanalyse — ou du moins de ce qu'il a pu y avoir de plus cohérent en elle — d'avoir suspecté ce qu'il pouvait y avoir d'irrémédiablement proliférant dans ces mécanismes de pouvoir qui prétendaient contrôler et gérer le quotidien de la sexualité [...] La psychanalyse doit d'avoir été — à quelques exceptions près et pour l'essentiel — en opposition théorique et pratique avec le fascisme[1]*. » Face aux nouvelles formes larvées et rampantes que prend aujourd'hui le mépris de l'autre, nous aurons voulu rappeler l'actualité insistante de la pensée de Freud et de la praxis proprement politique qu'elle a inaugurée, profondément rebelle à tout arraisonnement.

* Les notes bibliographiques sont regroupées en fin de volume, p. 324.

Pourquoi brûler Freud ?

Dans la nuit du 10 au 11 mai 1933, précisément à 11 heures du soir, à l'heure où régnait habituellement un calme serein, on entendit soudain sur la Opernplatz *à Berlin une musique patriotique qui accompagnait un simulacre d'opéra organisé par l'Université, et l'on vit déferler sur cette scène des troupes d'étudiants suivis de leurs professeurs tenant à la main des torches enflammées. Au cours de ce ballet nocturne d'une jeunesse en liesse qu'encadraient d'étranges groupes de SA et de SS, on pouvait voir des livres passer de main en main et entendre de terrifiantes incantations contre les neuf catégories d'« ouvrages étrangers à l'esprit allemand »* [Undeutsche Schriftmaterial]. *Un étudiant se mit alors à vociférer :* « Contre *ceux qui agitent la lutte des classes et prônent le matérialisme,* pour *une communauté du peuple et un mode de vie idéaliste, je jette aux flammes les livres de Karl Marx. » Un peu plus tard, une autre voix proféra :* « Contre *l'exagération de la vie instinctive qui désagrège l'esprit,* pour *la noblesse de l'âme humaine, je jette au feu les écrits de Sigmund Freud*[1]. »

On connaît le commentaire freudien de cet autodafé qui ne cessera de se répéter ensuite sous une forme ou sous une autre.

Quel progrès n'avons-nous pas fait ! Au Moyen Âge ils m'auraient brûlé ; aujourd'hui, ils se contentent de brûler mes livres[2].

On entend bien là l'ironie dont Freud a fait la théorie dans *Le Mot d'esprit et sa relation à l'inconscient* :

Elle consiste essentiellement à énoncer le contraire de ce qu'on a l'intention de communiquer à l'autre, tout en lui permettant cependant de faire l'économie de cette contradiction [grâce à toutes sortes de procédés stylistiques par lesquels on laisse entendre qu'on pense soi-même le contraire de ce qu'on énonce]. L'ironie ne peut être employée que là où l'autre est préparé à entendre le contraire, de sorte que sa propension à la contradiction ne peut pas ne pas se manifester[3].

Freud utilise fréquemment ce procédé dans ses écrits ou sa correspondance au risque de s'exposer à ne pas être compris. Ce qui aura posé parfois quelques difficultés à certains de ses biographes. C'est aussi un trait dont on peut ou devrait pouvoir créditer celui qui, par l'analyse, s'est départi de ses illusions, car il témoigne d'un triomphe de l'esprit sur l'adversité de la vie.

Freud présageait-il la vague de barbarie qui

allait déferler sur l'Europe ? 30 janvier 1933, Hitler devient chancelier du Reich. 8 mars 1933, Wilhelm Frick, ministre allemand de l'Intérieur, annonce la fondation des camps de concentration. 22 mars 1933, ouverture du premier camp de concentration à Dachau, destiné aux opposants politiques. 1er avril 1933, boycott des entreprises et magasins juifs. 7 avril 1933, interdiction aux Juifs d'enseigner dans les universités et de travailler dans les services publics. 26 avril 1933, création de la Gestapo (*Geheime Staatspolizei* — Police secrète d'État) par Hermann Göring. 2 mai 1933, dissolution des syndicats allemands. 10 mai 1933, autodafé de livres écrits par des Juifs, par des opposants politiques ou par tout auteur ne se situant pas dans la ligne du parti. 14 juillet 1933, loi enlevant la citoyenneté allemande aux réfugiés juifs d'Europe de l'Est. Le parti nazi devient parti unique. 2 août 1934, mort de Hindenburg. Hitler cumule les postes de président et de chancelier du Reich. 15 septembre 1935, lois raciales de Nuremberg « pour la protection du sang allemand ». 3 mars 1936, les médecins juifs sont interdits de pratique. 7 mars 1936, réoccupation de la Rhénanie. 12 juillet 1936, ouverture du camp de concentration de Sachsenhausen et déportation de Tsiganes à Dachau. 15 juillet 1937, construction du camp de concentration de Buchenwald. 13 mars 1938, annexion de l'Autriche au Reich (Anschluss). 26 avril 1938, enregistrement obligatoire de tous les biens et propriétés juifs en Allemagne. 1er août 1938, Adolf Eichmann crée le bureau d'émigration juif à Vienne. 8 août 1938, ouverture du camp de concentration de Mauthausen. 30 septembre 1938, conférence de Munich. Acceptation par la France et l'Angleterre de l'occupation des Sudètes par l'Allemagne. 9-10 novembre 1938, Nuit de cristal : pogroms dans toute l'Allemagne. 12 novembre 1938, décret forçant tous les Juifs à céder leurs entreprises à des aryens. 15 novembre 1938, les élèves juifs sont exclus de toutes les écoles allemandes. Décembre 1938, construction du camp de concentration de Ravensbrück. 30 janvier 1939, discours de Hitler au Reichstag menaçant les Juifs d'extermination en cas de guerre en Europe.

Certains historiens auront donné de Freud le portrait d'un homme de science retranché dans son cabinet, entièrement adonné à ses travaux et à leur publication qui s'enchaînent à un rythme soutenu. Et pourtant, le matin même où le président Hindenburg reçoit Hitler en compagnie du chancelier allemand von Papen, jour où Hitler est officiellement nommé nouveau chancelier, et alors que l'opinion s'accorde à croire que Hitler est dépourvu de tout programme politique et que son règne fera long feu, Freud se montre particulièrement lucide. Il écrit à Jeanne Lampl-de Groot, médecin néerlandais qui, après avoir fait son analyse avec lui puis être devenue psychanalyste, sera une amie proche :

> Nous sommes tous inquiets de ce qui va advenir du programme du chancelier Hitler dont la seule visée politique est les pogroms [4].

Une des autres « femmes préférées » de Freud fut Marie Bonaparte, arrière-petite-nièce de Napoléon et princesse de Grèce par son mariage, élève fidèle et pionnière de la psychanalyse en France, qui joua un rôle essentiel en négociant avec les nazis le départ de Freud pour Londres en 1938. Le 10 juin 1933, Freud lui écrit pour lui dire comment il voit le monde se transformer en une gigantesque prison :

> L'Allemagne est la pire cellule [...] Ils ont commencé en prenant le bolchevisme pour leur mortel ennemi mais ils finiront par faire comme eux — à ceci près que, malgré tout, le bolchevisme a adopté des idéaux révolutionnaires alors que ceux de l'hitlérisme sont purement médiévaux et réactionnaires [5].

De 1933 à 1938, dans l'écriture en particulier de *L'Homme Moïse et la religion monothéiste*, une part importante de l'ouvrage sera consacrée à l'analyse des fondements de l'antisémitisme. La première remarque préliminaire énonce d'abord :

> Nous vivons à une bien étrange époque et découvrons avec surprise que le progrès a conclu un pacte avec la barbarie [6].

La notion de progrès qui revient ici pourrait paraître ambiguë. On ne sait si elle relève de l'ironie, comme dans son commentaire de l'autodafé de ses livres, d'un prétendu progrès auquel appellerait « la révolution conservatrice », ou si elle prend acte d'un progrès déjà accompli qui fait désormais alliance avec la barbarie. Freud est en général plutôt confiant dans les développements de la science et plutôt pessimiste quant à l'utilisation que peuvent en faire les hommes. Dans la suite du texte, il poursuit sa comparaison entre les illusions de progrès qui ont pu marquer l'avènement du bolchevisme et la révolution conservatrice du national-socialisme. Au sujet du bolchevisme, on rappellera le mot de Freud surprenant Ernest Jones, le fondateur de la psychanalyse en Grande-Bretagne qui joua un rôle considérable dans l'histoire politique du freudisme et deviendra son biographe officiel. Alors que ce dernier lui rendait visite à Vienne en 1919 à la fin de la Première Guerre qui avait interrompu leurs rencontres, Freud commente les changements survenus en Europe, en déclarant à son visiteur qu'il s'était « à moitié converti au bolchevisme ».

Devant l'étonnement de Jones, il raconte qu'il avait rencontré un ardent communiste qui lui avait prédit que l'avènement du bolchevisme amènerait quelques années de misère et de chaos mais que ces années seraient suivies de prospérité, de paix et de bonheur[7]. Freud avait alors répondu qu'il croyait sincèrement à la première partie du programme. C'est ce qu'il énonce dans sa remarque préliminaire au *Moïse* :

> En Russie soviétique, on a entrepris d'élever à des formes de vie meilleures quelque cent millions d'individus qu'on maintient dans l'oppression. Les autorités furent assez audacieuses pour les sevrer de l'opium de la religion et assez sages pour leur accorder une dose raisonnable de liberté sexuelle. Mais dans le même temps on les soumettait à la plus cruelle des contraintes

en leur enlevant toute possibilité de penser librement [...] Dans le cas du peuple allemand [...] on constate que la régression vers une barbarie presque préhistorique s'accomplit sans s'appuyer sur une quelconque idée de progrès [8].

Le sens de ce mot, sous la plume de Freud, devient donc clair. Alors qu'il était déjà occupé à l'écriture de son *Moïse*, Freud, dans une lettre du 30 octobre 1934 à Arnold Zweig — écrivain allemand avec qui il aura entretenu une riche correspondance et dont il partageait les vues politiques —, lui confie, dans une formule lapidaire, ce qui sera au cœur de ses interrogations sur les persécutions millénaires du peuple juif :

En face des nouvelles persécutions, on se demande de nouveau comment le Juif est devenu ce qu'il est et pourquoi il s'est attiré cette haine éternelle. Je trouvai bientôt la formule : Moïse a créé le Juif [9].

Quand on sait ce que les premiers mots de cet ouvrage ont l'audace d'affirmer — que Moïse n'était pas juif mais égyptien —, on peut s'interroger sur la façon dont sera reçue sa lecture de l'histoire par ceux-là mêmes qu'il veut défendre en cherchant les racines de l'antisémitisme. Le premier paragraphe fut d'ailleurs omis de la première traduction française. Il se lit comme suit :

Enlever à un peuple [le peuple juif] l'homme [Moïse] qu'il honore comme le plus grand de ses fils n'est pas une chose qu'on entreprend volontiers ou d'un cœur léger, surtout quand on appartient soi-même à ce peuple. Mais on ne s'autorisera d'aucun exemple pour repousser la vérité au profit d'un hypothétique intérêt national, et l'on est aussi en droit d'attendre de l'élucidation d'un réseau de circonstances un gain pour notre connaissance[10].

Cet ouvrage qui occupa les dernières années de sa vie tourmenta beaucoup son auteur. Il hésita même à plusieurs reprises à le publier, sachant qu'il allait blesser tout particulièrement les sentiments juifs, mais il considérait qu'il ne pouvait faire autrement, comme il l'écrit dans une lettre à Charles Singer du 31 octobre 1938.

J'ai passé toute ma longue vie à défendre ce que je considérais comme la vérité scientifique, même quand la dire était gênant et désagréable pour mon prochain. Je ne puis pas la terminer par un acte de reniement[11].

En prenant appui sur le fondement irrationnel de toute religion — sans que la religion juive fasse exception —, Freud ose affirmer, pour en rendre raison, que le délire qui enflamme l'Europe et prend son foyer dans le IIIe Reich, un délire de jalousie à l'égard du peuple qui a prétendu être le favori de Dieu le Père, trouve, comme tout délire, un point d'ancrage dans une « vérité historique ». À savoir, la restauration de l'amour-propre du peuple juif par un grand homme, Moïse, étranger à ce peuple mais puisant son inspiration d'un moment monothéiste de l'Égypte ancienne : de l'époque où Akhénaton imposa un dieu unique et qui fut recouverte, par la suite, du retour au polythéisme. En se faisant analyste archéologue, Freud n'ignorait pas que, tout en s'attaquant aux plus puissants ressorts du délire nazi, à sa rivalité métaphysique, il risquait les pires malentendus. Seuls des lecteurs comme Arnold Zweig ou Max Eitingon — psychanalyste polonais qui fut un des premiers à faire une analyse avec Freud dès 1909 et dont l'amitié sera indéfectible — purent être convaincus par ses arguments. Il s'attira en revanche les pires reproches qu'il aura dû endurer dans sa vie. Dans *The Palestine Review*[12] de Jérusalem, J. M. Lask traite Freud de *Am Haaretz*, un grossier ignorantin. Pour Abraham Yahuda, les paroles de Freud sont aussi « haineuses pour Israël que celles du plus fanatique des chrétiens[13] ». Martin Buber, spécialiste reconnu du hassidisme, se sentira tenu de publier une réfutation dans laquelle il perd son sang-froid pour parler d'un ouvrage « regrettable, non scientifique et fondé sur des hypothèses indémontrables ». En tant que « philosophe et sociologue juif de la religion », Buber n'avait déjà pas apprécié *Totem et tabou*, ni même *L'Interprétation des rêves*. À Max Eitingon qui s'ouvre à Freud de sa discussion avec Martin Buber, Freud répond, non sans humour ni lucidité :

> Les phrases pieuses de Martin Buber ne feront pas beaucoup de mal à *L'Interprétation des rêves*. Le *Moïse* est bien plus vulnérable et je me prépare à un assaut des Juifs contre lui[14].

Les chrétiens ne furent pas en reste. Dans le *Catholic Herald*[15] de Londres, le père Vincent McNabb juge qu'« il ne peut citer certaines pages de *L'Homme Moïse*, des pages qui nous incitent à nous demander si l'auteur n'est pas un obsédé sexuel ». Décidément, ce commentaire part du préjugé d'un soi-disant pansexualisme dans l'œuvre de Freud car, dans *L'Homme Moïse*, on ne peut vraiment pas dire que la sexualité soit au premier plan ! Il s'agit plutôt du refoulement qui intervient dans l'histoire des peuples et de la résurgence de ce refoulé : le désir meurtrier à l'égard de l'instigateur de la loi produisant dans l'inconscient les mêmes effets que l'accomplissement du meurtre dans la réalité. Et il ajoutait : « Le professeur Freud est, comme de juste, reconnaissant à la libre, la généreuse Angleterre, de l'accueil qu'il a reçu ici, mais quand on aura reconnu en lui le défenseur éhonté de l'athéisme et de l'inceste, on se demande s'il sera toujours si bienvenu dans une Angleterre qui se veut encore chrétienne. » Qu'il s'agisse donc des désirs refoulés qui se réalisent dans les rêves, des souhaits incestueux se heurtant à la prohibition de leur réalisation — instauratrice d'une nécessaire loi d'exogamie — des désirs archaïques qui soutiennent les mythes et les religions, ou, peut-être surtout, de ce qui se transmet à travers « l'inconscient des peuples » pour fonder leur identité et nourrir la haine de tout autre, voire de tout autre qui ressemble au même, tout aura paru et paraît encore insupportable. Sans doute le plus controversé des ouvrages de Freud, *L'Homme Moïse et la religion monothéiste* aura provoqué une avalanche de protestations dans toutes les communautés juives. Une avalanche aussi de lettres (souvent anonymes) qui vouaient Freud aux gémonies (« ... dommage que ces salauds en Allemagne ne vous aient pas envoyé dans un camp de concentration parce que c'est là qu'est votre place[16] ») ou des protestations d'érudits qui l'enjoignaient de renoncer à cette publication en raison même des persécutions nazies en cours en Europe.

Quant à la position de Freud concernant le sionisme, il ne cessa, tout en manifestant son soutien à la cause, de multiplier ses réserves. Dans une lettre à J. Dwossis, vivant à Jérusalem, en date du 15 décembre 1930, il écrit :

Le sionisme éveilla en moi les plus vives sympathies et j'y suis toujours fidèlement attaché aujourd'hui[17].

Quelques années plus tard dans une lettre à L. Jaffe du 20 juin 1935, à l'occasion de la célébration du quinzième anniversaire de la Fondation Keren-Hajessod pour la réinstallation des Juifs en Palestine, il réitère son soutien :

Je veux vous assurer que je sais fort bien à quel point l'instrument qu'est votre Fondation est efficace, puissant et bénéfique dans sa tentative d'établir notre peuple sur la terre de ses ancêtres. J'y vois un s gne de notre invincible volonté de vivre qui a bravé deux mille ans d'oppression étouffante. Nos jeunes poursuivront le combat[18].

Toutefois, il est clair que, tout en ne reniant pas son identité juive, Freud reste étranger à la religion de ses pères et ne partage aucun idéal nationaliste quel qu'il soit. Sollicité d'apporter officiellement son soutien au Keren-Hajessod en 1930, il fait part à Chaïm Koffler, le 26 février de la même année, d'un jugement sans équivoque :

> Je n'éprouve pas l'ombre d'une sympathie pour cette piété égarée qui fait d'un morceau du mur d'Hérode une relique nationale et, à cause d'elle, défie les sentiments des habitants de ce pays [19].

Ce sont sensiblement les mêmes termes qui sont utilisés dans une lettre à Einstein écrite le même jour :

> [...] Une piété qui fabrique une religion nationale à partir du mur d'Hérode.

Qui est donc cet homme, l'homme Sigmund Freud, explorateur d'un continent de l'âme humaine, toujours imaginé mais resté inconnu jusqu'alors, fondant une nouvelle pratique qui laisse loin derrière elle la psychiatrie traditionnelle, auteur d'une œuvre considérable qui imprime son empreinte, qu'on le veuille ou non, dans le champ entier des sciences de l'homme ? Qui est donc cet homme qui aura pu écrire à Romain Rolland :

> J'ai passé vraiment une grande part de ma vie à travailler à la déconstruction de mes propres illusions et de celles de l'humanité [20].

Est-il vraiment le penseur qui aura imprégné de manière irréversible la culture de notre temps, comme nous le pensons, ou, comme d'autres le croient, un pervertisseur de la jeunesse, un athée impénitent, un mystificateur de grande envergure, un renégat reniant l'héritage de ses ancêtres pour remuer les enfers ? *Acheronta movebo*[21] (Je remuerai les enfers), mettait-il en exergue de *L'Interprétation des rêves*. Le contraste n'est-il pas saisissant entre l'imaginaire qui forgera de cet homme un portrait davantage sorti de l'univers sadien et la réalité d'un petit-bourgeois viennois, père de famille, restant toute sa vie fidèle à sa femme Martha (quoi qu'aient pu vouloir avancer, sans preuve, quelques historiens de mauvaise foi) avec qui, au cours de ses longues fiançailles, il aura entretenu une imposante correspondance amoureuse ? Une fidélité d'un autre ordre que l'observance d'un principe moral, qui tient davantage à la vérité de la parole comme promesse, voilà ce qui est insupportable pour ceux qui entendent la révolution freudienne à contresens comme une invite au désordre des sens. La subversion qu'il opère dans la pensée se fait toujours pour lui à l'intérieur du respect de certaines conventions. Il en est de même de la langue qu'il forge pour l'écriture de son œuvre. Il utilise tous les concepts hérités de la tradition médicale ou philosophique pour en subvertir le sens et la portée. Là où le langage totalitaire s'invente une langue instauratrice d'une nouvelle loi qui veut rompre avec la tradition, les découvertes novatrices de Freud se traduisent au contraire dans une utilisation courante de la langue allemande. Mais l'écriture de la langue courante, ne se privant pas de l'usage polysémique qu'elle peut en faire, est loin de s'épuiser dans ce que le lecteur peut prétendre vouloir lui faire dire à première vue. L'usage de la langue diamétralement opposé à celui que Freud instaure avec la psychanalyse, c'est ce qu'aura bien montré le philologue allemand Victor Klemperer dans *La Langue du IIIe Reich*[22] en examinant la destructuration de l'esprit et de la culture allemands par la « novlangue » nazie. Que la psychanalyse, telle qu'inventée par Freud, se soit employée et s'emploie encore, avant même toute idée thérapeutique ou sinon avec elle, à envisager sans alibi ni prétexte, sans souci d'épargner la pensée bien-pensante, les racines du mal radical, d'un mal généralement abandonné à la religion, à la métaphysique ou au théologico-politique, ne va pas sans la contrepartie de tout un courant de pensée « révisionniste ». Il est « révisionniste » au sens où il voudrait nier la découverte freudienne et son impact dans notre culture, procéder à une plate restauration de tout ce qui avait cours auparavant, où la psychanalyse, le nom même de la psychanalyse et celui des héritiers de cette pensée, seraient désormais associés au mal lui-même ou à un remède pire que le mal.

Vienne fin de siècle

Tout, dans notre monarchie autrichienne, presque millénaire, semblait fondé sur la durée, et l'État lui-même paraissait le suprême garant de cette pérennité [...] Vienne, par sa tradition centenaire, était une ville très nettement stratifiée mais en même temps merveilleusement orchestrée. Le pupitre était toujours tenu par la maison impériale. Non seulement au sens spatial, mais aussi au sens culturel, le Château était au centre de ce qui, dans la monarchie, transcendait les limites des nationalités [...] Du point de vue de la culture, l'attention excessive accordée aux événements du monde des arts a fait mûrir chez nous quelque chose d'unique — tout d'abord une extraordinaire vénération pour toute production artistique, puis, grâce à des siècles de pratique, une connaissance sans pareille en ce domaine, et enfin un niveau de culture très élevé [...] On n'était pas un vrai Viennois sans cet amour de la culture, sans ce don de joindre le sens du plaisir à celui de l'examen critique devant ce plus sain des superflus que nous offre la vie[1].

De cette Vienne fin de siècle qui réunissait les meilleures conditions pouvant favoriser la plus haute expression des talents dans tous les domaines, et peut-être une découverte comme celle de Freud, l'auteur de ces lignes, Stefan Zweig, nous en décrira en peu de mots le rêve brisé.

> Je suis né en 1881 dans un grand et puissant empire, la monarchie des Habsbourg ; mais qu'on ne le cherche pas sur la carte ; il a été effacé sans laisser de trace. J'ai été élevé à Vienne, la métropole deux fois millénaire, capitale de plusieurs nations, et il m'a fallu la quitter comme un criminel avant qu'elle ne fût ravalée au rang d'une ville de province allemande. Mon œuvre littéraire, dans sa langue originelle, a été réduite en cendres, dans ce pays même où mes livres s'étaient fait des amis de millions de lecteurs [...] Contre ma volonté j'ai été le témoin de la plus effroyable défaite de la raison et du plus sauvage triomphe de la brutalité qu'atteste la chronique des temps ; jamais une génération n'est tombée comme la nôtre d'une telle élévation spirituelle dans une telle décadence morale. [...] Nous avons dû donner raison à Freud, quand il ne voyait dans notre culture qu'une mince couche que peuvent crever à chaque instant les forces destructrices du monde souterrain [2].

Le moment où la famille Freud vient s'installer à Vienne, en pleine expansion culturelle, scientifique et économique, est aussi l'époque où cette capitale intellectuelle de l'Europe à son apogée voit s'amorcer le déclin dramatique de l'empire des Habsbourg. En 1859, l'Empire subissait la perte de ses provinces les plus importantes de l'Italie du Nord. La défaite de Solférino contre les troupes françaises et piémontaises le privait de Milan et de la Lombardie, de Florence et de la Toscane. Seules

Venise et la Vénitie demeuraient autrichiennes mais la victoire prussienne de Sadowa signera en 1866 leur abandon. Le couronnement à Versailles, en 1871, du roi de Prusse Guillaume Ier comme empereur d'Allemagne et l'accession au pouvoir de Bismarck comme tout-puissant chancelier du Reich devaient nourrir le rêve d'hégémonie de la Prusse et miner un peu plus l'autorité des Habsbourg en Autriche. Berlin disputait désormais à Vienne sa grandeur. Si l'exposition universelle organisée deux ans plus tard dans la ville impériale dévoilait au monde les prodiges de ses nouveaux bâtiments grandioses, le terrible krach boursier qui accompagna la spéculation effrénée précipitera une partie de la population dans la misère et la dépression. Mais le désarroi et la mélancolie voyaient aussitôt fleurir ce que le romancier Hermann Broch décrira plus tard de ces temps de la « joyeuse apocalypse » de Vienne qui inspirait déjà le critique satiriste Karl Kraus. C'était l'heure de l'opérette de Johann Strauss *La Chauve-Souris*, et de la « Cacanie » (*Königliche und Kaiserliche*) exsangue, marquée de l'ironie de Robert Musil. Dans le domaine de la peinture, le mouvement Sécession conduit par Gustav Klimt, ami de Hugo von Hofmannsthal et d'Arthur Schnitzler — deux écrivains pour qui Freud aura la plus profonde admiration —, marque sa rupture avec l'académisme pour esthétiser la vie quotidienne. Parmi les peintres qui s'associent à cette révolution, Egon Schiele est certainement celui qui croise de plus près les explorations de Freud dans le souci d'atteindre l'universel à travers le plus intime. À un monde décadent et hypocrite, il présente le miroir des désirs cachés, les corps marqués par l'impérieuse envie de vivre, le tourment de la sexualité et l'angoisse de la mort. « À l'admiration devant ces rares qualités artistiques, écrivait en 1915 le critique Seligmann, se mêle un sentiment d'horreur devant les plus secrètes, les plus sombres profondeurs d'une âme enfiévrée[3]. » Et le mécène Arthur Roessler notait en 1911 que « certains portraits peints par Schiele avaient le pouvoir de retourner comme un gant l'âme humaine, et chacun tremblait de peur à voir exposé au grand jour ce qu'on tient caché avec tant de soin[4] ».

À la Cour, la jeune et belle princesse bavaroise, devenue par son mariage avec François-Joseph — le souverain au règne le plus long d'Europe — l'impératrice Élisabeth, paraissait la plus étrange et vulnérable figure de proue de cette Vienne fin de siècle. Telle l'héroïne de Schnitzler dans son roman *Mademoiselle Else*. Alors que la Cour couvrait de son ombre tutélaire tout ce qui se passait à Vienne, Sissi en était généralement absente, effectuant de nombreux voyages et ne manifestant qu'indifférence à l'égard de son mari et de leur fils, l'archiduc Rodolphe. Un jour où François-Joseph lui demande ce qu'elle aimerait pour son anniversaire, elle répond : « Ce que j'aimerais par-dessus tout, c'est un asile de fous parfaitement équipé. » On ne sait si ces propos témoignaient d'une ironique distance ou d'un sévère diagnostic. Deux des plus belles réalisations de l'architecture moderne furent édifiées pour exaucer ses désirs pris à la lettre. L'une, chef-d'œuvre d'Otto Wagner, Am Steinhof, où l'église domine les bâtiments hospitaliers de l'asile régional de Basse-Autriche, l'autre, le sanatorium de Purkersdorf, construit en 1904, qui compte parmi les plus importantes réalisations de Josef Hoffmann. Le maître d'œuvre du Purkersdorf, Victor Zuckerkandl, recevait dans sa villa voisine l'avant-garde musicale, littéraire et artistique des années 1900 : Gustav Mahler, Arnold Schönberg, Arthur Schnitzler, Gustav Klimt, Karl Kraus, Hugo von Hofmannsthal, Joseph Roth et bien d'autres.

Toutefois l'impératrice ne vit jamais la réalisation de son rêve ou de son cauchemar. Elle devait connaître l'éprouvante tragédie de Mayerling : en 1889, l'héritier du royaume, l'archiduc Rodolphe, qui avait contracté un mariage malheureux et accumulé les brèves liaisons, finit, avec la compagne de sa dernière nuit, par se tuer dans son pavillon de chasse. Hanté par la folie de Louis II de Bavière, cousin germain de sa mère, Rodolphe, qui avait vécu dans une violente opposition politique à son père, signait dans son dernier acte le fol entrelacement de la sexualité et de la mort qu'on retrouvait également chez les peintres de la Sécession et les écrivains de renom. Cette même année naissait « dans la modeste demeure d'un douanier préposé à la surveillance de la frontière allemande, l'homme qui franchira un jour cette frontière pour assassiner l'Autriche : Adolf Hitler[5] ». La fin de l'impératrice fut non moins tragique que celle de son fils. Neuf ans plus tard, à l'occasion d'un de ses voyages, elle est assassinée à Genève par un anarchiste italien.

Si Freud, dans les rêves de cette époque, met en scène la présence d'hommes d'État tels que François-Joseph ou Bismarck, et s'il peut reconnaître comme figure de son double un écrivain tel Arthur Schnitzler qui sonde comme lui les profondeurs de l'âme, il ne s'intéressa guère, en revanche, aux peintres de son temps, leur préférant de beaucoup ceux du Quattrocento italien. Son inlassable intérêt pour les passions secrètes, qui régissent les comportements de ses contemporains et de l'homme en général, ne vise pas à en faciliter l'expression dans un désordre qui échappe à la raison. Il tend, au contraire, à rendre à la raison cette part importante d'irrationnel qui la consume. C'est donc en contraste avec cette libération désordonnée des pulsions dans une joyeuse expression collective qu'apparaît la figure de Freud en savant solitaire et rationnel. Dans son roman *Le Chemin vers la liberté*, Arthur Schnitzler met en scène un médecin juif, poète, vivant douloureusement son isolement dans une société où fleurissent le nationalisme et le racisme. Freud peut aisément y reconnaître l'auteur mais aussi l'image étrangement familière de lui-même. Sous l'influence de la tragédie grecque et des découvertes de Freud, Hugo von Hofmannsthal écrit le livret de l'opéra de Strauss, *Elektra*, et compose en 1905 son *Œdipe et le Sphinx*. Gustav Mahler, dont Arnold Schönberg — inventeur du dodécaphonisme — se considérait comme l'héritier et à qui il dédia son monumental *Traité d'harmonie*, consulta Freud alors qu'il était hanté par l'intrusion répétitive d'une mélodie banale dans son œuvre. Au cours d'une rencontre à Leyde, aux Pays-Bas, le temps d'une interminable marche dans les rues de la ville — la plus courte analyse dans la plus longue séance —, Mahler comprit l'origine de la lancinante mélodie qui le tourmentait. À l'écart des turbulences de la vie viennoise, qui traduisaient à la fois l'effervescence et le malaise d'un espace culturel cherchant le sens de l'existence, Freud s'adonnait à la recherche de ce qu'il y avait de plus singulier et de plus universel dans cette quête effrénée. Il donnait un autre sens au flux indistinct de la vie, et à la façon dont le sujet pouvait s'y orienter, que le sens qui était en voie de transformer ce même flux en Allemagne en une totalité unitaire et une abrasion des différences singulières.

Le jeune écrivain allemand Arnold Zweig entretiendra avec Freud une riche correspondance — ce sera au cours de la dernière décennie de la vie de Freud — dans laquelle se font jour d'importants échanges de vues aussi bien sur la judéité, le communisme, le nazisme que sur l'homosexualité et l'inceste. L'attitude de Thomas Mann, célèbre écrivain allemand lui aussi, fut plus ambiguë par rapport aux événements politiques et à la psychanalyse. Si le premier entreprit lui-même une analyse à Berlin avant d'émigrer en Palestine pour revenir à Berlin-Est en 1948, le second écrivit d'abord en se situant dans un univers wagnérien, celui des grandes épopées lyriques. Admirateur de l'impérialisme prussien, la guerre de 1914 devait se confondre pour lui avec la défense de la culture germanique. Ses *Considérations d'un apolitique,* de 1918, conservent des accents fortement nationalistes. Mais, avec *La Montagne magique* qui lui vaut la célébrité et le Nobel de littérature, ses opinions politiques changent. Son attachement à la pensée romantique allemande ne l'empêche pas de voir se profiler à l'horizon une nouvelle barbarie qu'il dénonce fermement depuis son exil en Suisse. Dans une lettre à Freud du 3 janvier 1930, Thomas Mann présentera ses excuses pour avoir mis tant de temps à comprendre la théorie psychanalytique et les valeurs qu'elle représente. Ce retard pouvait être mis sur le compte de ses fortes préventions contre la psychologie qui avait cours jusque-là. Mais, dans la foulée de ses nouvelles orientations politiques, s'amorçait la reconnaissance de l'œuvre de Freud, de son influence, aussi bien dans *La Mort à Venise* que dans *Joseph et ses frères*. La même année où il reçoit le prix Nobel, il écrit *Freud et la pensée moderne*, l'un des textes de cette époque, avec *La Guérison par l'esprit* de Stefan Zweig, qui voient en Freud l'un des grands penseurs de l'humanité et en la psychanalyse « l'une des pierres les plus solides qui aient jamais contribué à édifier l'avenir » [...] : « un romantisme devenu scientifique et dépouillé de toute mystique[6] ». Et pour le quatre-vingtième anniversaire de Freud, en 1936, il écrira dans « Freud et l'avenir » que « la doctrine psychanalytique est capable de transformer le monde. Avec elle se trouve semé un esprit de sereine défiance, une suspicion qui s'exerce sur les cachotteries et les machinations de l'âme [...] Cet esprit pénètre la vie, sape sa grossière naïveté, la dépouille de ce *pathos* qui est le propre de l'ignorance[7] ».

Portraits de famille

Ma mère chérie avait une expression de visage particulièrement tranquille et endormie, portée dans sa chambre et étendue sur le lit par deux ou trois personnages munis de becs d'oiseaux[1].

Mon père a joué, après sa mort, un rôle politique chez les Magyars. Une foule comme au Reichstag ; une personne debout sur une ou deux chaises, d'autres autour d'elle. Je me rappelle que sur son lit de mort il ressemblait beaucoup à Garibaldi et je me réjouis que cette promesse se soit réalisée[2].

Pour écrire son traité de *L'Interprétation des rêves*, Freud aura dû livrer, plus qu'il ne lui agréait de le faire, les arcanes de sa vie psychique, ce qui pour un poète ou un romancier aurait moins fait problème que pour quelqu'un qui se voulait un chercheur dans les sciences de la nature. C'est d'ailleurs ce qui donne un statut particulier à ce qu'il inaugure comme recherche sous le nom de psychanalyse. Aucune science jusque-là ne prenait autant en compte des éléments de l'histoire ou de la biographie de son inventeur, jusqu'au contenu apparemment absurde de la vie onirique, tout en voulant, à travers cette singularité même, établir des lois qui rendent compte universellement des formations de l'inconscient que sont les rêves, les actes manqués, les lapsus, les symptômes, etc., aussi bien que les mythes, contes et légendes qui construisent l'imaginaire religieux, social ou politique. Si nous prenons comme point de départ pour cette biographie de Freud *L'Interprétation des rêves*, c'est que cet ouvrage contient, au dire même de son auteur à la fin de sa vie :

la plus précieuse de toutes les découvertes que j'ai eu la bonne fortune de faire. Une telle saisie [*insight*] des choses ne nous échoit qu'une fois dans la vie [3].

Il fournit, en effet, un éclairage saisissant sur les travaux précédents qui l'ont préparé comme sur ceux qui suivront et qui en découlent. Mais pas seulement : il forme aussi l'axe autour duquel s'organise la confusion de certaines études voulant attribuer à d'autres qu'à Freud les découvertes des processus psychiques inconscients tels qu'ils se manifestent dans le rêve. Freud n'a jamais méconnu que nombre de philosophes ont avancé la notion d'inconscient avant lui ni que le rêve a déjà fait l'objet de nombreuses études (sa bibliographie est impressionnante à ce sujet), mais ce qu'il appelle « inconscient » n'est plus du tout la même chose. Les signes mêmes, par lesquels le « non advenu » et le « non arrivé » à la conscience se manifestent, sont eux-mêmes inconscients et parasitent la conscience. La conscience de Hamlet est presque entièrement faite de son sentiment inconscient de culpabilité. Freud démontre les lois qui gouvernent l'inconscient et les modalités de ses manifestations. Il en sera de même lorsqu'il se rend compte des phénomènes de transfert, en majeure partie inconscients, qu'il ne peut d'abord pas reconnaître comme tels théoriquement. Freud perçoit ces phénomènes dans sa relation à l'autre, que ce soit ses patients (« il m'a fourni l'explication qui m'avait jusque-là échappé de ma propre phobie des trains ») ou dans son « auto-analyse » avec Wilhelm Fliess où il s'aperçoit des implications de ce dernier dans sa propre névrose lorsqu'il est confronté à son impossibilité d'écrire. Cette analyse avec Fliess s'effectue essentiellement par écrit à travers une correspondance régulière. De 1887 à 1904, plus de trois cents lettres sont adressées à Fliess (nous ne connaissons pas les lettres de Fliess à Freud car elles ont été détruites). Dans cette correspondance, Freud se livre le plus spontanément, presque comme il pourrait le faire de vive voix, à ce médecin berlinois pour lequel il éprouve une vive admiration depuis qu'il l'a rencontré pour la première fois. Il ne peut le faire qu'en supposant à Fliess une connaissance du rôle de la sexualité dans la vie psychique ; celle qu'il pressent lui-même. Fliess ne conçoit-il pas que tous les hommes sont physiologiquement bisexués ? Il est vrai que son livre sur *La Névrose nasale réflexe* tente d'établir une étrange équivalence entre le nez et les organes génitaux. Fliess exerce l'oto-rhino-laryngologie. Freud ne verra pas immédiatement l'aspect « délirant » de la théorie de Fliess qui par ailleurs ne sera pas étrangère à la théorie de la bisexualité qu'il élaborera lui-même ni à sa compréhension de l'homosexualité et des pulsions partielles qui construiront ses *Trois essais sur la théorie sexuelle* en 1905. Dans son *Esquisse d'une psychologie scientifique*, Freud tente de traduire pour Fliess sa théorie psychologique en langage neurologique. Ce travail ne sera pas intégré comme tel à son œuvre. On peut cependant reconnaître que certaines de ses idées seront reprises dans *L'Interprétation des rêves*. Loin de considérer dans cette *Esquisse* l'acte psychique comme le produit d'une machinerie neuronale ou chimique, à quoi rêve aujourd'hui une nouvelle idéologie positiviste, Freud considère qu'il est le facteur dynamique de transformation se situant aux deux extrémités d'un processus dans lequel le « physique » se trouve intercalé. De quoi inspirer encore la recherche contemporaine. Sourds à ce changement épistémologique radical, certains voudraient que la psychanalyse obéisse aux procédures scientifiques habituelles, aux expérimentations telles qu'elles sont menées la plupart du temps par les scientifiques selon leurs méthodes d'évaluation et de validation. C'est méconnaître que l'originalité de la découverte freudienne, irréductible à de tels critères, allant jusqu'à les subvertir, tient à une mise en tension de la consistance de la théorie avec l'implication subjective. Freud en formule l'essentiel en quelques mots dans la préface à la deuxième édition de *L'Interprétation des rêves* en 1908 :

Pour moi, en effet, ce livre a encore une autre signification subjective que je n'ai pu comprendre qu'après l'avoir terminé. Il s'est révélé être pour moi un fragment de mon auto-analyse, ma réaction à la mort de mon père [en 1896], donc à l'événement le plus significatif, la perte la plus radicale intervenant dans la vie d'un homme. Après avoir reconnu cela, je me suis senti incapable d'effacer les traces de l'action exercée par cet événement[4].

Les traces des souvenirs, des traumatismes, des rêves et des cauchemars, des impressions laissées comme des empreintes dans la psyché, c'est ce que la psychanalyse ne saurait oublier puisqu'elle en fait l'objet de sa recherche, l'objet de la remémoration en analyse. Ce qui ne veut pas dire pour autant que ne se constituent pas des objectivités, mais elles sont d'un tout autre ordre que les objectivités de la science traditionnelle.

Il ne faudrait pas oublier — et l'oubli ne serait pas ici un simple oubli — que les documents divers sur lesquels travaillent l'historien ou le biographe sont de nature hétérogène. Qu'ils fassent partie de l'œuvre publiée du vivant de l'auteur — texte qu'il a consenti à signer en s'endettant auprès de tant de penseurs qui l'ont précédé —, de textes qu'il avait lui-même exclus de la publication, des états successifs des manuscrits qui ont précédé l'impression — les uns et les autres étant publiés après sa mort et parfois arrachés à sa volonté explicite —, de correspondances privées qui n'étaient pas destinées au public (et dans le cas de Freud on sait qu'il s'agit d'une correspondance des plus volumineuses), de celles qui sont gardées au secret dans l'attente d'une date à laquelle les légataires auront accepté de les laisser consulter, tout cela constitue une immense archive sur laquelle veille une politique qui règle, cadre, limite notre connaissance de l'homme et de l'œuvre. Un autre pouvoir se trouve exercé par les héritiers ou l'institution sur l'accès à l'archive, son mode de constitution qui conditionne la légitimité ou l'autorité de telle ou telle lecture ou de telle ou telle interprétation, toutes restrictions qui suscitent par opposition l'acrimonie et parfois les thèses les plus délirantes. Quand nous parlons de Freud ou de la psychanalyse, nous ne savons pas toujours si nous ne prenons pas l'un pour l'autre, si ces noms se confondent ou s'ils se distinguent nettement. Freud lui-même aura pensé que la psychanalyse lui survivrait et qu'on oublierait son nom. Mais aujourd'hui la psychanalyse, une certaine psychanalyse, peut paraître davantage menacée d'oubli que le nom de Freud. Surtout, ce que met en jeu toute biographie de Freud, et inaugure chaque fois, c'est l'impossibilité d'effacer l'*impression*, repérable dans sa rédaction même, des traces de la signature freudienne et de ce que ces traces auront archivé ou anarchivé. Depuis le concept freudien de la *trace*, et des effets différés de son inscription, toute une logique de la temporalité et des repères chronologiques traditionnels est bouleversée. C'est aussi dire combien s'en trouvent transformés la notion d'archivation, l'historiographie en général et jusqu'au concept même d'archive.

Du rêve concernant la mort de sa mère — « ma mère chérie » —, Freud nous confie qu'il l'interprète au moment où il écrit son traité mais qu'il s'agit d'un souvenir de rêve, d'un rêve qu'il a fait à l'âge de sept ou huit ans. Parmi les éléments de compréhension que Freud nous livre trente ans plus tard, il nous rappelle que l'enfant qu'il était se réveilla en pleurant et criant jusqu'au réveil de ses parents. Son angoisse fut calmée aussitôt qu'il vit sa mère comme s'il avait eu besoin de se rassurer qu'elle était bien vivante. Il précise que ce n'était pas parce qu'il avait rêvé la mort de sa mère qu'il était angoissé mais parce qu'il était angoissé qu'il avait interprété le rêve ainsi. Le refoulement de la cause de l'angoisse s'avérait bien pour lui un désir obscurément manifeste de nature sexuelle qu'exprime le contenu visuel du rêve. Les personnages allongés à becs d'oiseaux, bizarrement drapés, étaient empruntés à la Bible de Philippsohn. Il s'agissait de dieux à tête d'épervier appartenant à un bas-relief funéraire égyptien. Le choix des têtes d'éperviers trouvait son sens dans un mot de l'argot allemand — qu'il avait entendu dans la bouche du fils du concierge nommé Philippe — *Vögeln* (« baiser ») dans la continuité de *Vogel* (oiseau). La Bible de Philippsohn — qu'il avait lue dès son plus jeune âge — lui fut offerte en cadeau par son père pour son trente-cinquième anniversaire avec la dédicace dont voici les premières lignes :

Fils qui m'es cher, Schlomo. [Il porte à sa naissance les prénoms de Sigismund et de Schlomo.] Dans la septième année du jour de ta vie, l'Esprit du Seigneur commença à t'agiter et Il s'adressa à toi : Va, lis donc mon Livre, celui que j'ai écrit, et s'ouvriront à toi les sources de l'intelligence, du savoir et de la sagesse [...][5].

En raison de cet intérêt précoce pour la mythologie égyptienne et son panthéon animalier, on ne s'étonnera pas que Freud ait pu très tôt comparer le texte inconscient du rêve à une écriture hiéroglyphique et qu'il ait gardé par-devers lui l'idée que Moïse aurait pu être égyptien. Une des statuettes préférées qu'il gardait sur son bureau représentait la déesse Isis allaitant Horus, le dieu à tête de faucon. Si le judaïsme a trouvé dans le monothéisme égyptien la figure de Moïse pour faire l'unité de son peuple, la religion chrétienne aura pour sa part substitué l'image de la Vierge tenant Jésus dans ses bras à celle d'Isis.

Dans le rêve de Garibaldi, Freud fait de son propre père un étranger, un républicain italien combattant pour libérer son peuple de la domination autrichienne. Il tentera de marcher sur Rome, une ville qui restera toujours pour Freud le symbole des victoires sur lui-même. Ces deux rêves, parmi bien d'autres, suffiraient à montrer comment Freud, prolifique rêveur, réveille ce qui sommeille en lui qu'il nommera, en s'inspirant de la pièce de Sophocle, le complexe d'Œdipe. En voulant éviter que ne se réalise la prédiction de l'oracle — le parricide et l'inceste —, Œdipe sur le chemin de l'exil accomplit l'un et l'autre à son insu. Avec Freud, cet insu deviendra le savoir inconscient.

Quelle place Freud occupait-il au sein de sa nombreuse famille qu'il perpétuera à son tour ? Son père, Kalamon Jacob Freud — petit-fils de Rabbi Ephraïm et fils de Rabbi Schlomo, mort deux mois avant la naissance de Sigmund —, est l'aîné d'une famille de commerçants juifs, originaire de Galicie orientale. Il peut être considéré comme un homme des Lumières qui resta toute sa vie attaché aux valeurs traditionnelles du judaïsme. Négociant en laine, mal préparé à l'industrialisation, il ne réussit guère dans les affaires et la famille devra en 1859 quitter Freiberg en Moravie (aujourd'hui Pribor dans l'actuelle République tchèque) pour s'installer à Vienne, comme tant d'autres familles juives venues de Slovénie, Roumanie, Pologne, Italie ou Hongrie. Jacob a quarante et un ans lorsqu'il épouse Amalia Nathanson, de vingt ans sa cadette. C'est dans ce contexte économique difficile que Freud naît le 6 mai 1856 à Freiberg. Son père ayant déjà eu deux fils d'un précédent mariage, Emmanuel et Philipp, Freud était déjà oncle à sa naissance. À cette époque, Jacob a l'allure d'un patriarche affectueux et généreux se tenant assis aux côtés de son fils, Sigmund, dont il paraît fier, comme on le voit sur des photos prises à Vienne. Aux yeux de son fils, il lui arrivera de faire figure de père humilié devant les attitudes et gestes antisémites auxquels il aura dû fréquemment être confronté dans la ville impériale.

Amalia, mère de Sigmund à vingt et un ans, venait également d'une famille juive de Galicie, rattachée à l'Empire austro-hongrois. Elle avait passé son enfance à Odessa avant que ses parents ne s'installent aussi à Vienne. C'était une belle jeune femme, vive, intelligente, qui affichait toujours un caractère résolu et pouvait se montrer tyrannique, surtout avec ses filles. Quant à son fils aîné, elle l'appelait, même à un âge avancé, *Mein goldener Sigi* (mon Sigi en or). Ernest Jones raconte qu'à l'âge de quatre-vingt-dix ans elle refusa un magnifique châle qu'on lui offrait en cadeau en disant que cela la vieillirait. Freud fut toujours angoissé à l'idée qu'il pourrait mourir avant sa mère. Dans une lettre à Karl Abraham — l'un des premiers et fidèles disciples qui fut un pionnier de la psychanalyse à Berlin — il confiait :

> Ma mère aura quatre-vingt-trois ans cette année. Il m'arrive de penser que si elle meurt, cela me donnera un peu plus de liberté car l'idée qu'il faudrait lui annoncer que je suis mort a quelque chose qui vous fait reculer[6].

Premier enfant d'Amalia, Freud aura comme camarade de jeu son neveu John, d'un an son aîné, fils d'Emmanuel. Il ne fait pas de doute que le jeune Sigmund fut l'objet d'une particulière dilection de la part de sa jeune mère — ce qui le dota d'une confiance en lui face à l'adversité — et de celle d'un père d'âge mûr qui, malgré leurs conditions matérielles très précaires, n'hésita pas à l'enjoindre de ne tenir compte, pour son orientation professionnelle, que de ses seules inclinations. Au cours de ce que Freud appelle son *auto-analyse*, que nous connaissons essentiellement par sa correspondance à son ami Wilhelm Fliess avec qui il entretient une véritable relation de transfert comme il pourra le reconnaître après coup, il livre, avec plusieurs éléments de la théorie qu'il élabore en tâtonnant, de nombreux souvenirs d'enfance qui s'intègrent souvent à des récits de rêves. Nous disposons ainsi d'éléments de sa biographie dont il importe d'interroger le statut au regard de ce que la psychanalyse freudienne se donnera à penser comme *vérité* historique. Cette vérité est d'un tout autre ordre que ce que les chercheurs appellent les « faits » en histoire. Il s'agit, pour l'analyse, de traces inconscientes de souvenirs qui ont souvent été refoulés ou dont on n'a rien voulu savoir qui resurgissent plusieurs années plus tard sous une autre forme que celle qu'on peut leur supposer à l'origine. La naissance de Freud fut suivie — moins de deux ans plus tard — de celle d'un petit frère, Julius, qui mourut à l'âge de huit mois. Dans une lettre du 3 octobre 1897, Freud, alors âgé de quarante et un ans, confie à Fliess :

> Tout me fait croire que la naissance d'un frère d'un an plus jeune avait suscité en moi de méchants souhaits et une véritable jalousie enfantine et que sa mort, survenue quelques mois plus tard, avait laissé en moi le germe d'un remords [7].

Cette jalousie, il la reportera sur sa sœur Anna qui paraît lui dérober l'attention de sa mère, d'autant plus qu'elle occupe la place de l'enfant mort. Cette sœur épousera plus tard Eli Bernays, et c'est en faisant la connaissance de son futur beau-frère que Freud s'éprendra de la sœur de celui-ci, Martha, sa future femme. Bien plus tard, Freud les aidera à émigrer aux États-Unis où Eli deviendra un riche homme d'affaires. Anna mourra à New York, presque centenaire, en 1955. Les quatre autres sœurs de Freud n'eurent pas cette chance. Rosa, qui avait épousé un célèbre juriste viennois, Heinrich Graf, fut déportée et mourut en 1942 au camp de Treblinka. Mitzi, Dolfi et Paula furent toutes les trois déportées en 1942 au camp de Theresienstadt. Mitzi et Paula seront transférées au camp d'extermination de Maly Trostinec où elles furent sans doute gazées. Dolfi, restée à Theresienstadt, devait y mourir d'hémorragies internes en 1943. Le dernier enfant de la famille, Alexander, dont le prénom avait été choisi par Sigmund, de dix ans son aîné, en souvenir d'Alexandre de Macédoine, fut celui qui accompagna Freud dans ses voyages en Italie et en Grèce. En 1938, il put quitter l'Autriche et s'installa avec sa femme au Canada où leur fils se trouvait déjà. Il devait y mourir en 1943.

C'est à l'âge de quarante et un ans, dans le récit qu'il faisait de la scène concernant la mort de son frère Julius, que le souvenir prend le statut de souvenir comme tel, avec les sentiments qui lui sont associés. Ce qu'on appelle des éléments de sa biographie, que Freud lui-même analyse, n'acquièrent de sens que dans leur relation à sa découverte. Ce qui donne tout son sens à ce qu'il écrit à l'intention de ses futurs biographes :

Ma vie n'a d'intérêt que dans son rapport à la psychanalyse [8].

D'ailleurs, dans sa lettre précédente à Fliess, celle où, en raison d'insuccès ou de succès partiels, il abandonne son hypothèse de la séduction réelle comme seule cause des symptômes hystériques, Freud avance la conviction récemment acquise qu'il n'existe dans l'inconscient aucun « indice de réalité », c'est-à-dire aucun critère permettant de distinguer le fantasme de la réalité. Les fantasmes se forment par fragmentation du souvenir, donnant lieu, indépendamment de toute chronologie, à un agencement inconscient de fragments de la scène vue et de choses entendues. Le symptôme en produit les traces effacées de la conscience.

L'auto-analyse de Freud — qu'Octave Mannoni, dans la biographie qu'il lui consacre, qualifiera d'« analyse originelle [9] » — se heurte à maintes résistances dont le caractère transférentiel se sera manifesté par d'occasionnelles impossibilités d'écrire qui « semblent avoir pour but, dit-il à Fliess, de gêner nos relations ». Mais il tente par tous les moyens d'élucider le contenu de ses nombreux rêves qu'il note soigneusement. L'un d'eux a trait à la bonne Nannie qu'il désigne à Fliess comme son « professeur de sexualité » :

Elle me lave dans une eau rougie dont elle s'est servie auparavant pour faire sa toilette. Je ne retrouve rien de semblable dans la chaîne de mes souvenirs, c'est donc qu'il s'agit d'une véritable redécouverte ; elle m'encourageait à voler des « zehners » (pièces de 10 kreuzers) pour les lui donner. Une longue chaîne d'associations relie ces premières pièces d'argent au tas de billets de 10 florins qui, dans mon rêve, représentaient l'argent de Martha, destiné aux dépenses du ménage... Ce rêve, en somme, est un rêve de « mauvais traitement » [...] [10].

Or, s'étant enquis auprès de sa mère des souvenirs de cette bonne, il apprend qu'elle était une voleuse et qu'on retrouva dans ses affaires tous les sous neufs, toutes les pièces de 50 centimes et tous les jouets qu'on lui avait donnés à lui. Son frère Philipp, de vingt ans son aîné, était allé chercher un agent et elle avait fait six mois de prison. Comment donc, lui, le rêveur, se retrouve-t-il à la place de Nannie dans le rêve, à la place de celui qui vole, fût-ce pour quelqu'un d'autre, pour elle précisément ? Il aura pu, pense-t-il, entendre raconter, plus tard dans son enfance, que cette bonne avait été une voleuse et avoir ensuite oublié cette histoire jusqu'au jour de sa réapparition dans le rêve. Mais d'où pouvaient donc provenir les transformations ?

Je me suis dit que la disparition soudaine de la vieille avait sûrement laissé en moi une impression que l'on devrait pouvoir retrouver. Mais où ? C'est alors qu'une certaine scène me revint à l'esprit, une scène qui, depuis vingt-neuf ans, surgissait quelquefois dans mon souvenir conscient, sans que j'aie pu la comprendre. La voici : je hurle comme un désespéré parce que je n'arrive pas à trouver ma mère. Mon frère Philipp ouvre un coffre et moi, voyant que ma mère ne s'y trouve pas non plus, je crie davantage encore jusqu'au moment où, svelte et jolie, elle apparaît dans l'embrasure de la porte. Que signifie tout cela ? Pourquoi mon frère a-t-il ouvert ce coffre où il savait bien que maman ne se trouvait pas et que son geste ne me tranquilliserait nullement ? Soudain, je comprends. J'ai exigé qu'il ouvrît ce meuble. Ne pouvant retrouver ma mère, j'ai eu peur de la voir disparaître comme avait disparu la vieille, peu de temps auparavant. Or, j'avais dû entendre dire que cette dernière avait été enfermée et croire que ma mère avait subi le même sort ou plutôt qu'elle avait été « coffrée », suivant une des expressions plaisantes toujours chères à mon frère encore aujourd'hui. Le fait que je me sois de préférence adressé à lui prouve que j'étais bien au courant du rôle qu'il avait joué dans la disparition de ma bonne [11].

Trois types de récits se trouvent impliqués : le récit qui met en mots les images du rêve, celui qui agence les fragments d'un souvenir d'enfance et le récit de la mère de Freud qui est lui-même une reconstitution de son souvenir. Aucun des trois récits n'a davantage que les autres un statut de vérité matérielle. La matérialité, telle qu'elle est envisagée dans ce cas, est faite de différences dans l'archivation de la mémoire, entre l'impression et l'empreinte des traces du souvenir. Ces trois récits constituent la trame du savoir inconscient fait de traces éparses que le langage rassemble. Le souvenir de la scène du « coffre » aura laissé ses empreintes insistantes dans la langue de Philipp puisque le verbe « coffrer » restera une de ses expressions favorites. Dans les rêves, comme dans le mot d'esprit, l'inconscient use à l'envi de la polysémie de la langue pour se frayer une voie vers la conscience. C'est ce savoir inconscient que

Freud met constamment en scène dans ce qu'on appelle en allemand *Sprachgebrauch* (la langue courante). Ce sont aussi des mots de la langue courante qui deviendront des concepts mais ces concepts seront soumis à leur tour aux multiples usages que peut en faire l'inconscient. Nous retrouvons, bien entendu, l'équivalent dans la langue française mais le passage d'une langue à l'autre pose constamment des problèmes pour la langue psychanalytique appelée elle-même à d'incessants renouvellements. C'est pourquoi les mécanismes qui accomplissent le travail du rêve, tels qu'ils ont été isolés par Freud, la condensation, le déplacement, la figuration, pourront être traduits en termes de rhétorique par la métaphore et la métonymie. C'est en établissant de constants rapports analogiques entre ce que lui révèle son « autoanalyse », ce qu'il découvre dans l'analyse de ses patients et ce qu'il trouve dans la littérature, de la plus ancienne jusqu'à nos jours, que Freud établit des objectivités proprement analytiques. Et ces objectivités nouvellement acquises relancent sa propre analyse subjective. Ce qui lui fait dire :

Je ne puis m'analyser qu'à l'aide des connaissances que j'ai objectivement acquises [12].

C'est d'ailleurs dans cette même lettre que Freud fait référence pour la première fois à l'*Œdipe roi* de Sophocle et à la tragédie d'*Hamlet* de Shakespeare. La légende grecque, le mythe et la tragédie de Thèbes auront saisi l'une des données les plus essentielles et universelles de la structure psychique : tout lecteur de la pièce de Sophocle ou tout spectateur de sa représentation au théâtre peut entendre

> [qu'il] fut un jour en germe, en imagination, un Œdipe, et s'épouvante devant la réalisation de son rêve transposé dans la réalité, il frémit selon toute la mesure du refoulement qui sépare ses souvenirs d'enfance de son état présent[13].

Pour *Hamlet*, le sentiment inconscient de culpabilité, le déplacement et le doute sont au premier plan sur fond d'un drame analogue :

> Comment comprendre son hésitation à venger son père par le meurtre de son oncle, lui qui n'a aucun scrupule à envoyer ses courtisans à la mort et qui n'hésite pas une seconde à tuer Laerte ? Tout s'éclaire mieux lorsqu'on songe au tourment que provoque en lui le vague souvenir d'avoir souhaité, par passion pour sa mère, de perpétrer envers son père le même forfait[14].

Un autre chef-d'œuvre de la littérature, *Les Frères Karamazov* de Dostoïevski, confirmera pour Freud cette même intuition. Mais il cherchera à savoir si l'auteur pouvait être conscient des puissants ressorts qu'il met en œuvre. La réponse lui viendra d'un écrivain contemporain, qui est aussi un ami, Stefan Zweig, lui-même auteur d'une étude consacrée à l'écrivain russe : *Trois Maîtres, Balzac, Dickens, Dostoïevski*.

Les doubles de Freud en littérature et en philosophie

Une dame distinguée, d'un certain âge, raconte à l'écrivain une expérience vécue qui l'a concernée il y a plus de vingt ans. Précocement veuve, mère de deux fils qui n'avaient plus besoin d'elle, détournée de toutes les attentes de la vie, dans sa quarante-deuxième année, elle arriva, au cours d'un de ses voyages sans but, dans la salle de jeu du casino de Monaco et, parmi toutes les curieuses impressions éveillées par ce lieu, elle fut bientôt fascinée par la vue de deux mains qui semblaient trahir avec une sincérité et une intensité bouleversantes toutes les sensations du joueur malheureux. Ces mains étaient celles d'un beau jeune homme — l'écrivain lui donne, apparemment sans intention, l'âge du premier fils de la spectatrice — qui, après avoir tout perdu, quitte la salle dans le plus grand désespoir, dans l'intention prévisible de mettre fin, dans le parc, à sa vie sans espoir. Une sympathie inexplicable la contraint à le suivre et à entreprendre toutes les tentatives pour le sauver. Le jeune homme la tient pour l'une de ces nombreuses femmes qui vous importunent en ce lieu et veut s'en débarrasser, mais elle reste avec lui et se voit obligée, de la manière la plus naturelle, de partager la chambre qu'il occupe à l'hôtel et finalement son lit. Après cette nuit d'amour improvisée, elle se fait donner par le jeune homme, apparemment calmé, dans les conditions les plus solennelles, l'assurance qu'il ne rejouera plus jamais. Elle le munit d'argent pour son voyage de retour et promet de le rencontrer à la gare avant le départ du train. Alors s'éveille en elle une grande tendresse pour lui, elle veut tout sacrifier pour le garder, décide de l'accompagner en voyage au lieu de prendre congé de lui. Des hasards contraires la retiennent, si bien qu'elle manque le train ; dans son désir pour le disparu, elle retourne à la salle de jeu et y retrouve avec épouvante les mains qui allumèrent tout d'abord sa sympathie ; l'oublieux de son devoir était retourné au jeu. Elle lui rappelle sa promesse mais, possédé par la passion, il la traite de « trouble-jeu » [Spielverderberin — *corruptrice], lui enjoint de partir, lui jette à la figure l'argent avec lequel elle voulait payer sa rançon. Au plus profond de la honte, elle ne peut que prendre la fuite et elle aura plus tard l'occasion d'apprendre qu'elle n'aura pas réussi à le préserver du suicide*[1].

Tel est le résumé fait par Freud de *Vingt-quatre heures de la vie d'une femme* de Stefan Zweig. Son commentaire décèle dans cette nouvelle le fantasme d'une mère de sauver un jeune homme des effets redoutés de l'onanisme en l'introduisant elle-même à la vie sexuelle. Un fantasme de rédemption assez répandu. La compulsion au jeu et l'accent mis sur l'activité passionnée des mains traduiraient un déplacement de l'acte sexuel solitaire. La conduite surprenante de la femme, dans cette nouvelle, qui s'était détournée de l'amour à la suite de la perte de son mari, s'explique par un report totalement inconscient de cet amour sur le fils auquel correspond, pour le substitut de ce dernier — le héros de la nouvelle —, l'assimilation de la mère à la putain. D'où le sentiment inconscient de culpabilité, le retour à l'activité compulsive et la recherche d'autopunition. Freud retrouve ces mêmes thèmes dans l'œuvre de Dostoïevski. Mais, en communiquant à Zweig sa lecture analytique, il se verra confirmé que son interprétation est totalement étrangère à l'intention de son auteur bien que maints détails du récit semblent calculés pour en indiquer la trace secrète.

Grand lecteur assoiffé de savoir, le jeune Sigmund lisait dès l'âge de huit ans Shakespeare, Homère, Schiller, Goethe et tant d'autres auteurs classiques. Avec ses contemporains, il échangera de longues correspondances, se montrant tour à tour dans une proximité de pensée ou dans un rapport plus critique. Avec le médecin et écrivain autrichien, Arthur Schnitzler, dont les thèmes, comme la sexualité, la mort, les dialogues intérieurs, avoisinaient ses propres sujets de recherche, il manifestera une certaine appréhension de trop s'en approcher. Dans une lettre de 1922, il lui écrit :

Une question me tourmente : pourquoi en vérité, durant toutes ces années, n'ai-je jamais cherché à vous fréquenter

[...] ? Je pense que je vous ai évité par une sorte de crainte de rencontrer mon double. Non pas que j'aie facilement tendance à m'identifier à un autre ou que j'aie voulu négliger la différence de dons qui nous séparent mais, en me plongeant dans vos splendides créations, j'ai toujours cru y trouver, derrière l'apparence poétique, les hypothèses, les intérêts et les résultats que je savais être les miens [2].

Il en sera de même pour Nietzsche, le philosophe sans doute le plus près de sa pensée dont il n'abordera pas l'œuvre pour ne pas être confronté à tout ce qui, chez l'auteur de *La Généalogie de la morale*, lie à l'inconscient la culpabilité, la dette, la responsabilité, y compris celle du rêveur par rapport à son propre rêve. À l'endroit de Stefan Zweig, jeune et brillant écrivain viennois à succès, il ne ménage pas son admiration ni parfois sa critique. En réponse à *Trois maîtres* qu'il lui a adressé, Freud lui répond par une longue lettre :

S'il m'était permis de juger vos portraits avec une particulière rigueur, je dirais que vous avez parfaitement maîtrisé le sujet en ce qui concerne Balzac et Dickens [...] Mais cela ne pouvait aller aussi bien avec ce maudit Russe. On sent là des lacunes et des énigmes non résolues [3].

C'est néanmoins à partir de l'étude de Zweig que Freud apportera un supplément d'analyse non seulement en comparant *Les Frères Karamazov* à la tragédie d'Œdipe mais en tentant aussi d'élucider le problème de l'épilepsie. Constamment attentif à la pensée de Freud et fidèle à l'homme jusqu'à la fin, Zweig trace, dans son dernier livre, *Le Monde d'hier*, un des plus beaux portraits de Freud et, lors de sa mort, un des plus émouvants hommages. Si nous insistons sur les liens qu'entretenait Freud avec les romanciers de son époque, c'est pour souligner d'emblée les qualités littéraires peu communes chez un homme qui se veut plutôt adonné à la science. Ces qualités lui valurent le prix Goethe mais il s'étonnait lui-même de constater que ses observations cliniques se lisaient comme des romans. Ce qui lui valut aussi de voir ses écrits considérés par des esprits chagrins comme peu scientifiques. N'écrira-t-il pas lui-même lorsqu'il commentera la *Gradiva* de Jensen que

> l'auteur de *L'Interprétation des rêves* a osé prendre le parti de l'Antiquité et de la superstition populaire contre l'ostracisme de la science positive[4].

Et dans les *Études sur l'hystérie* qu'il signa avec Breuer :

> Un exposé détaillé des processus psychiques, comme celui qu'on a coutume de trouver chez les romanciers, me permet, en n'employant qu'un petit nombre de formules psychologiques, d'acquérir quelques notions du déroulement d'une hystérie[5].

Déjà au cours de ses années de lycée, de sa dixième à sa dix-septième année, un temps qu'il préféra nettement à celui de l'université, ses premiers regards sur un monde culturel disparu — qu'il évoquera en 1914 — devaient lui rester d'un inestimable secours dans les combats de la vie et les errements douloureux, tout en s'accompagnant d'un étrange pressentiment dont il fait état dans cette adresse pour le cinquantième anniversaire de son lycée :

> J'avais le pressentiment d'une tâche qui ne s'annonçait d'abord qu'à voix basse, jusqu'à ce que j'aie pu, dans la dissertation de maturité, la formuler haut et fort en disant que je voulais apporter dans ma vie une contribution au savoir humain [6].

Le sujet de dissertation, à cet examen de juillet 1872, s'énonçait ainsi : « De quelles considérations devons-nous tenir compte dans le choix d'une profession ? » Ce choix ne fut pas facile pour Freud. Durant toutes ces années de jeunesse, il n'éprouvait aucune prédilection particulière pour la profession médicale. Sa vive curiosité et son désir de savoir le portaient davantage sur toutes les questions concernant la condition humaine avant même de reconnaître la valeur de l'observation comme moyen de les satisfaire. Sur l'influence d'un ami à peine plus âgé, qui deviendra un homme politique connu, Heinrich Braun, il fut tenté d'étudier le droit et d'embrasser une carrière publique en militant dans un parti d'opposition. Mais, à cette époque, les théories de Darwin l'attiraient et laissaient entrevoir d'extraordinaires progrès dans la connaissance du monde. Ce fut, nous dira-t-il, un essai de Goethe sur la *Nature* (un essai attribué à Goethe), exposé par le Pr Carl

Brühl, qui l'incita à s'inscrire en médecine. Cet essai représente la Nature comme une mère qui laisse ses enfants explorer ses secrets.

On obéit à ses lois, même quand on leur résiste, on agit avec elle, même quand on croit la braver. Elle n'a ni langage ni discours mais elle crée des langues et des cœurs afin de sentir et de parler [...] À chacun, elle apparaît sous une forme propre. Elle se cache sous mille noms et mille termes et demeure toujours la même [7].

On imagine ce qui a pu faire rêver le futur explorateur d'un continent ignoré de l'âme humaine et combien ce rêve devait se réaliser en opposition à tout ce qu'enseignait la médecine traditionnelle. Déjà le style de sa dissertation sur le choix professionnel le singularisait, comme il en fit part à son ami d'enfance, Emil Fluss :

Entre autres choses, mon professeur m'a dit — et c'est la première personne qui osa me dire cela — que je possédais ce que Herder appelle si élégamment un style idiotique, c'est-à-dire à la fois correct et caractéristique. Peut-être n'aviez-vous pas l'impression jusqu'à présent de correspondre avec un styliste allemand.

Et il ajoutait, avec son humour habituel :

En ami, en ami désintéressé, je vous conseille donc de conserver ces lettres, d'en faire un paquet, de bien les garder, on ne sait jamais [8].

Le style de Freud, si tôt remarqué à l'époque du lycée, est en effet caractéristique d'un usage le plus classique de la langue allemande, du génie qui lui est propre, et en même temps d'une rhétorique singulière qui lui permet de passer aisément de l'usage courant d'un mot à son emploi comme concept : *Verdrängung* (refoulement), *Verneinung* (dénégation), *Verleugnung* (démenti), etc. Mais c'est surtout la façon dont il reconnaîtra au langage le pouvoir d'exprimer des sentiments opposés ou des idées contraires, en trouvant à cette apparente contradiction une logique qui lui est propre, que les faits cliniques qu'il observera ne seront plus rangés tout uniment du côté du normal ou du pathologique. Les frontières que la conscience dresse entre le normal et le pathologique seront abolies par l'étude même des formations de l'inconscient, car ce qu'on avait jusque-là décrit comme des symptômes relevant de ce qu'on appelait le pathologique est constitué de la même étoffe que les rêves ou les mots d'esprit en usant des mêmes procédés psychiques comme les déplacements, les substitutions et toutes autres transformations. Les trois textes de Freud, *L'Interprétation des rêves*, *Psychopathologie de la vie quotidienne* et *Le Mot d'esprit et sa relation avec l'inconscient*, auront très tôt marqué une rupture radicale avec la clinique psychiatrique soucieuse d'une nette distinction entre le normal et le pathologique et s'efforçant de décrire tous les habits que ce dernier peut revêtir. De même, bien avant que Freud n'établisse clairement, comme dans *Psychologie des masses et analyse du Moi*, que les frontières entre l'individuel et le collectif ne pouvaient guère tenir au regard de l'inconscient, ces trois textes ébauchaient à l'évidence une nouvelle conception du social où l'inconscient individuel s'imbriquait à l'inconscient du collectif. Les faits sociaux seront observés et traités avec la méthode même qui est élaborée depuis l'étude des rêves.

Ce n'est pas la nature différente des objets d'étude mais la rigueur plus grande de la méthode utilisée lors de l'établissement des faits, ainsi que l'ambition de trouver une cohérence étendue, qui constituent le caractère essentiel de notre travail scientifique [9].

La scène sociale ou politique, tout comme l'histoire de l'humanité et des religions, ne seront qu'une scène élargie, si complexe soit-elle, de la scène inconsciente que nous pouvons observer en chacun de nous. Avant d'en venir aux conflits, aux tragédies ou au théâtre illusoire qui se jouent sur cette scène élargie, Freud se sera attardé à ce qui aura requis son attention dans le champ de la médecine et des différentes méthodes de traitement par la parole qui se fondaient encore sur une relation d'influence, de pouvoir et de maîtrise.

Après *le détour* [nous soulignons], qui m'avait pris toute une vie, par les sciences de la nature, la médecine et la psychothérapie, mon intérêt était revenu aux problèmes culturels qui avaient jadis captivé le jeune homme qui s'éveillait à peine à la pensée. Déjà en plein apogée de mon travail analytique, en 1912, j'avais essayé dans *Totem et tabou* d'exploiter les aperçus analytiques nouvellement acquis pour explorer les origines de la religion et de la morale. Deux essais plus tardifs, *L'Avenir d'une illusion* en 1927 et *Le Malaise dans la culture* en 1930, s'inscrivirent ensuite dans cette même direction. Je m'apercevais de plus en plus clairement que les événements de l'histoire de l'humanité, les effets réciproques entre la nature humaine, l'évolution culturelle et les retombées de ces expériences originaires dont la religion se pose comme le représentant privilégié, ne sont que le reflet des conflits dynamiques entre Moi, Ça et Surmoi que la psychanalyse étudie chez l'individu, les mêmes processus repris sur une scène plus vaste [10].

Revenants

Je suis allé pendant la nuit dans le laboratoire de Brücke. On frappe légèrement à la porte, et j'ouvre au Pr Fleischl, qui entre avec plusieurs étrangers et qui, après quelques mots, s'assied à sa table [...] Mon ami Fl. [Wilhelm Fliess] est venu sans prévenir à Vienne en juillet ; je le rencontre dans la rue, qui cause avec mon ami P. [Josef Paneth] et je vais avec eux dans un endroit où ils s'assoient à une petite table l'un en face de l'autre ; je m'assieds du côté étroit de la table. Fl. parle de sa sœur et dit : « Elle mourut en trois quarts d'heure » puis quelque chose comme : « c'est le seuil ». Comme P. ne le comprend pas, Fl. se tourne vers moi et me demande ce que j'ai dit de lui à P. Là-dessus, saisi d'un sentiment étrange, je veux dire à Fl. que P. [ne peut absolument rien savoir car il] n'est plus en vie. Mais [au lieu de dire « non vivit » *(il ne vit pas)] je dis, tout en remarquant moi-même l'erreur :* NON VIXIT *[il n'a pas vécu]. Ensuite je regarde P. d'une manière pénétrante et, sous mon regard, il devient blême, évanescent, ses yeux prennent un bleu maladif et finalement il se dissout. J'en suis extraordi-*

nairement heureux, je comprends maintenant qu'Ernst Fleischl n'était lui aussi qu'une apparition, un revenant, et je trouve tout à fait vraisemblable qu'un personnage de cette sorte n'existe qu'aussi longtemps qu'on le désire et qu'il puisse être éliminé par le souhait de l'autre[1].

Ernst von Brücke, considéré comme le fondateur de la physiologie en Autriche, reçut dans son laboratoire le jeune Sigmund qui y travailla de 1876 à 1882. Fortement impressionné par la figure de ce grand chercheur, comme il apparaîtra dans son rêve, Freud put résoudre, à la satisfaction de ce dernier, un problème qu'il lui avait soumis dans le domaine de l'histologie du système nerveux. Bien que Freud ne se passionnât pas pour cette spécialité médicale, il était tout désigné, dans l'opinion générale, à occuper le premier poste d'assistant qui deviendrait vacant dans l'Institut créé par Brücke. C'est au cours de ces années passées dans ce laboratoire que Freud fait la connaissance d'Ernst von Fleischl, de Josef Paneth et de Josef Breuer avec lesquels il se lie d'amitié. On verra l'importance que prendront ces trois amis dans une histoire de contretemps qui jalonnera son parcours le conduisant de la médecine à la psychanalyse en passant par des recherches sur la cocaïne, l'hypnose et la méthode cathartique.

Le rêve dont il est question est caractéristique. Il met en scène de nombreux personnages qui ont eu une influence dans la vie de Freud, en substituant parfois l'un à l'autre, en condensant en l'un ou l'autre plusieurs figures différentes. Les mots mêmes du rêve forment un écheveau de pensées et de sentiments inconscients qui s'enchevêtrent et poussent des ramifications jusque dans un passé lointain. Plusieurs *revenants* figurent dans ce rêve qui fut fait d'ailleurs peu de jours après l'inauguration du buste de Fleischl à l'Université. À cette occasion, alors âgé de quarante ans, Freud avait revu le buste de Brücke et avait dû regretter que son ami Josef Paneth ne fût pas honoré de la même manière, étant mort trop jeune. Mais cet ami Josef est aussi celui qui lui avait succédé dans le laboratoire de Brücke et auquel il avait autrefois adressé le reproche d'être arriviste. Dans le rêve, Freud élimine son rival et néanmoins ami. Mais l'interprète de son propre rêve nous confie que l'intimité d'une amitié comme la haine pour un ennemi furent toujours nécessaires à sa vie affective. Et cet idéal d'enfant a pu trouver sa réalisation dans la même personne, alternativement ou simultanément amie ou ennemie, dans une amicale férocité. Les deux amis du laboratoire, Josef Paneth et Josef Breuer, auront été tour à tour et en même temps (inconsciemment) des figures d'amitié et d'inimitié. Mais le prénom de Josef renvoie à d'autres Joseph, son oncle Josef auquel est consacré un autre rêve, et Joseph, l'oniromancien de la Bible. Les sentiments opposés qu'il éprouve pour eux, le mélange même de ces sentiments, prennent leur source dans ses rapports d'intime inimitié qui le liaient dans son enfance à son neveu et camarade de jeu âgé seulement d'un an de plus que lui. Les figures du rêve, qui sont des revenants, le sont à un double titre puisque revenant aussi du théâtre de l'enfance où avec son neveu ils incarnaient César et Brutus. John, dans le rôle de César, et Sigmund, dans celui de Brutus. Si, dans son rêve, le rêveur anéantit Josef Paneth, il est curieux que ce soit en le regardant d'une manière pénétrante et que, sous un tel regard, ses yeux deviennent d'un bleu maladif avant de s'éteindre. Cette séquence se révèle être le renversement d'une scène vécue où Freud se voit foudroyé par les merveilleux et terribles yeux bleus de Brücke en colère à la suite de ses arrivées tardives dans le laboratoire le matin. (Freud travaillait tard dans la nuit et devait faire dès l'aube un long trajet qui allait de la Kaiser-*Josef* Strasse à la Währinserstrasse). Les mots NON VIXIT venaient justement du monument de l'empereur Joseph II à Vienne sur le socle duquel on peut lire : *Saluti publicae vixit / Non diu sed totus* (pour le bien de la patrie il a vécu, brièvement mais entièrement). S'interrogeant toutefois plus avant sur le remplacement du *non vivit* par *non vixit*, Freud cherche d'où peut lui venir une chose semblable, qui lui fait penser au sujet de son ami : « Parce qu'il a rendu des services à la science, je lui érige un monument ; mais parce qu'il s'est rendu coupable d'un méchant souhait, je l'anéantis. » Le modèle s'impose du discours qu'il connaît bien de Brutus dans le *Jules César* de Shakespeare : « Parce que César m'aimait, je le pleure ; parce qu'il était heureux, je me suis réjoui ; parce qu'il était brave, je l'honore ; mais parce qu'il voulait le pouvoir, je l'ai tué. » Le mois de juillet tire aussi son nom de Jules César. Or, la phrase « mon ami Fliess est venu sans prévenir à Vienne en juillet » ne repose sur aucune réalité. Fliess ne vient jamais à Vienne en juillet. On peut donc supposer qu'il occupe aussi la place de Jules César. Freud avait reçu de son ami de Berlin, qu'il désigne dans le rêve par les lettres Fl. (les mêmes lettres qui pouvaient désigner aussi bien Fliess que son autre ami Fleischl), la nouvelle qu'il allait être opéré. Il pouvait craindre pour sa vie. Son unique sœur était morte très jeune, emportée rapidement par la maladie : « *Elle mourut en trois quarts d'heure.* » Le rêveur pouvait craindre d'avoir à se faire des reproches si jamais il arrivait la même chose à son ami et s'il arrivait *trop tard* et qu'on lui dise *non vivit*, il ne vit plus. Les reproches devaient aussi, dans leur surdétermination, concerner des amis d'autrefois qu'il avait inutilement brouillés. L'un d'eux était justement le Pr Fleischl.

Au cours de l'analyse de ce rêve, Freud laisse entendre que ses propres enfants sont aussi des *revenants*. Comment doit-on l'entendre ? Cela s'explique par la façon dont Freud avait choisi de nommer sa descendance. Pas selon le goût du jour ni selon les traditions familiales ou religieuses. Il entendait plutôt perpétuer, à travers eux, le souvenir de personnes chères, des maîtres ou des amis. Il prénommera ses trois fils : *Jean-Martin* en hommage à Charcot qui fut pour lui un maître de l'observation clinique lors de son séjour à Paris à l'hôpital de la Salpêtrière ; *Oliver* en souvenir d'un homme politique qu'il avait fortement admiré dans son enfance, Cromwell ; *Ernst* devait lui rappeler son maître Brücke, « la plus haute autorité qu'il eût jamais rencontrée », et sans doute aussi Fleischl, figure aristocratique raffinée, qui semblait comblé de tous les dons et dont la mort prématurée le bouleversera si fortement. Quant à ses filles : l'aînée, *Mathilde*, reçut le prénom de la femme de Josef Breuer pour laquelle il avait une profonde estime ; la deuxième, *Sophie*, celui de la nièce du Pr Hammerschlag chez qui, dans son jeune âge, il s'était initié aux secrets des Écritures, et la cadette, *Anna*, son « Antigone », devra son nom à la fille de ce même professeur et peut-être aussi à sa sœur, Anna, mariée à Eli Bernays, grâce à qui il rencontre Martha.

Mathilde, l'aînée, belle, élégante et généreuse, reçut une éducation bourgeoise et fut élevée dans la laïcité comme tous les enfants de Freud. Elle fit un mariage d'amour en épousant à la synagogue un négociant en textile. N'ayant pu être mère suite aux séquelles d'une intervention chirurgicale, elle s'occupa, à la mort de sa sœur Sophie, de son neveu Heinz, dit Heinerle, petit-fils chéri de Freud, qui mourut d'une tuberculose miliaire à l'âge de cinq ans. Très affectée par les deuils successifs de sa sœur et de son neveu, elle adopta à la perfection un rôle protecteur à l'égard des plus jeunes. Bien que se tenant éloignée de la vie intellectuelle de son père, elle sera néanmoins une grande amie de Ruth Mack-Brunswick, elle-même disciple fidèle et dévouée de son père. Mathilde et son mari émigrèrent à Londres en 1938. Elle y vécut jusqu'à l'âge de quatre-vingt-dix ans.

Jean-Martin, doté d'un physique moins avenant que son frère Oliver, avait en revanche un esprit caustique et acerbe, plein d'humour et d'ironie, qui le faisait apprécier en société. Après des études de droit, et une mobilisation lors de la Première Guerre mondiale, il se lança plutôt dans les affaires et fut ainsi conduit à s'occuper des finances du *Verlag*, la maison d'édition du mouvement psychanalytique à ses débuts. De sa première épouse, il eut deux enfants, Walter et Sophie, qui, après avoir pu gagner la France en 1942, s'installèrent ensuite à Baltimore. Quant à Jean-Martin, il se retira dans le sud de l'Angleterre avec sa seconde épouse.

Oliver semble avoir été le préféré de sa mère. Après des études d'ingénieur dans le génie civil et avoir été lui aussi mobilisé lors de la guerre de 1914, il épousa une étudiante en médecine qui le suivit dans les Carpates. Mais le jeune couple ne tarda pas à divorcer. Après la défaite autrichienne, il s'installa à Berlin où il s'adressa à Max Eitingon pour faire une analyse. Mais ce dernier, se considérant trop proche de la famille, l'adressa à Franz Alexander, qui fut le premier élève de l'Institut psychanalytique de Berlin. En 1923, Oliver épousa la fille d'un médecin berlinois dont il aura une fille, Eva. Contraint d'émigrer en 1933, il résida d'abord en Bretagne puis, après un bref séjour à Paris, partit pour Nice. Mais, en 1942, Oliver et sa femme durent chercher une nouvelle terre d'exil. Ils purent quitter la France par l'Espagne avant de gagner les

États-Unis. Leur fille, liée à un jeune résistant, refusa de les suivre et mourut de septicémie à Marseille en 1944, à l'âge de vingt ans.

Ernst, quatrième enfant et dernier fils, au charme et à l'élégance très modernes, fut le plus indépendant de tous les enfants. Après avoir étudié à Munich et avoir été, comme ses frères, mobilisé, il était devenu architecte et s'était installé à Berlin où il rencontra sa femme, Lucie, dont il aura trois fils : Stefan, Lucian et Klemens. En 1933, Ernst et sa famille émigrent à Londres et, en 1938, c'est lui qui prépare la venue de ses parents et de sa sœur Anna, et leur installation au 20 Maresfield Gardens. C'est aussi lui qui sera l'exécuteur testamentaire de son père et prendra la direction des *Sigmund Freud Copyrights*. À sa mort, en 1966, Lucie poursuivra le travail de publication des œuvres de son beau-père. Ernst aura légué son tempérament d'artiste à leur fils, Lucian, qui deviendra, comme Francis Bacon, l'un des peintres les plus reconnus de la nouvelle école anglaise.

Sophie, « l'enfant du dimanche » comme Freud aimait l'appeler, semble avoir été l'enfant de prédilection de ses parents. Plus belle que sa sœur Mathilde, elle dut affronter la jalousie de sa jeune sœur Anna. À vingt ans, elle épousa Max Halberstadt, un photographe renommé de Hambourg dont elle eut deux enfants : Ernst et Heinz, surnommé Heinerle. Sophie mourut prématurément à l'âge de vingt-six ans, emportée en quelques jours par l'épidémie de grippe espagnole des années d'après la Première Guerre. Freud en fut profondément affecté. Il a pu faire part à Ferenczi — son disciple et ami hongrois qui apporta une contribution importante à la psychanalyse —, dans une lettre du 4 février 1920, du sentiment qu'il éprouvait d'une « offense narcissique irréparable ». Freud restait absorbé dans les corrections de son *Au-delà du principe de plaisir* qu'il avait, pour l'essentiel, terminé l'année précédente, tout en écrivant à Ludwig Binswanger — fondateur de l'analyse existentielle, avec qui il entretint une longue correspondance — que sa femme et lui n'avaient pas pu surmonter cette monstruosité : que des enfants puissent mourir avant leurs parents. Comme il craignait lui-même, quelques années plus tôt, de mourir avant sa mère, en pensant au choc que serait pour elle l'annonce de sa mort. Il faut dire que c'était beaucoup en une semaine. Le soir où il recevait le coup de téléphone inquiétant de son gendre, trois jours avant la mort de Sophie, il venait d'enterrer l'un de ses plus proches amis, Anton von Freund, un Hongrois fortuné qui avait fait des études de philosophie, s'était intéressé à la psychanalyse (il faisait partie du cercle des proches) et avait contribué largement à la fondation du *Verlag*. Dans *Au-delà du principe de plaisir* où Freud introduisait la pulsion de mort dans une nouvelle dualité, Éros-Thanatos, il faisait état de l'observation de son petit-fils Ernst (premier fils de Sophie) jouant avec une bobine en bois attachée à une ficelle qu'il jetait au loin et ramenait à lui en accompagnant ce double mouvement de l'expression *fort-da* (partie-revoilà) pour symboliser la disparition et la réapparition de sa mère lorsqu'elle s'absentait. Il avait alors un an et demi. Un an plus tard, c'est un jouet qu'il lançait par terre en disant « va-t'en à la guerre », une interjection cette fois lancée à l'adresse de son père. Mais c'est au second *fils*, Heinerle, le fils préféré de la fille préférée, que le grand-père s'attache tout particulièrement. L'image de Heinerle vient se superposer à celle du petit frère de Sigmund, Julius, mort à l'âge de huit mois. Un même sentiment de culpabilité ne l'avait pas quitté depuis. Trois ans après la mort de Sophie, le petit Heinerle est emporté lui aussi par la maladie. Cette fois, Freud pleure devant cette perte irrémédiable. Rien ne lui semblera désormais comme avant. L'aîné des fils de Sophie, Ernst, fait quant à lui des études à Berlin, se rend à Jérusalem puis à Moscou, avant de se fixer à Londres où il fait une analyse et devient analyste. Le seul des petits-enfants à suivre les traces du grand-père. Il prend le nom de jeune fille de sa mère et exerce aujourd'hui en Allemagne sous le nom de Ernst Freud.

Anna, la cadette, ne fit pas d'études de médecine comme elle aurait pu le souhaiter mais devint institutrice. Elle se distinguait, dans la famille, par ses qualités intellectuelles, laissant à Mathilde et à Sophie le charme et l'élégance. Elle rejoignit très tôt à l'âge adulte le cercle des disciples de son père. Dès dix-huit ans, elle l'accompagnait à Londres pour une visite à Ernest Jones. Après le mariage de ses deux sœurs, elle demeure l'unique fille au foyer familial. À vingt-trois ans, elle entreprend une analyse avec son père dont ce dernier dira qu'elle fut réussie et que c'eût été plus problématique avec un fils. On ne sait si cette expérience, qui devait son caractère particulier au premier âge de la psychanalyse, peut expliquer la fidélité inconditionnelle d'Anna à la pensée freudienne. Mais il paraît probable que Freud ait entrevu, tel Œdipe vieillissant, qu'elle serait son « Antigone ». Parallèlement à cette analyse, Anna prendra pour confidents Max Eitingon et Lou Andreas-Salomé, qui fut proche de Nietzsche et de Rilke avant de devenir elle-même psychanalyste. Anna s'intéressa plus particulièrement à la psychanalyse des enfants et s'illustra par ses ouvrages sur *Le Traitement psychanalytique des enfants* et *Le Moi et les mécanismes de défense.* Quand son père ne pouvait se déplacer en raison de sa maladie (un cancer de la mâchoire), c'est elle qui le remplaçait, comme ce fut le cas quand il reçut le prix Goethe à Francfort. Elle prit aussi, avec son frère Ernst, la direction des éditions des œuvres complètes de son père. À Londres, où elle émigra avec ses parents, elle fut à la tête d'un des deux courants qui marqueront longtemps la vie du mouvement psychanalytique en Angleterre. Avec l'aide de son amie de longue date, Dorothy Burlingham, elle créa les Hampstead Nurseries et la Hampstead Clinic, un centre de recherches et de thérapie pour enfants. L'autre courant fut incarné par Melanie Klein, analyste née à Vienne qui, après de longs séjours à Budapest et à Berlin, s'installa à Londres en 1926. Ayant déjà publié en 1932 *La Psychanalyse des enfants*, elle faisait remonter à un âge beaucoup plus précoce la formation du complexe d'Œdipe, s'intéressait à la relation archaïque à la mère et mettait au jour une envie et une haine primitives propres à rendre compte de la psychose chez l'enfant. Avec l'arrivée d'Anna Freud en Grande-Bretagne, ce fut le début d'une longue controverse entre deux écoles, l'une qui ne craignait pas de prendre en analyse de très jeunes enfants, l'autre qui appliquait plutôt la psychanalyse à une pédagogie qui associait les parents. Après la mort d'Anna Freud, en 1982, la maison qui avait accueilli la famille en exil devenait le Freud Museum.

C'est dans ses années de laboratoire chez Brücke, qu'il considérait comme les plus belles années de sa jeunesse, que Freud fut sur la voie de deux découvertes médicales majeures. L'une concernait les neurones, dont l'importance, reconnue peu de temps après, imprègne de ses traces son *Esquisse pour une psychologie scientifique* — projet destiné à Fliess — qui ne fut intégrée à son œuvre qu'après sa mort. L'autre touchait aux propriétés anesthésiques de la cocaïne. Lorsqu'il était interne dans le service psychiatrique de Meynert à l'hôpital général de Vienne, Freud s'intéressa à cet alcaloïde, peu connu à l'époque, la cocaïne. Il convainquit son ami Fleischl d'en faire usage pour se guérir d'une intoxication morphinique. Fleischl, en effet, avait contracté une grave maladie infectieuse en dirigeant des recherches d'anatomo-pathologie. On avait dû lui amputer le pouce droit puis il dut subir plusieurs opérations. Il continuait de souffrir de douleurs intenses dont Freud crut pouvoir le soulager en substituant la cocaïne à la morphine. Ce qui provoqua momentanément le soulagement escompté avant de se révéler un échec. Dans la publication qu'il fit sur ce sujet, Freud prévoyait qu'on aboutirait bientôt à d'autres utilisations de cette substance. Il engagea son ami l'ophtalmologiste Königstein à examiner les applications pour l'œil des propriétés anesthésiantes de la cocaïne. Il en avait également parlé à Carl Koller (de New York) qui s'était alors livré à des expériences décisives qui allaient lui permettre de devenir l'inventeur de l'anesthésie locale par la cocaïne, si importante en petite chirurgie. Dans sa *Selbstdarstellung*, Freud raconte avec humour qu'il doit à sa fiancée Martha de ne pas avoir acquis alors la célébrité de Koller puisqu'il s'était absenté de Vienne pour aller la voir à Hambourg après une longue séparation. Mais il est permis de croire que ce fut pour Freud un heureux contretemps car il eût sans doute été détourné, dans ce cas, de la découverte qui allait devenir d'après lui la troisième plus importante de l'histoire des sciences après celles de Copernic et de Darwin. Freud aura pu se réjouir également d'avoir suivi le conseil de Brücke de ne pas faire carrière dans ce domaine de la recherche, d'avoir laissé son poste à Josef Paneth et d'avoir survécu à ce dernier. Mais on pourra se demander si Freud n'aura pas éprouvé quelque culpabilité de survivre à ses deux amis vis-à-vis desquels il n'était pas sans avoir contracté quelques dettes.

On a vu comment procède Freud pour l'analyse des rêves. Sa méthode consiste à associer aussi librement que possible sur les éléments du rêve qui se rapportent à des événements récents puis à remonter jusqu'à ses souvenirs d'enfance les plus éloignés de sa conscience pour revenir à la réalisation actuelle d'un souhait. C'est dans un article publié directement en français [2] qu'apparaît pour la première fois en 1896 le terme « psychanalyse ». Emprunté au grec *Analuein*, ce verbe inscrit deux motifs qui entrent en concurrence : l'un concerne la remontée (*ana*) vers le plus originaire, l'élémentaire ; l'autre est marqué par la déliaison, la dissolution (la *lysis*). Appliquée à la psyché, l'analyse s'emploiera à rechercher les traces des empreintes les plus archaïques et à délier le trop de sens dans les rets duquel se trouve retenu le symptôme. C'est la méthode d'analyse du rêve qui sera appliquée dans la pratique, celle dite de la libre association, et sera donnée comme « la règle fondamentale ». Freud invitera ses patients à dire ce qui leur vient à l'esprit le plus spontanément en exerçant sur leurs pensées et leurs sentiments le moins de censure possible. L'originalité de la méthode ne lui sera toutefois pas venue uniquement de son « auto-analyse ». Alors qu'il avait abandonné la pratique de l'hypnose et de la suggestion mais se servait encore de la pression de la main sur le front pour inciter à ce que vienne à l'esprit une idée liée à la cause possible du symptôme, Freud se verra demander un jour, par une de ses premières patientes, de ne pas interrompre le cours de ses pensées et de la laisser parler librement. Quelle influence aura donc eue sur Freud son passage par l'hypnose et la suggestion dans l'aventure de sa découverte pour que la démonstration de l'authenticité et de la régularité des phénomènes hystériques lui arrache cette phrase venue de Lessing, citée en exergue à sa pièce *Nathan le Sage*, qu'Aristote lui-même attribue sous sa forme grecque à Héraclite : *Introite et hic dii sunt* (Entrez, ici aussi il y a des dieux) ?

Les maîtres en question

Dans une pièce rectangulaire, sous le regard curieux ou dubitatif d'une trentaine de médecins et d'hommes de lettres, une jeune femme, la tête renversée en arrière, soutenue par Joseph Babinski, le célèbre assistant du Pr Charcot, s'apprête à reproduire la crise en arc de cercle qui se trouve figurée sur une toile qui lui fait face au fond de la salle. Une infirmière se tenant à ses côtés, les bras tendus vers elle, la réveillera pour l'allonger sur un brancard qui se trouve à ses pieds quand elle sera parvenue à la deuxième phase du cycle qui l'aura fait passer par un état de léthargie, puis de catalepsie avant de répondre, dans un état de somnambulisme, aux injonctions de la parole du maître.

Ce tableau intitulé *Une leçon clinique à la Salpêtrière*, peint par André Brouillet, fut exposé au Salon de 1887. Freud en avait acquis une reproduction, en souvenir de son séjour chez Charcot, qui sera accrochée au mur de son cabinet, lorsqu'il s'installera au 19 Berggasse, au-dessus de la collection de statuettes antiques qu'il acquit au fil du temps. Le nom de Jean-Martin Charcot avait déjà franchi les frontières de l'Hexagone et Freud avait depuis quelque temps formé le projet de venir à Paris suivre son enseignement. C'était l'époque où les grands professeurs de médecine étaient des lettrés et où les hommes de lettres franchissaient les murs de l'asile pour s'instruire aux célèbres consultations. Après avoir obtenu à Vienne le titre de *Dozent* (chargé d'enseignement) en neuropathologie, et grâce à la défense acharnée de son protecteur Brücke — tout au moins selon le témoignage qu'en donne Fleischl —, Freud se vit octroyer une bourse de voyage pour un séjour de six mois à l'étranger. Mais avant de quitter Vienne pour Paris, il ne manqua pas de faire un détour par Wandsbek pour voir sa fiancée et vaincre les dernières réticences que Mme Bernays nourrissait encore à son endroit. De Paris, en 1885, il écrira à Martha pour lui faire part des vives émotions que lui procure sa visite du Louvre, et tout particulièrement les bustes impressionnants des empereurs romains, les inscriptions cunéiformes si parfaitement conservées à travers les âges, les bas-reliefs égyptiens aux couleurs flamboyantes, et tout ce qui témoignait d'une passion pour l'archéologie, l'histoire des civilisations et les arcanes du monde intérieur qu'ont intuitivement saisis les grands artistes. Il se rend aussi au théâtre pour voir la merveilleuse Sarah Bernhardt et assiste aux comédies de Molière qui sont pour lui d'excellentes « leçons de français » [1]. Toutefois, chez Charcot, il se sent seul parmi les étrangers. Voulant rompre son isolement, il lui proposera de traduire ses *Leçons* en allemand. Freud n'avait pas seulement lu les auteurs anciens et ceux de sa langue maternelle. Il avait appris seul et très tôt l'espagnol pour lire Cervantès et, dans un échange de correspondance avec son camarade d'école Silberstein, il parodiait *El Coloquio de los perros* (*Le Dialogue des chiens*) en appelant Silberstein *querido Berganza* et en signant lui-même *tu fidel Cipión*[2]. Il était aussi un lecteur assidu des romanciers français contemporains comme Anatole France et Émile Zola et des écrivains anglais. Il traduisit l'essai de John Stuart Mill sur l'émancipation des femmes sans pour autant se priver de le critiquer.

De par les habitudes qu'il avait acquises à Vienne, Freud cherchait à étayer ses observations en se référant à l'une des théories en cours. À cela Charcot objecta un jour en usant d'un aphorisme qui devait fortement impressionner son hôte : « La théorie, c'est bon, mais ça n'empêche pas d'exister. » Lorsque Freud s'offrit comme traducteur de Charcot, il le fit avec son humour habituel, disant qu'il n'était affecté que d'une « aphasie motrice du français » et non d'une « aphasie sensorielle ». Dès lors, Charcot le fit entrer dans ses relations privées, l'invitant à des réceptions dans sa somptueuse demeure du faubourg Saint-Germain. Charcot avait une stature impressionnante, tel qu'il apparaît dans *Les Morticoles* de Daudet. Il adoptait souvent une posture napoléonienne, le bras replié à angle droit sous sa redingote. Il tenait aussi salon où se retrouvait le monde littéraire de l'époque. Si Freud ne prit aucun goût à ces mondanités qu'il jugeait ennuyeuses, il n'éprouvait pas moins une franche admiration pour la vivacité d'esprit de Charcot, sa noble élégance et surtout son remarquable amour du travail. Si épris qu'il fût de son indépendance d'esprit, le Freud de vingt-neuf ans pouvait ne pas tarir d'éloges pour certains de ses maîtres :

> Charcot est un des plus grands médecins dont la raison confine au génie. Il est tout simplement en train de ruiner mes conceptions et mes desseins. Il m'arrive de sortir de ses cours comme si je sortais de Notre-Dame, plein de nouvelles idées sur la perfection [...] La graine produira-t-elle son fruit ? Je l'ignore, mais ce que je sais, c'est qu'aucun autre homme n'a jamais eu autant d'influence sur moi[3].

Dans l'hommage qu'il lui rendit à sa mort, en 1893, on trouve ce que Freud aura retenu des magistrales leçons et qu'il appliquera lui-même dans son propre travail :

> Chacune de ses conférences était un petit chef-d'œuvre de construction et de composition ; la forme était parfaite et faisait une telle impression que de toute la journée on ne pouvait chasser de son oreille la musique de ce qu'il avait prononcé ni de son esprit la pensée de ce qu'il avait démontré [...] Jamais il n'apparut si grand à ses auditeurs que lorsque, rendant compte le plus fidèlement de sa démarche de pensée et s'ouvrant le plus franchement de ses doutes et de ses hésitations, il avait alors trouvé à réduire le fossé entre le maître et l'élève[4].

Mais ce même hommage porte aussi le message de la future théorie de Freud déjà en germe. Tout porte à croire que si Freud situait Charcot dans la lignée de Pinel qui avait libéré l'aliéné de ses chaînes, il entendait pour sa part libérer l'hystérique de son assujettissement à l'hypnose. Face à l'effet somatique de la parole et à la fascination exercée par ce que l'hystérique donnait à voir — et que les surréalistes qualifièrent de la plus grande découverte poétique du XIXe siècle — Freud entrevoyait déjà que si l'hystérique était submergé(e) par un affect dont sa conscience semblait tout ignorer de la cause, il devait y avoir un processus psychique, qu'il qualifiera plus tard d'inconscient, à même d'en rendre compte. La notion de savoir inconscient et celle de clivage de la conscience ou du moi étaient déjà pressenties. Un observateur impartial, écrira-t-il, pouvait arriver à cette conclusion : que le souvenir d'un état affectif puisse être remémoré au moyen d'un phénomène somatique sans que le moi n'en sache rien ni ne soit capable d'intervenir pour l'empêcher.

> Si nous nous rappelions la différence familière entre les aspects psychologiques du sommeil et de la veille, notre hypothèse pourrait paraître moins étrange. On ne devrait pas objecter que, pour résoudre l'énigme de l'hystérie, la théorie du clivage de la conscience peut paraître incongrue à un observateur profane sans prévention. Car en déclarant que la possession démoniaque est la cause des phénomènes hystériques, c'est bien une telle solution que le Moyen Âge avait adoptée. Il suffirait de remplacer le langage religieux de ces âges obscurs et superstitieux par le langage scientifique d'aujourd'hui [5].

C'est ce que Freud reprendra trente ans plus tard à propos d'*Une névrose démoniaque au XVII*e *siècle*. Alors que Charcot soutenait ne pouvoir provoquer un état d'hypnose que chez un sujet hystérique, à l'école rivale de Nancy, Liébault et Bernheim, chez qui Freud se rendit en 1889, affirmaient que l'hypnose était purement affaire de suggestion et que tout le monde pouvait s'y prêter avec plus ou moins de résistance. Il se voyait confirmer que les hystériques savaient à leur insu ce qui touchait de près à la cause de leurs symptômes mais que ces choses, qui demeuraient soustraites à leur conscience, ne pouvaient être mises au jour que par l'intervention d'un tiers. Freud s'imprégnera de cette pensée en traduisant le principal ouvrage de Bernheim, *De la suggestion et des applications thérapeutiques*. Mais, avec la notion d'inconscient, il fera de la division interne du sujet une donnée essentielle de la vie psychique, abolissant la frontière du « normal » et de l'« anormal », et se départira progressivement de « la suggestion » pour en venir à libérer la relation psychanalytique des rapports de pouvoir. Chemin faisant, Freud s'interroge sur le pouvoir des mots comme instrument essentiel du traitement psychique.

Un profane trouvera sans aucun doute qu'il est difficile de comprendre comment des troubles du corps et de l'âme peuvent être éliminés par de « simples » mots. Il aura l'impression qu'on lui demande de croire en la magie. Il n'aura d'ailleurs pas tout à fait tort car les mots que nous utilisons dans notre langage de tous les jours ne sont rien d'autre que de la magie édulcorée. Mais il nous faudra suivre un chemin détourné afin d'expliquer comment « la science » entreprend de restaurer les mots pour leur rendre au moins une partie de leur ancien pouvoir magique [6].

Le détour en question sera effectué par un cheminement sinueux devant passer par le déchiffrement du langage de l'hystérie : langage où la représentation visuelle de la chose inconsciente se pare de l'affect sous un signe inversé en assignant au refoulement le refus de traduire la chose en mots. C'est en laissant au thérapeute le soin de ladite traduction que l'hystérique confère, à celui qui est supposé savoir ce qu'elle-même sait à son insu, le pouvoir qu'elle pourra lui disputer. Les effets dans la réalité de l'identification imaginaire dont il est question, avec sa reduplication en miroir et sa structure réversible, c'est ce dont Freud se dégagera et ce dont il déliera la relation « thérapeutique » avec l'étude de *Psychologie des masses et analyse du Moi*. « L'hystérique » de Charcot traduisait symboliquement dans son corps le désir possessif du maître et en donnait la représentation visuelle. « L'hystérique » de Freud, depuis l'invention de la situation analytique, sera privée d'une telle mise en scène, soustraite à la vision du regard de l'autre, et traduira en mots l'affect lié aux fantasmes qui évoqueront chez l'analyste la scène visuelle inconsciente qui en fournira l'interprétation.

L'écart qui se fait jour entre la pensée de Freud et celle de Charcot est plus révolutionnaire qu'il n'y paraît. Car, dans sa *Contribution à la conception des aphasies*[7], tout en cherchant à construire un pont entre la neurologie et la psychologie, Freud conceptualise un « appareil de langage » (*Spracheapparat*) à même de rendre compte des troubles de la fonction langagière. Cet appareil sera nettement le précurseur de l'« appareil psychique », que Meynert concevait d'un point de vue purement neurologique, et permettra à Freud de nouer l'inconscient au langage comme sa condition essentielle. Alors que les idées de Charcot l'avaient libéré de l'emprise qu'exerçaient sur lui Brücke et Meynert — dans le service psychiatrique duquel Freud avait travaillé quelques mois en 1883 à l'hôpital général de Vienne —, l'étude des troubles du langage allait lui permettre de se dégager radicalement des conceptions du maître de la Salpêtrière. En opposition à Charcot qui accordait une prépondérance à l'élément visuel du langage — ce qui oblitérait toute reprise par la conscience d'une idée inconsciente et ne laissait que le recours à une identification imaginaire au désir de l'autre —, Freud fera occuper à l'image acoustique du mot — le futur « signifiant » de Ferdinand de Saussure — une position prévalente dans son rapport aux associations d'objets. Dans son schéma psychologique de la représentation de mot, ce sont les images visuelles qui représentent l'objet, comme dans le rêve, alors que l'image acoustique est celle par laquelle la représentation de mot peut être mise en rapport avec les diverses parties constituantes de la représentation d'objet. Autrement dit, le signifiant était mis en position prévalente dans les effets de signification pour le sujet. Cette révolution au sein de l'appareil de langage sera décisive aussi bien pour rendre révolue l'hystérie du temps de Charcot que pour l'invention de la situation analytique où le patient, soustrait au regard de l'autre, est amené à inverser le trajet effectué par le travail du rêve pour actualiser, à travers la signifiance des associations libres, les transformations de l'économie psychique qu'il peut ainsi se réapproprier. Là où Freud décrira plus tard le refoulement hystérique comme la difficulté de traduire la chose en mots, par défaut de symbolisation, il aura déjà, en 1891, qualifié d'aphasie asymbolique la relation troublée entre la représentation de mot et la représentation d'objet. On pourra s'étonner que cet ouvrage charnière entre la physiologie et la psychanalyse soit attribué par son auteur à l'époque de ses travaux neurologiques, ne méritant pas de figurer dans son œuvre proprement psychanalytique. Il concerne pourtant, selon nous, les conditions historiques de l'élaboration de la pensée psychanalytique dans sa singulière originalité. Si cette étape ne fut pas mise en valeur par Freud lui-même, c'est peut-être en raison des attaches à la philosophie, à une certaine philosophie, que conservent encore ses études sur le langage. Son interprétation des aphasies est d'emblée marquée par la pensée de John Stuart Mill. L'intérêt de ce dernier pour la théorie des réminiscences de Platon avait fortement impressionné Freud, tout comme sa *Leçon sur la logique*, à laquelle il avait assisté à l'âge de vingt ans, qui soulignait l'importance des représentations de langage.

De même sa fréquentation des cours de Franz Brentano avait pu lui laisser l'idée d'une « conscience inconsciente » dont ce dernier avait fait l'hypothèse. Malgré le vif intérêt qu'il porte aux écrits psychologiques de Brentano, Freud ne va pas jusqu'à se départir pour autant de l'athéisme auquel le maître avait voulu le faire renoncer. Il se sera toujours méfié de la spéculation dans tous les domaines, même s'il lui arrive plus tard de spéculer, non sans raison, sur une pulsion de mort en constante opposition aux pulsions de vie.

> Même là où je me suis éloigné de l'observation, j'ai soigneusement évité de m'approcher de la philosophie proprement dite. [Suit le trait d'humour : une incapacité constitutionnelle m'a grandement facilité une telle abstention.] J'ai toujours été sensible aux idées de Fechner et j'ai d'ailleurs pris appui sur ce penseur pour des points importants. Les larges concordances de la psychanalyse avec la philosophie de Schopenhauer — il n'a pas seulement soutenu la thèse du primat de l'affectivité et de l'importance prépondérante de la sexualité mais il a même deviné le mécanisme du refoulement — ne se laissent pas ramener à ma connaissance de sa doctrine. J'ai lu Schopenhauer tard dans ma vie. Quant à Nietzsche, l'autre philosophe dont les pressentiments et les aperçus coïncident souvent de la manière la plus étonnante avec les résultats laborieux de la psychanalyse, je l'ai longtemps évité précisément pour cette raison ; la priorité dans la découverte m'importait moins que de rester sans prévention [8].

Mais n'est-il pas permis de penser qu'il est arrivé parfois à Freud de souffrir de réminiscences, voire de les endurer ? Là où, dans les *Études sur l'hystérie* qu'il signe avec Breuer, il est rappelé que « c'est de réminiscences surtout dont souffre l'hystérique », une note de bas de page prévient le lecteur :

Dans le texte de cette *Communication préliminaire*, nous ne pouvons délimiter ce qui est nouveau et ce qui se trouve chez d'autres auteurs tels que Möbius et Strümpel, ceux-ci ayant formulé sur l'hystérie des opinions analogues aux nôtres[9].

Un heureux contretemps

Je fis un jour une expérience qui me révéla sous un éclairage cru ce dont je me doutais depuis longtemps. Alors que j'avais délivré de son mal l'une de mes patientes les plus dociles, chez qui l'hypnose avait permis de réaliser les plus remarquables prodiges, en ramenant l'accès douloureux à sa cause, elle me passa à son réveil les bras autour du cou. L'entrée inopinée d'une personne de service nous évita une explication embarrassante, mais, par un accord tacite, nous renonçâmes dès ce moment à poursuivre le traitement par hypnose. Je gardai la tête assez froide pour ne pas porter ma surprise au compte d'un charme personnel irrésistible et pensai avoir désormais saisi la nature de l'élément mystique qui était à l'œuvre derrière l'hypnose[1].

Freud ne donnait pas encore à cet « élément mystique » le nom de « transfert » que le phénomène recevra plus tard mais il se rendait compte que, si l'utilisation cathartique de l'hypnose pouvait mettre à la disposition du patient un savoir dont il ne disposait pas à l'état de veille, il pouvait aussi bien se passer de ce recours pour parvenir à un résultat identique. Il découvrait que sans incitation ni pression, mais avec davantage de patience, les souvenirs oubliés, liés à l'étiologie de la maladie, pouvaient surgir spontanément. Il ne garda de cet usage de l'hypnose que le dispositif de la position allongée du patient en se soustrayant lui-même à sa vue. Ce dispositif était corrélatif de sa conception du langage qui donnait une prévalence à l'écoute de l'usage polysémique de la langue plutôt qu'à la suggestion où le regard entravait la libre association et la résurgence plus spontanée dans le langage des choses qui ont été refoulées.

La découverte du transfert comme tel tient à une étonnante histoire qui jalonne les péripéties de sa relation à Josef Breuer. Il avait connu ce collègue « d'une intelligence éminente », de quatorze ans son aîné, à l'époque où il travaillait dans le laboratoire de Brücke. C'était un des médecins de famille les plus en vue de Vienne avec qui il entretenait à la fois des liens d'amitié et une étroite collaboration scientifique. Dès avant son départ pour Paris, Freud avait partagé avec Breuer la même conception de l'étiologie et de la signification des symptômes hystériques. Il avait même décidé de faire part de leur découverte à Charcot dès son arrivée à la Salpêtrière. Mais ce dernier n'y prêta aucune attention. À son retour à Vienne, Freud s'intéresse à nouveau à l'observation *princeps* de Breuer, connue sous le nom de « Anna O. ». Dans sa *Selbstdarstellung*, Freud en restitue l'histoire, trente ans plus tard, dans un souvenir sans doute partiellement lacunaire.

La patiente était une jeune fille exceptionnellement douée et cultivée qui était tombée malade alors qu'elle soignait un père tendrement aimé. Lorsque Breuer la prit en charge, elle présentait un tableau hétéroclite de paralysies avec contractures, d'inhibitions et d'états de confusion psychique. Une observation fortuite permit au médecin de s'apercevoir qu'elle pouvait être libérée d'un tel trouble de sa conscience lorsqu'il l'amenait à exprimer par des paroles le fantasme affectif auquel elle était justement en proie. Breuer tira de cette expérience une méthode de traitement [...] Il en ressortit que tous ses symptômes remontaient à des expériences qui l'avaient marquée pendant qu'elle soignait son père malade, qu'ils avaient donc un sens et correspondaient à des vestiges ou des réminiscences de ces situations affectives[2].

Freud comprend qu'Anna O. avait dû refouler des pensées ou réprimer des impulsions au chevet de son père malade et que c'est sous forme de compromis dans des symptômes — la phobie des serpents, la rigidification des mouvements de contraction et la paralysie du bras — que s'exprimaient à la fois le désir et son interdiction. Il fallait d'ailleurs, pour que se forment les symptômes, que se produise la rencontre de plusieurs motifs, qu'il y ait une surdétermination. Conscient de l'importance de cette découverte, Freud restait intrigué par les réticences de Breuer à communiquer ses observations et ses résultats. Certes, Breuer n'était pas un spécialiste, son orientation demeurait physiologiste, cette découverte pouvait jeter une ombre sur sa renommée et il ne s'agissait que d'un cas, fût-il exemplaire, à partir duquel il pouvait paraître hasardeux de généraliser. Mais Freud était si convaincu de la méthode appelée cathartique qu'il n'hésite pas, lorsqu'il l'évoque, à en attribuer la paternité à son ami Breuer.

> Si la présentation que j'ai faite jusqu'ici a suscité chez le lecteur l'attente que les *Études sur l'hystérie* sont, sur tous les points essentiels de leur contenu factuel, la propriété spirituelle de Breuer, eh bien, c'est exactement le point de vue que j'ai toujours défendu et que je voulais cette fois encore exprimer[3].

Cette attribution de paternité à Breuer ne concerne pas que la méthode cathartique en soi ni en tant qu'elle dessinerait l'horizon de ce qui lui succédera. Elle touche également l'invention de la psychanalyse comme constituée à travers la trame d'une suite d'événements dont le sens n'apparaît qu'après coup. Pour l'étiologie sexuelle de l'hystérie puis de la névrose en général, il faudrait remonter de Breuer l'assignant aux « secrets d'alcôve » à Charcot pour qui « c'est toujours la chose génitale, toujours », jusqu'à une inassignable origine, toujours venue d'ailleurs, une origine toujours seconde. La reconnaissance de l'étiologie de l'hystérie se fera « hystériquement », c'est-à-dire à travers une série d'oublis, de déplacements, de réminiscences. Et la psychanalyse ? « Psychanalytiquement », comme effet de ce qui s'appellera, et aurait pu s'appeler autrement, l'inconscient, et lorsque sa reconnaissance aura impliqué toutes ses conséquences : « la différence entre un flirt léger et un mariage en bonne et due forme, avec toutes ses obligations et ses difficultés[4] », une différence entre l'appel à la vie et l'assurance de la survie, entre la vie et la survivance.

En 1914, Freud rappelle une date, celle d'une déclaration faite du haut d'une chaire, à l'étranger :

> Lorsqu'en 1909 j'eus pour la première fois la permission de parler publiquement de la psychanalyse du haut d'une chaire universitaire américaine, j'ai déclaré, pénétré de l'importance de ce moment [antérieur, non daté, indatable] sous le rapport des objectifs que je visais, que ce n'était pas moi qui avais appelé à la vie la psychanalyse. C'était un autre, disais-je [le dirait-il encore au moment où il l'écrit ?], Josef Breuer, qui s'était acquis ce mérite[5].

Sur les véritables circonstances de la naissance de la psychanalyse, pour laquelle Freud aura, pour un temps, fait jouer à Breuer le rôle de père, un mystère persiste. Car Freud peut tout aussi bien reconnaître, après coup, différents temps de sa gestation, de Charcot à Breuer, tout en ne se départissant pas du rôle qui lui revient dans sa venue au jour :

> Ces transmissions que j'avais accueillies sans les comprendre avaient sommeillé en moi pendant des années pour se réveiller un jour en une conception apparemment originale[6].

Comme une chose déjà perçue, restée pourtant étrangère et devenant tout à coup familière. Ou comme ce qui était resté imaginaire apparaissant soudainement en une vive réalité. La naissance de la psychanalyse, pourtant attendue (« dans les objectifs que je visais »), serait survenue de manière inattendue. À contretemps. Un coin du voile qui entoure le mystère est soulevé lorsque Freud fait part de ce qui continue de l'intriguer dans le cas d'Anna O. Il ne doutait pas qu'elle ait pu bénéficier des soins de Breuer, que son état ait pu s'améliorer au point qu'elle fût « devenue capable d'accomplissements non négligeables » mais

> sur le dénouement du traitement hypnotique persistait une obscurité que Breuer ne dissipa jamais pour moi pas plus que je ne comprenais pourquoi il avait tenu si longtemps secrète sa découverte qui me paraissait inestimable [7].

Si la procédure cathartique restait aux yeux de Freud remarquable, il n'en reconnaissait pas moins les défauts liés à tout traitement hypnotique soumis à l'emprise du médecin, à la dépendance à son égard et à la mise en réserve du rôle de la sexualité.

> Encore aujourd'hui, il y a un certain nombre de psychothérapeutes qui en sont restés à la catharsis au sens de Breuer et qui s'en félicitent [...] Dans la théorie de la catharsis, il n'est pas beaucoup question de sexualité [8].

Breuer n'avait-il pas dit que dans le cas d'Anna O. les facteurs sexuels n'avaient joué aucun rôle, même s'il avait pu écrire par ailleurs :

> Nous constatons que la sexualité est une des grandes composantes de l'hystérie. Nous verrons que sa participation y est encore plus considérable et qu'elle concourt, par les moyens les plus divers, à la formation de la maladie [9].

L'obscurité sur la fin de la cure d'Anna O. devait donc venir de ce qui était à la fois reconnu et méconnu chez Breuer. Freud se souvient alors, de nombreuses années plus tard, des remarques de Breuer :

> Lorsque le travail cathartique avait paru terminé, il s'était brusquement déclenché chez la jeune fille un état d'« amour de transfert » que Breuer ne rapportait plus à son être-malade, de sorte qu'il s'était éloigné d'elle avec effarement. Il lui était manifestement pénible qu'on lui rappelât ce contretemps apparent [*dieses anscheinende Missgeschick*] [10].

Ce terme *Missgeschick* présente à lui seul une énigme. Il peut aussi bien se traduire par *malchance*, *déconvenue*, *déboire*, *adversité*. Et l'énigme se redouble de le voir accolé à l'adjectif *anscheinende* qui qualifie ce contretemps d'*apparent*. Cette expression est en soi tout à fait analytique car elle laisse entendre qu'un événement pourrait n'avoir que l'apparence d'un contretemps, sa survenue ne produire qu'un semblant de déconvenue. Ce serait un contretemps qui, pour un autre temps, surgirait au bon moment, arriverait à temps. Comme un acte manqué qui, dans la mesure où il laisse émerger un désir inconscient, peut être considéré comme un acte analytiquement réussi. Curieusement, le choix de traduire *Missgeschick* par *contretemps* nous vient du traducteur anglais des œuvres complètes de Freud, parues sous le nom de *Standard Edition*. James Strachey aura choisi ce mot emprunté à la langue française dont l'usage est devenu courant en anglais. Un mot bilingue. Dans un autre contexte, lorsqu'il écrit *Sur l'histoire du mouvement psychanalytique*, Freud utilise une autre expression pour qualifier le même événement, une expression de la langue anglaise, insérée dans le texte allemand, en italique et entre guillemets :

Il se trouve que j'ai de fortes raisons de supposer que Breuer avait dû nécessairement découvrir de nombreux indices témoignant en faveur de la nature sexuelle du transfert mais que, le caractère général de ce phénomène inattendu lui ayant échappé, il arrêta là sa recherche comme devant un « *untoward event* ». Il ne m'en a pas informé directement mais il m'a fourni à différentes reprises des points de repère qui suffisent à justifier cette supposition[11].

Lorsque Freud se remémore cette époque, il suppose que les éléments qu'il a pu reconstituer correspondent à ce qu'il a formalisé depuis. Il n'y a pas d'analyse sans un processus de transfert qui réactualise l'histoire, présentifie le passé dans une relation qui n'est pas soumise aux mêmes avatars, répète des scènes anciennes pour en dénouer l'intrigue. Mais ce transfert, qui ne peut qu'impliquer des sentiments de tous ordres et la sexualité à laquelle ils sont noués, offre une résistance à l'analyse dont il est en même temps le ressort. Pour peu que l'analyste ne résiste pas lui-même. Ce contre quoi Freud mettra en garde dans un texte sur *L'Amour de transfert*. Précisément. On peut donc penser qu'en 1914, quand Freud relate l'histoire, il conçoit que c'est « un état d'amour de transfert » de la jeune Anna qui fut éprouvé par Breuer comme un « contretemps ». Un fâcheux contretemps qui lui fait interrompre « le travail cathartique ». Ce contretemps n'est pour Freud qu'apparent puisqu'il lui fait découvrir la nature du transfert et lui fait entrevoir que le dénouage des fils qui le tissent défera dans le même temps les effets de pouvoir qui entravaient le cours du traitement cathartique. La reconnaissance des phénomènes de transfert fait passer Freud de l'hypnose à la psychanalyse proprement dite. C'est pour lui un heureux contretemps. La façon dont Freud rapporte en 1914 les raisons de l'interruption du traitement d'Anna O., en y impliquant « l'amour de transfert », sera entérinée par Breuer lui-même par l'intermédiaire de sa fille.

On en serait sans doute resté là de cette histoire si une violente controverse n'était venue semer le trouble autour de cette naissance de la psychanalyse. Le *Missgeschick* et l'*untoward event* vont donner libre cours à l'imagination du célèbre biographe de Freud, Ernest Jones, qui, s'autorisant de sa longue fréquentation de Freud, nous livre une tout autre reconstitution de l'événement qui lui superpose l'histoire d'un autre accouchement. À la manière de celui qui raconte les secrets d'alcôve, Jones nous met dans la confidence : « Freud m'a raconté les circonstances qui ont entouré la fin du traitement d'Anna O. Il *semblerait* [nous soulignons] que Breuer ait développé ce qu'on appellerait aujourd'hui un fort contre-transfert. » Et voici comment Jones fait état de ses souvenirs, écrans ou non, dont on sait depuis Freud qu'ils se forment, se composent, s'agencent au moment de leur évocation en y mêlant toutes sortes de motifs autres que ceux d'une prétendue parfaite vérité historique. En somme, Breuer aurait pris un trop grand intérêt à sa patiente, se serait trop impliqué personnellement, et sa femme, se sentant délaissée, aurait sombré dans la morosité. Breuer aurait alors décidé de mettre fin au traitement à un moment où sa patiente allait visiblement mieux. Cette décision aurait précipité chez elle des transes caractéristiques d'un accouchement hystérique — Jones utilise entre parenthèses le terme grec rarement usité de *pseudocyesis* —, conséquence d'une grossesse fantôme passée inaperçue. Là résidaient donc les manifestations cachées de la sexualité d'Anna O. Contrarié par cet événement malencontreux (cet *untoward event*), Breuer se serait rendu au chevet de sa patiente, l'aurait apaisée par une nouvelle séance d'hypnose et, bouleversé, l'aurait quittée précipitamment « couvert de sueurs froides ». Le lendemain, il aurait quitté Vienne avec sa femme Mathilde pour une seconde lune de miel à Venise où aurait été conçue leur fille Dora.

Dans quelle mesure le récit de Jones, qui accole en série une hypothétique grossesse nerveuse d'Anna O., la grossesse de Mathilde, la naissance de Dora Breuer et la venue au jour de la psychanalyse, tient-il de la fable, de la fabrication d'une légende, de la vérité matérielle ou d'une fiction qui dit une autre vérité de l'histoire ? Il n'en fallait pas davantage pour attirer la curiosité des chercheurs s'intéressant à ce moment historique qui allait nous marquer, tant sur le plan individuel et collectif que social et culturel, qu'on y consente ou non, de manière irréversible, et les inciter à retrouver des traces qui pourraient confirmer ou infirmer la véracité de la narration faite par Jones. Les archives ne parlent pas d'elles-mêmes. Les protocoles de lecture, les codes de déchiffrement, les règles d'interprétation varient d'un historien à l'autre. Il faut souvent traduire d'une langue à l'autre, traduire aussi à l'intérieur d'une même langue et, dans le cas de la psychanalyse, traduire dans une langue qui donne un autre sens à la langue traduite.

Des recherches [12] ont pu démontrer, par exemple, que Dora Breuer étant née le 11 mars 1882, elle ne pouvait donc avoir été conçue en juin de la même année, date du voyage supposé de ses parents à Venise. Cette date de juin 1882 correspond bien à un voyage des Breuer mais la destination n'en fut pas Venise mais Gmunden. Les notes consignées par Marie Bonaparte d'un récit de l'événement qu'elle tenait de Freud ne parlent nullement de grossesse nerveuse mais d'un « fantasme de grossesse ». Et encore : lorsque Jones évoque la mort de Dora Breuer en liant son suicide aux circonstances particulières de sa conception, il situe cet événement à New York « soixante ans plus tard ». Or nous savons désormais qu'elle s'empoisonna à Vienne en 1938, au moment d'être arrêtée par la Gestapo. On comprendra que, dans ce cas tout au moins, le récit de Jones soit davantage guidé par ses propres fantasmes que par un souci de vérité matérielle. C'est pourtant sur la base de cette fable que tout un courant révisionniste américain, prenant les fantasmes de Jones pour la réalité matérielle de l'histoire, traitera la psychanalyse d'« affabulation » et de « mystification », en s'en prenant directement à Freud plutôt qu'à la fiabilité d'un confrère historien [13]. Accompagné dans sa diatribe et ses billevesées par une psychiatrie en mal de retour à la suggestion, au conditionnement et à la normalisation des comportements, ce courant historiographique ne verrait dans le contretemps fondateur du transfert et dans l'origine « psychanalytique » de la psychanalyse que le produit imaginaire d'une grossesse fantôme mise en scène par « une simulatrice particulièrement douée ». Avec un tel fantasme de désir, nous reviendrions un siècle en arrière,

devant quelqu'un qui prendrait pour vérité historique l'histoire légendaire de la période royale de Rome suivant le récit de Tite-Live [14].

Le cœur tendu vers le sud

Une impression soudaine le traversa, qui lui causa un choc ; sur le moment il fut incapable de dire d'où elle venait. Puis il comprit : en bas dans la rue, lui tournant le dos, marchait une femme, à coup sûr d'après sa silhouette et ses vêtements une jeune dame, qui s'éloignait d'un pas léger et élastique. Elle retenait de la main gauche sa robe dont le bas dégageait les chevilles, et aux yeux de Norbert s'imposa l'impression que, dans le mouvement de sa marche, la plante du pied racé qui se trouvait en arrière, durant l'instant où il reposait sur la pointe des orteils, se dressait par rapport au sol à la verticale[1].

Sans avoir la moindre idée de ce qui l'y incitait, il était parti pour l'Italie, l'avait traversée, sans s'arrêter à Rome ni à Naples, pour atteindre Pompéi, afin de voir s'il pouvait retrouver sa trace. Une trace au sens propre du mot, au sens littéral [im wörtlichen Sinne] *car de son pas si singulier elle avait dû laisser derrière elle, dans la cendre, une* *trace distincte de toutes les autres, une empreinte [*Abdruck*] de la pointe de son pied*[2].

Norbert Hanold avait découvert dans les collections d'antiquités de Rome, au musée Chiaramonti, un bas-relief qui avait non seulement retenu son attention d'archéologue mais l'avait personnellement intrigué. De retour en Allemagne, il avait pu s'en procurer un moulage en plâtre qu'il avait accroché au mur de son cabinet de travail au milieu des rayonnages de livres. La jeune femme représentée portait un vêtement composé d'une tunique et d'un manteau dont les plis l'animaient d'un mouvement discrètement retenu. Le visage incliné vers le sol était empreint d'une noble gravité. On apercevait une main découverte relevant délicatement l'étoffe de sa robe pour empêcher qu'elle n'entrave l'avancée du pied. Chaussés de sandales, l'un de ses pieds était posé sur le sol et l'autre, se disposant à le rejoindre, effleurait à peine le sable alors que la plante et le talon se dressaient à la verticale. L'impression singulière, unique, du pas de la jeune Gradiva — qu'Hanold nomme ainsi comme « celle qui avance » — lui fait revivre chaque jour la mémoire ensevelie de Pompéi au point où, sans avoir la moindre idée de ce qui l'y incite, il part sur les lieux mêmes à la recherche de l'empreinte que la pointe de son pied a dû laisser dans la cendre. La démarche de la Gradiva lui évoque, sans qu'il s'en rende compte, celle de la jeune fille que, dans son enfance, il a aimée puis rayée de son souvenir. En raison de sa passion pour l'archéologie, il avait souhaité que les femmes puissent le laisser de marbre. Ce qu'il ne savait pas qu'il allait chercher dans un passé si lointain, en l'an 79, en un lieu, Pompéi, où la vie avait soudainement disparu en figeant les derniers moments de ses habitants, se rapportait pour lui à un passé beaucoup plus récent qui avait imprimé la trace, sans en éprouver l'émotion, de la démarche singulière de l'inconnue qu'il croisait dans sa rue. C'est le souvenir de ces différentes strates du passé qui le poursuivait dans sa recherche archéologique, mais les substituts que ses fouilles lui dévoilaient manquaient singulièrement de vie.

Intrigué par la recherche de l'instant où la trace qui laisse une empreinte dans la psyché n'est pas encore détachée de l'impression qui s'imprime et s'archive, Freud ne résiste pas à s'intéresser à la nouvelle de Wilhelm Jensen, à cette fantaisie pompéienne qui met en scène la quête du souvenir enseveli. Il a lui-même une passion pour l'archéologie et éprouve une admiration pour Heinrich Schliemann qui retrouva les sites présumés de Troie et de Mycènes décrits par Homère et dont les travaux ouvrirent la voie aux recherches sur la civilisation minoenne. « Les pierres parlent » (*saxa loquuntur*)[3], s'était plu à dire Freud à propos de l'enquête *anamnésique* au cours de laquelle le chercheur s'attaque au champ de ruines, déblaie les gravats et, à partir des restes visibles, met à découvert l'enseveli.

Les inscriptions trouvées en grand nombre, bilingues dans les cas heureux, dévoilent un alphabet et une langue. Le déchiffrement et la traduction de ceux-ci donnent des renseignements insoupçonnés sur les éléments des premiers âges à la mémoire desquels ces monuments furent édifiés[4].

Mais l'analogie de la psychanalyse avec l'archéologie connaît ses limites. Alors que s'était déjà imposée dans les *Études sur l'hystérie* l'idée de stratifications psychiques, c'est plutôt l'image d'archives en désordre qui s'impose désormais à Freud : des inscriptions, des lettres, des chiffres, des hiéroglyphes, tout ce sur quoi Champollion aura fait porter sa recherche. Il ne s'agit pas pour la psychanalyse de tenter une reconstruction intégrale du passé, des vestiges laissés intacts avant leur ensevelissement, car ce qui a été enfoui a subi des modifications, des transformations, des remaniements. L'action du refoulement s'exerce comme une force active permanente s'opposant de mille manières au retour du refoulé. Mais quels que soient les moyens dont dispose le refoulement, ce qu'il tient à garder recouvert reste toujours présent et aussi actif sous forme de traces qui trouvent à se manifester autrement. Le temps de l'inconscient n'est pas celui que recherche l'archéologie, à savoir un temps figé, mais bien plutôt une temporalité faite de temps mêlés. Notre mémoire nous rend contemporains d'époques différentes de notre vie et amenuise tout aussi bien la distance entre la fantaisie et le délire, le rêve et la réalité, au point où ils ne cessent de se chevaucher. La construction « délirante » de Norbert Hanold tire sa rigueur de son point d'ancrage dans l'histoire de son passé tel que l'archivation de la mémoire en reconstitue le souvenir selon les modalités d'un désir qui s'accomplit. On voit comment un trait oublié — ici une démarche singulière ou la position du pied — peut déterminer un choix amoureux. Nombreuses sont les images parsemant la nouvelle de Jensen, comme les colonnes jaunes devant le mur lézardé entre lesquelles apparaîtra et disparaîtra la jeune fille aimée de son enfance sous les traits de la Gradiva, qui évoqueront pour Freud les fleurs jaunes liées aux premières figures féminines de ses émois d'adolescent.

Si l'Italie a depuis toujours fasciné Freud, les nombreuses vacances qu'il y passa l'avaient à chaque fois laissé au bord du lac Trasimène, à un peu moins d'une centaine de kilomètres de Rome, sans qu'il pût se résoudre à entrer dans la ville. Il s'était toujours arrêté là où précisément Hannibal — le héros sémite de ses années de collégien — n'avait pu parvenir à réaliser son rêve. Et pourtant cette ville est sans cesse présente aussi bien dans ses rêves que dans les projets qu'il forme. À la fin de l'année 1897, il fait un rêve où Fliess et lui y tiennent un congrès et, au début de 1899, il se prend à espérer l'y rejoindre pour Pâques. À la fin de cette même année, et alors qu'il n'a toujours pas réussi à mener à bien ce projet, il continue pourtant à lui écrire :

> Ce serait une merveilleuse idée que de parler des lois éternelles de la vie dans la Ville éternelle [5].

Quelles pouvaient bien être les raisons de l'interdit qui empêchait Freud de réaliser son souhait ardent de visiter Rome ? La première était de nature essentiellement politique. Dans son désir de jeunesse de combattre l'antisémitisme, conquérir Rome représentait pour lui le combat à mener contre les ennemis les plus implacables des Juifs.

Hannibal et Rome symbolisaient à mes yeux d'adolescent la ténacité juive et l'organisation catholique[6].

Au cours de son périple italien, Freud s'était souvenu d'un épisode de son enfance où son père, pour lui montrer combien le temps de son fils était meilleur que le sien, lui avait raconté ce qui, un jour, lui était arrivé. « Une fois, quand j'étais jeune, dans le pays où tu es né, je suis sorti dans la rue un samedi, bien habillé et avec un bonnet de fourrure tout neuf. Un chrétien survint. D'un coup il envoya mon bonnet dans la boue en criant : "Juif, descends du trottoir." » Freud n'avait pas manqué de demander à son père quelle avait été sa réaction. Ce dernier lui avait simplement répondu avec résignation : « J'ai ramassé mon bonnet ! » Freud se rappelle la honte qu'il avait alors éprouvée pour son père. C'est en réaction à cet événement qu'il avait développé une admiration sans bornes pour Hannibal, dont le père Amilcar lui avait fait jurer de le venger des Romains.

Mais c'est dans *L'Interprétation des rêves* qu'il livre les motifs plus inconscients de son étrange phobie. Rome, en effet, demeure pour lui le symbole de désirs très envahissants au caractère œdipien à peine voilé. Il rappelle à ce propos que, selon les termes de l'oracle, le premier des Tarquins qui posséderait sa mère deviendrait le maître de Rome. Suétone[7] raconte lui aussi que César, alors simple questeur, fait un rêve où il violente sa mère la nuit qui précède son arrivée à Rome pour tenter d'y gagner la célébrité. Cette victoire sur le père, qui donne accès à la Ville éternelle, fait de Rome la ville interdite par excellence, incarnant à la fois les puissants désirs érotiques enfouis et les fortes pulsions agressives. On comprend mieux alors que ce premier voyage romain ne lui fût possible qu'après la mort de son père et après la publication de *L'Interprétation des rêves* qui n'aura pu voir le jour qu'à la suite de ce deuil dont l'importance fut si grande pour lui. La période qui suivit la parution de cet ouvrage, qui contenait les principaux fondements de la psychanalyse et mettait aussi à nu les propres tourments intérieurs de son auteur, fut un temps d'abattement et de découragement profonds. Alors qu'il avait à peine quarante-quatre ans, il se sentait porteur d'une pensée bouleversant les idées reçues mais incompris, seul et amer. Le peu de retentissement que connut la parution de ce livre ajouta encore à sa morosité, même s'il ne doutait pas de sa valeur. N'écrivait-il pas à Fliess le 2 juin 1900 :

Crois-tu vraiment qu'il y aura, un jour, sur la maison, une plaque de marbre sur laquelle on pourra lire : « C'est dans cette maison que le 24 juillet 1895 le mystère du rêve fut révélé au Dr Sigmund Freud »[8].

Il devint ombrageux et irritable, n'ayant même pas obtenu la satisfaction de voir son ouvrage provoquer le tollé général auquel il pouvait s'attendre. Cette impression pénible de s'être séparé de quelque chose qui faisait si intimement partie de lui s'est redoublée du fait que ce dont il venait de se détacher n'était pas d'ordre purement intellectuel. Il livrait ses pensées, désirs et conflits les plus intimes. Se souvenant de cette amertume trente-cinq ans plus tard et ne se départissant pas du sentiment qu'il avait alors éprouvé, il mettait en garde les lecteurs de ses futurs biographes en posant quelques limites à leur curiosité.

Dans certains de mes écrits — *L'Interprétation des rêves, Psychopathologie de la vie quotidienne* —, j'ai été plus franc et plus sincère que n'ont coutume de l'être des personnes qui retracent leur vie pour les contemporains ou la postérité. On m'en a su bien peu de gré et, au vu de mes expériences, je ne saurais conseiller à personne de faire de même [9].

De la crise intérieure que Freud aura traversée à la suite de *L'Interprétation des rêves*, de l'accueil réservé, indifférent ou franchement hostile qui accompagna sa publication, et sans doute aussi de la perte de son père dont il avait dû affronter les effets dans son auto-analyse, il ressortit pourtant avec une liberté accrue, comme en témoigne le ravissement dont il ne cesse de faire état au cours de son voyage en Italie. En compagnie de son frère Alexander, il arrive enfin à Rome le 3 septembre 1901. Le lendemain, il écrit à sa femme Martha :

Midi en face du Panthéon, voilà donc ce que j'ai redouté pendant des années [10] !

Chaque jour, il adresse à sa famille des lettres enthousiastes, exubérantes. Mais surtout, il revient de Rome déterminé cette fois à surmonter les inhibitions ou les scrupules qui le retenaient d'accomplir les démarches nécessaires pour sa reconnaissance universitaire. À son retour à Vienne, la clientèle s'était raréfiée et son état financier avoisinait le dénuement. Les distances qu'il prenait avec son ami Fliess, support de son auto-analyse, le laissaient plus seul que jamais mais, cette fois, convaincu de la nécessité de rompre avec ce qu'il appelait, non sans une certaine complaisance, son « splendide isolement ». Et puis, disait-il :

Je tenais à revoir Rome, à soigner mes malades et à procurer à mes enfants une existence agréable [11].

S'il s'avisait encore d'attendre sans rien faire qu'on veuille bien le nommer professeur, le reste de sa vie n'y suffirait probablement pas.

Dans l'Empire austro-hongrois, faut-il s'en étonner, les promotions universitaires, comme les autres, suivaient des voies labyrinthiques que les appuis dans les hautes sphères de la bureaucratie étaient de nature à favoriser. Freud était *Privatdozent* depuis 1885, juste avant son départ pour Paris. Ses camarades de promotion avaient quant à eux déjà gravi tous les échelons de la hiérarchie académique. Bien qu'on lui ait laissé entendre que son origine juive pourrait faire obstacle à sa nomination, deux de ses aînés influents au plan scientifique, Herman Nothnagel et Richard von Krafft-Ebing, le proposèrent chaleureusement au poste de *Professor Extraordinarius*. Au moment où Freud était proposé au titre de Professeur extraordinaire, il fit le rêve suivant :

1. L'ami R. est mon oncle — J'éprouve pour lui une grande tendresse.
2. Je vois son visage changé devant moi. Il paraît allongé, une barbe jaune l'encadre qui ressort avec une particulière netteté [12].

Oublié au réveil, le rêve lui revient en mémoire au cours de la journée. Il en rit et se dit : « Ce rêve est absurde. » Puis, ce rêve le poursuivant jusqu'au soir, il finit par se faire des reproches :

> Si un de tes patients, en pareil cas, ne trouvait rien d'autre à dire que « c'est une absurdité », tu soupçonnerais que derrière le rêve se cache une histoire désagréable qu'il préfère ne pas s'avouer. Traite-toi de la même façon. Ton idée que le rêve n'a pas de sens trahit une résistance intérieure à l'interprétation [13].

Freud a connu cinq de ses oncles. Celui qui lui vient à l'esprit est l'oncle Joseph. Que peut-il dire de l'oncle Joseph ? Eh bien, que trente ans auparavant, poussé par l'appât du gain, cet oncle s'était laissé entraîner à commettre une action répréhensible (un trafic de fausse monnaie) qui lui avait valu une sévère peine. Tourmenté par cette affaire, le père de Freud (frère de Joseph), dont la chevelure avait soudainement blanchi à cette époque, avait coutume de dire que l'oncle Joseph n'était pas un mauvais homme mais une tête faible. Si donc l'ami R., dans le rêve, est l'oncle Joseph, le rêveur entend par là que R. est une tête faible. À peine croyable et très désagréable. Le visage du rêve condense celui de l'ami R. et celui de l'oncle. La couleur de la barbe se transforme, de la blondeur de celle de l'oncle au noir de celle de l'ami R., et se déplace sur celle de Freud grisonnante. Si l'oncle peut être vu comme criminel, R., lui, est irréprochable. À la conversation qu'il avait eue avec l'ami R., refusé comme professeur en raison de considérations confessionnelles, vient s'en ajouter une autre que Freud avait eue quelques jours plus tôt, sur le même sujet, avec un autre collègue, N. Lui aussi avait été proposé comme professeur et, sachant que cet honneur venait d'échoir également à Freud, il l'en avait félicité. « Vous êtes le dernier à pouvoir faire ce genre de plaisanterie », lui avait dit Freud. « Vous savez, par expérience, ce que valent ces sortes de propositions. » À quoi N. avait répondu : « On ne sait jamais. Contre moi, une personne avait déposé une plainte en justice. L'enquête a été arrêtée. C'était une tentative de chantage. On a pu faire valoir quand même cette affaire contre moi au Ministère. Vous, votre réputation est intacte. » L'oncle Joseph représentait donc dans le rêve ces deux collègues qui n'ont pas été nommés, l'un sous la forme d'une tête faible, l'autre sous celle d'un criminel. Cette construction permettait au rêveur de penser que, si ce n'était pas pour des raisons confessionnelles que ses amis R. et N. avaient été refusés mais pour d'autres motifs, il gardait quant à lui toutes ses chances. Mais d'où venait la grande tendresse éprouvée dans le rêve à l'idée que R. était son oncle ? « Ma tendresse, dans le rêve, me paraît fausse et exagérée. » Fausse, pour l'oncle, comme la fausse monnaie, et exagérée pour l'ami R. Cette outrance compense l'assertion latente du rêve, au service du désir (le désir d'être nommé), selon laquelle R. serait une tête faible. Mais l'analyse de ce rêve requiert d'être poursuivie : « Je savais que mon jugement sur les confrères maltraités dans les pensées du rêve était, à l'état de veille, tout à fait différent. » Le désir d'être nommé professeur n'était pas si important qu'il pût justifier de telles distorsions dans le rêve. Il fallait de plus puissants motifs, venus de plus loin. Freud se souvient d'avoir entendu raconter qu'à sa naissance une vieille paysanne avait prophétisé à sa mère, heureuse de son premier-né, qu'« elle avait fait cadeau au monde d'un grand homme ». Et d'ajouter : « De telles prophéties ne manquent pas de se produire fréquemment. Il y a tant de mères pleines d'attente joyeuse et tant de vieilles paysannes dont la puissance sur terre appartient au passé et qui, pour cette raison, se tournent vers l'avenir. » Enfin, un autre souvenir des années de jeunesse : « Un soir, dans une des auberges du Prater [vaste parc de Vienne entre les deux bras du Danube] où mes parents avaient coutume d'amener leur garçon de onze ou douze ans, notre attention fut attirée par un homme qui allait de table en table et qui, contre une petite rétribution, improvisait des vers sur un thème qu'on lui fournissait. Je fus dépêché pour faire venir le poète à notre table et il se montra reconnaissant envers le messager. Avant de demander ce qu'il aurait à faire, il me gratifia de quelques vers et, tout inspiré, déclara que je pourrais bien un jour devenir "ministre". » Peu de temps encore avant de s'inscrire en médecine, Freud avait eu l'intention d'étudier le droit. Était-ce sous l'influence de cette seconde prophétie ? Quoi qu'il en soit, le rêve reportait le rêveur à cette époque de riantes perspectives pour accomplir un souhait : « Je malmène deux éminents et savants collègues parce qu'ils sont juifs, je traite l'un d'imbécile et l'autre de criminel, je me conduis comme si j'étais le ministre. Je me suis mis à sa place. Quel retournement ! Son Excellence refuse de me nommer Professeur extraordinaire, je me venge en prenant sa place. »

Quinze ans avaient donc passé lorsque Freud surmonte sa répugnance à accomplir les démarches nécessaires. Il rend visite à son vieux maître Sigmund von Exner qui lui laisse clairement entendre qu'il n'a pas que des amis au ministère de l'Éducation. Il lui faudra neutraliser les opposants. Il réussit à faire intervenir Frau Professor Elise Gomperz, la femme de l'éminent helléniste Theodor Gomperz, qui lui avait fait traduire dans sa jeunesse les essais de John Stuart Mill, et dont l'ouvrage *Les Penseurs de la Grèce* figurait parmi les dix livres préférés de Freud. Mais l'intervention décisive fut celle de la baronne Marie Ferstel, qui devait offrir un tableau pour le musée que le ministre de l'Éducation projetait de créer. Le 27 février 1902, l'empereur François-Joseph signait le décret qui faisait accéder Freud au rang de Professeur. Aux félicitations qu'il reçoit de Wilhelm Fliess, Freud répond — dans une lettre qui sera la dernière qu'il écrira à son ami avant la rupture — en racontant les péripéties qui l'ont conduit jusqu'au titre arraché au ministre von Hartel. Puis il conclut, sur le même mode enjoué qui faisait autrefois les délices de sa correspondance avec son camarade Silberstein :

> La *Wiener Zeitung* n'avait pas encore publié la nouvelle que le bruit de ma nomination, émanant des bureaux officiels, s'était rapidement propagé. L'approbation du public m'était acquise, vœux et envois de fleurs pleuvaient. Comme si le rôle de la sexualité avait été soudain officiellement reconnu par Sa Majesté, comme si la signification des rêves avait été confirmée par le Conseil des ministres et comme si la nécessité d'une thérapie psychanalytique avait été approuvée au Parlement à la majorité des deux tiers. [...] J'ai appris que notre Vieux Monde est régi par l'Autorité, comme le Nouveau par le Dollar. [...] D'autres n'ont pas besoin d'aller d'abord à Rome pour le comprendre[14].

Même s'il eût préféré être jugé selon son mérite et garder entière sa fierté, Freud n'ignorait ni que la ville de Vienne était devenue largement antisémite depuis la venue à la mairie de Karl Lueger en 1897, ni que ses théories, à l'opposé de celles d'Otto Weininger défendues par la célèbre revue *Die Fackel* de Karl Kraus, restaient scandaleuses et au mieux comparées, comme l'avait fait Krafft-

Ebing, en dépit de son soutien, à « un conte de fées scientifique ».

Pour pouvoir réaliser son rêve de Rome, Freud aura dû élucider dans son auto-analyse les causes de sa phobie des voyages en général et celle concernant la Ville éternelle en particulier. Plusieurs rêves de Freud traduisent son désir de voyager et l'amènent à évoquer certains motifs qui s'opposeraient à la réalisation de ses vœux. Les années de pauvreté qui avaient marqué sa jeunesse pouvaient nourrir le désir d'échapper à cette condition par les voyages tout comme le souhait de se soustraire à la pression familiale que connaissent tant d'adolescents. Mais la réalisation de ce désir pouvait témoigner d'une agressivité à l'égard de son père qu'il tenait pour responsable. D'un autre côté, quitter l'Autriche pouvait à la fois réveiller la souffrance qu'il avait dû éprouver dans sa tendre enfance en abandonnant sa terre natale dont il gardait la nostalgie du lieu et de la langue, et procurer le bonheur d'échapper à Vienne qui lui demeurait pour une grande part étrangère et qu'il appelait souvent « ma chère prison ». Quelles qu'aient été les traces des souvenirs se rapportant à ses premières années, elles portaient l'empreinte des évocations et récits des parents qui pouvaient avoir quelque ressentiment aussi bien pour leur terre d'origine que pour leur pays d'accueil. À ces motifs s'ajoutaient le désir et la crainte de surpasser son père et de le venger. Le souhait d'aller à Rome symbolisait et voilait bien des désirs. C'est dans l'un de ses rêves que Freud trouve l'articulation signifiante qui condense une grande partie de ses vœux conflictuels liés aux voyages. Après avoir lu le récit de l'expédition de Nansen au pôle Nord, il rêve qu'il applique, dans le désert glacé, un traitement électrique à l'explorateur hardi pour tenter de le guérir d'une sciatique douloureuse. Au cours de l'analyse de ce rêve, il retrouve une histoire d'enfance : alors qu'il avait trois ou quatre ans, il entendit un jour les grandes personnes parler de voyages, de découvertes, et il demanda à son père si cette *maladie* était bien dangereuse. Il avait confondu deux mots presque homophoniques : *Reisen* (voyages) avec *Reissen* (douleurs). Les railleries taquines de ses grands frères fixèrent ce souvenir en empêchant qu'il puisse oublier sa confusion. À ce souvenir s'associe pour Freud la réminiscence du jeu d'enfant qui consistait à arracher (*Entreissen*) des fleurs à sa nièce Pauline, laissant voir ainsi les liens inconscients qui tissent la trame d'une phobie des voyages avec la sexualité infantile. Au cours de ses nombreux voyages, Freud sera accompagné tour à tour par son frère Alexander, sa femme, sa belle-sœur Minna, son ami et disciple hongrois Sandor Ferenczi, et sa plus jeune fille Anna. Longtemps avait-il dû se satisfaire de voir Rome, seul, en rêve :

Un jour, de la fenêtre du wagon, je vois le Tibre et le pont Saint-Ange ; puis le train se remet en marche et je pense que je ne suis pas descendu dans la ville. Ce que j'ai vu dans mon rêve était composé d'après une gravure connue que j'avais aperçue la veille, en passant, dans le salon d'un de mes clients. Une autre fois, on me mène sur une colline et on me montre Rome à moitié cachée par la brume et encore si éloignée que je m'étonne de la voir si clairement. On y reconnaît aisément la formule *Voir de loin la terre promise* [15].

Les premiers jours de septembre 1901, Freud était donc à Rome en compagnie d'Alexander. À Martha, à qui il écrit tous les jours, il adresse le vendredi 6 une carte postale :

> Cet après-midi, quelques impressions qui nous donneront du grain à moudre pendant des années. Sommes passés au Panthéon où se trouvent entre autres les tombeaux de Victor-Emmanuel II, Umberto Ier et Raphaël, puis, soudain, nous nous sommes retrouvés dans l'église San Pietro in Vincoli, vu le *Moïse* de Michel-Ange (soudain, par méprise) [16].

La vive impression créée par la vue de la statue de Moïse fera revenir Freud à Saint-Pierre-aux-Liens à chacune de ses visites successives à Rome. Plus de dix ans plus tard, il lui consacre un essai, d'abord paru anonymement dans la revue *Imago*.

Comme les objets de l'Antiquité, les créations littéraires et les œuvres plastiques exerçaient sur Freud une profonde impression. La peinture plus rarement. Quant à la musique, elle lui restait en grande partie étrangère. Ce n'est pas par manque de sensibilité à ce mode d'expression des sentiments mais en raison d'une prédisposition en lui qu'il juge rationaliste — ou proprement analytique — de chercher toujours à savoir ce qui le saisit dans la création artistique et la raison de son saisissement. Au cours des trois semaines qu'il passe à Rome en septembre 1913, il se rend chaque jour à Saint-Pierre-aux-Liens, se tient longuement debout devant la statue de Moïse, l'examine sous tous les angles, la dessine, jusqu'à ce que se fasse jour en lui la solution d'une énigme : pourquoi aucune œuvre d'art au monde n'a suscité autant de jugements contradictoires ? Freud a lu tous les commentateurs de l'expression du visage de Moïse, de ceux qui reconnaissent la colère dans les sourcils froncés et menaçants, la douleur dans le regard, le mépris dans la lèvre inférieure qui avance et dans les coins de la bouche qui retombent, jusqu'à ceux qui anticipent le courroux qui va s'emparer de Moïse au moment où il détruira les Tables de la Loi. Il n'adhère *a priori* à aucune description déjà faite ni à quelque interprétation que ce soit. Il se livre d'abord à une observation minutieuse, qu'il rédige obsessionnellement, dans les moindres détails, du visage, du mouvement de la barbe attirée par la main droite dans la direction opposée à celle du regard, de la main gauche repliée sur le giron dans un geste de retenue, du pied droit solidement posé par terre alors que le pied gauche reste en retrait, libre et prêt à bondir. Et surtout il reconstitue et fait dessiner les différentes phases du mouvement qui a dû être effectué avant que les Tables ne soient dans la position qu'aura fixée Michel-Ange pour le tombeau du pape Jules II. Les différentes séquences reconstituent un mouvement de colère au cours duquel les Tables auraient pu se briser puis un temps où cette passion aura été contenue et maîtrisée au bénéfice de la mission à laquelle Moïse s'était voué. À l'objection qui pourrait lui être faite et qu'il ne manque pas de supposer (comme il le fait si souvent dans son œuvre) : que ce n'est pas là le Moïse de la Bible qui entra effectivement en colère et jeta les Tables au loin, que cet autre Moïse aura été le fruit de la sensibilité de l'artiste qui se serait permis de corriger, voire de profaner, le texte sacré, Freud fait appel à la Bible de Luther et à la liberté que pouvaient prendre les artistes par rapport au texte lorsqu'ils étaient chargés d'une œuvre liée aux Saintes Écritures. De cette liberté d'interprétation prennent figure deux Moïse. À côté du Moïse irascible et soumis aux emportements de la passion — le Moïse qui dans un accès de sainte colère avait abattu l'Égyptien qui maltraitait un Israélite, et qui, en raison de son acte, avait dû fuir dans le désert —, se dresse un autre Moïse, celui pour qui la seule menace du regard foudroyant que les Tables puissent se briser aura eu le même effet que si elles l'avaient été réellement. Cette lecture du Moïse de Michel-Ange — le dédoublement du Moïse historique et la virtualité de l'acte pouvant équivaloir à son effectuation pour l'inconscient de son peuple — conservera ces mêmes motifs dans l'analyse que Freud consacrera au soir de sa vie à *L'Homme Moïse et la religion monothéiste*.

En cet hiver 1913, les signes qui annonçaient la guerre qui allait, l'été suivant, enflammer les Balkans et dévaster l'Europe n'étaient pas encore manifestes. Le plus intense conflit qui affectait Freud dans l'immédiat se concentrait au sein de ses premiers disciples. De graves divergences se faisaient jour entre les vues de Carl Gustav Jung et les siennes. Elles occupaient sa vigilance dans l'écriture, contemporaine de son essai sur le *Moïse* de Michel-Ange, de son ouvrage *Sur l'histoire du mouvement psychanalytique* et dans l'introduction de la question du « narcissisme » dans sa théorie. Dans la polémique qui faisait rage avec Jung — psychiatre ayant introduit la psychanalyse en Suisse et premier président de l'Internationale Psychoanalytische Vereinigung (Association psychanalytique internationale) récemment créée qui portait avec lui les espoirs de sortir la psychanalyse du ghetto de la judéité viennoise —, le différend portait essentiellement sur le rôle de la libido et sur la question d'un inconscient collectif et des archétypes. Freud devait alors faire preuve de la maîtrise qu'il attribuait au Moïse de Michel-Ange plutôt que de céder à l'emportement du Moïse historique. Le chercheur rigoureux et minutieux devait se doubler d'un homme politique avisé et maître de lui-même.

La maîtrise du langage et de la mémoire est souvent ce qui fait défaut dans la vie courante. Lors de l'oubli d'un nom propre, par exemple. Chacun peut remarquer que l'insistance consciente à retrouver le nom oublié est la plupart du temps vouée à l'échec alors que si l'on abandonne la maîtrise, en se laissant aller aux pensées qui peuvent venir spontanément à l'esprit bien que n'ayant apparemment aucun rapport avec le nom recherché, on risque bien davantage de le voir surgir au détour d'autres noms qui fourniront des indices sur les raisons de l'oubli.

C'est au cours d'un voyage en voiture qui le mène de Raguse (aujourd'hui Dubrovnik) à une ville frontalière de l'Herzégovine, que Freud engage la conversation avec un compagnon de hasard, l'avocat berlinois Freyhau, sur la situation de ces deux pays, la Bosnie et l'Herzégovine, et sur le caractère particulier de leurs habitants. Freud en vient à parler des Turcs et de leur étonnante résignation face à la mort de leurs proches, comme le lui rapportait récemment un collègue médecin de ses amis qui exerçait auprès d'eux. Les Turcs avaient l'habitude de lui dire : « Monsieur [*Herr*], n'en parlons plus ! », ne mettant en cause ni ses compétences ni la qualité des soins qu'il leur prodiguait. Freud est bien tenté d'enchaîner en racontant que cette même résignation leur fait en revanche cruellement défaut lorsqu'il s'agit d'affronter des problèmes sexuels, mais il s'abstient volontairement d'évoquer un tel sujet en présence d'un inconnu. Ils en arrivent donc naturellement à parler de l'Italie et, au moment précis où Freud veut nommer le célèbre peintre dont les fresques sur le Jugement dernier ornent la basilique d'Orvieto, il lui est tout simplement impossible, à son grand agacement, d'en retrouver le nom. Seuls lui viennent à l'esprit les noms de deux autres peintres, Botticelli et Boltraffio, qui, bien qu'immédiatement reconnus comme incorrects, s'imposent cependant à lui.

En jouant le jeu pour son propre compte, et en

analysant l'oubli de ce nom comme il l'aurait fait d'un rêve, Freud démontre avec quelle complexité s'opère le déplacement de ce qui est sujet à refoulement — depuis le contenu de la pensée déplaisante jusqu'au nom propre lié à cette pensée — par des glissements sémantiques faisant appel à plusieurs langues. Ainsi lorsque le nom oublié du peintre *Signorelli* lui est donné, probablement par son compagnon de voyage, Freud le reconnaît sans la moindre hésitation. Il se demande alors comment et pourquoi il a pu oublier ce nom tout en laissant d'autres noms s'imposer à sa conscience. Il découvre que le déplacement s'opère de plusieurs façons. Dans les deux noms de substitution (Botticelli et Boltraffio), on retrouve le *Bo* de la Bosnie qui avait occupé la conversation avant l'oubli, et le *Herr* (Monsieur) de l'histoire qu'il racontait renvoie à l'Herzégovine. Freud a donc la première partie du nom oublié (*Signor*elli) puisque *Herr* en italien se traduit par *Signor*. La dernière partie du premier nom qui s'impose à lui (Botti*celli*) se retrouve, quant à elle, inchangée dans Signor*elli*. Reste à comprendre pour Freud le *traffio* de la dernière partie du second nom (Bol*traffio*) qui lui était spontanément venu, même si ce peintre était peu connu de lui. Il lui revient alors en mémoire que, s'il a rapidement détourné la conversation des mœurs des Turcs pour parler de l'Italie, c'était afin d'empêcher que ne pénètrent dans sa conscience des idées qui se rapportaient aux mêmes pensées liant la sexualité et la mort et qui l'auraient conduit à se remémorer la nouvelle qu'il avait reçue quelques semaines auparavant, lors d'un bref séjour à *Trafoi*, et qui l'avait profondément affecté : un patient, dont l'analyse avait été difficile, s'était donné la mort parce qu'il souffrait de troubles sexuels incurables. Ce souvenir douloureux n'était pas conscient lors de ce voyage mais Freud subit pourtant l'influence de cette réminiscence.

C'est donc bien malgré lui que Freud oublie le nom du maître d'Orvieto alors qu'il veut intentionnellement oublier autre chose. L'envie de ne pas se souvenir avait porté sur un contenu qui n'était pas celui sur lequel se fondait l'impossibilité apparente de se souvenir, bien qu'il portât pourtant sur la scène du Jugement dernier et donc sur la mort.

Si intrigué qu'il fût par le *Moïse* auquel il n'aura pas résisté à s'identifier en lui prêtant la capacité de maîtrise de son ire fougueuse, Freud l'aura été tout autant, sans doute davantage, en se reconnaissant cette fois, sinon dans l'artiste, du moins dans le chercheur en sciences de la nature que fut le grand homme de la Renaissance italienne, Léonard de Vinci. Mesurant la difficulté du travail qu'il entreprend en composant son *Léonard* et les risques qu'il court à vouloir résoudre l'énigme qu'a toujours représentée ce génie universel « dont on peut seulement pressentir les contours — sans jamais trouver leurs limites », selon le mot de Jacob Burckhardt, Freud multiplie les précautions, mises en garde et réserves, au regard à la fois du peu de documents dont nous disposons et des limites de sa méthode d'investigation :

L'enquête psychanalytique dispose comme matériel des données biographiques qui sont d'une part les hasards des événements et des influences du milieu, d'autre part les réactions de l'individu qui nous ont été relatées. S'appuyant sur sa connaissance des mécanismes psychiques, elle cherche dès lors à sonder, de façon dynamique à partir de ses réactions, l'être de l'individu, à dévoiler ses forces pulsionnelles psychiques originelles, ainsi que leurs métamorphoses et développements ultérieurs. Si elle y réussit, le comportement de la personnalité dans la vie s'explique alors par l'action conjointe de la constitution et du destin, des forces intérieures et des puissances extérieures. Si une telle entreprise ne fournit, comme peut-être dans le cas de Léonard, aucun résultat certain, la faute n'en incombe pas aux erreurs et aux insuffisances de la méthode de la psychanalyse, mais aux incertitudes et aux lacunes du matériel que la tradition nous transmet au sujet de cette personne. De l'échec on ne doit donc rendre responsable que l'auteur qui a obligé la psychanalyse à donner ses conclusions au vu d'un matériel aussi insuffisant[17].

Bien que l'essai déborde largement le titre annoncé, *Un souvenir d'enfance de Léonard de Vinci*, l'étude de Freud prend comme point de départ la seule indication fournie par Léonard sur son enfance. « Une seule et unique fois », il aura parlé de son enfance, d'un souvenir qui aurait surgi de ses toutes premières années alors qu'il s'intéressait au vol des oiseaux, au vol du *nibio* tout particulièrement. Un souvenir déconcertant par son contenu et improbable pour l'époque du nourrisson à laquelle il est attribué : « Il semble que j'étais destiné à m'intéresser de manière approfondie au vautour car dans mon tout premier souvenir, lorsque j'étais encore au berceau, un vautour est venu jusqu'à moi, m'a ouvert la bouche avec sa queue et m'a frappé à maintes reprises. »

Léonard naquit en 1452 dans la petite bourgade de Vinci près de Florence. Enfant naturel de Ser Piero da Vinci, notaire, et d'une jeune paysanne, une certaine Catarina, il aurait été élevé par sa mère jusqu'à l'âge de cinq ans — d'autres diront quelques mois seulement — avant d'intégrer la maisonnée de son père qui, marié à une certaine Donna Albiera restée sans enfant, le recueillit et se chargea de son éducation jusqu'à ce qu'il devînt apprenti dans l'atelier d'Andrea del Verrocchio. Même si nous disposions de beaucoup plus de renseignements, la recherche psychanalytique pourrait difficilement élucider la raison dernière d'un destin singulier. Si Freud défend le point de vue selon lequel le hasard de la naissance illégitime de Léonard et l'excès de tendresse de sa mère exercèrent une influence décisive sur la formation de son caractère, deux traits particuliers demeurent difficilement explicables : le penchant exceptionnel au refoulement sexuel qu'on lui prête, l'amenant à sublimer en soif de connaissances une part importante de sa libido, et son aptitude non moins extraordinaire à transformer les pulsions les plus primitives en réalisations artistiques et en inventions scientifiques. Il reste que, pour Freud, seul un homme ayant connu l'enfance de Léonard aura pu rendre dans sa peinture l'énigmatique ambiguïté du sourire de *La Joconde* et celui d'Anne et Marie dans la *Santa Anna Metterza* (*Sainte Anne en tierce*), sourire empreint d'une tendresse amoureuse voilant à peine une doucereuse mélancolie. Les traits du modèle, Monna Lisa, auront dû raviver ceux du visage de Catarina et la vive émotion qui lui était restée attachée. Ce qui pourrait expliquer en partie que la plupart des portraits peints après *La Joconde* aient ce même sourire triste.

Si on ne peut totalement exclure que quelqu'un ait pu conserver un souvenir du temps où il était nourrisson, il est davantage vraisemblable que la scène du vautour, ouvrant de sa queue la bouche de Léonard, relève de la fable ou, mieux, d'une fantaisie qui s'est formée au cours de son jeune âge et qu'il a reportée, dans le temps, à l'âge le plus précoce. Freud fait remarquer qu'il en est ainsi, tout au moins dans la mémoire des peuples, des légendes se rapportant à des temps archaïques, qui traduisent des désirs et des souhaits du présent. Dans un cas comme dans l'autre, les déformations et contresens représentent une réalité du passé. Des motifs autrefois puissants et aujourd'hui encore efficaces trahissent la vérité historique qui se trouve maintenue sous le voile de la légende. Freud décèlera, dans la fantaisie du vautour, la représentation du symbole phallique, prenant la succession du sein maternel et offrant l'image des fantasmes homosexuels passifs de Léonard, venue se substituer à la satisfaction orale plus primitive. Pour rendre compte de la substitution de l'image du vautour à la figure de la mère, Freud a recours aux pictogrammes de l'Égypte ancienne qui, pour représenter la mère, dessinent un vautour. Une divinité maternelle à tête de vautour était d'ailleurs vénérée par les Égyptiens sous le nom de la déesse *Mout*, dont la racine aurait été conservée dans le mot allemand *Mutter* pour désigner la mère. La légende de l'unisexualité des vautours et de leur fécondation par le vent ne devait pas être ignorée de Léonard, d'autant que les Pères de l'Église s'en étaient emparés en tirant argument de l'histoire naturelle pour expliquer la maternité virginale de Marie.

L'un des livres favoris de Freud était *Le Roman de Léonard de Vinci* [18] de l'écrivain russe Dmitri Merejkowski, qui fait revivre en une fresque richement documentée la personnalité de Léonard et la Toscane du Quattrocento. C'est chez cet auteur, auquel Freud fait souvent référence, qu'on trouve le fameux souvenir d'enfance. Or c'est dans la traduction en allemand que le *nibio* prend la figure du vautour alors qu'il s'agit littéralement d'un milan. À partir de cette erreur de traduction surgira, beaucoup plus tard, une controverse menée par l'historien d'art Meyer Schapiro. Ce qui intéresse Freud est avant tout le processus de la création — en quoi il pouvait trouver des correspondances entre Léonard et lui-même — et comment l'enfant, confronté à la question des origines, aux énigmes de la différence des sexes, de la conception et de la naissance, en est le premier théoricien, certes perplexe, mais le plus « génial ». Autrement dit : comment la curiosité de l'enfant pour la chose sexuelle sexualise-t-elle le savoir qu'il acquiert ? Et dans le cas de Léonard : comment aura-t-il très tôt converti ses pulsions sexuelles en pulsions d'investigation restées partiellement suspendues à l'exemplarité de l'inachèvement ? Sa recherche picturale entrait-elle en concurrence avec l'investigation scientifique, celle qui, chez Léonard, préfigure tant d'inventions modernes ? Ou Léonard pouvait-il porter son regard tantôt à la façon d'un peintre, tantôt à la manière d'un naturaliste, un jour comme un physicien, un autre jour avec les yeux du poète, comme le suggère Paul Valéry dans sa préface aux *Carnets* ? Dans son *Léonard et Freud*[19], Schapiro ne s'attarde pas sur l'erreur de traduction qui a fait du milan un vautour et ne prétend pas invalider, comme on a pu le croire, l'interprétation freudienne. Il reconnaît, au contraire, sans ménager son admiration, que Freud « pose des questions neuves et importantes sur la personnalité de Léonard, questions auxquelles nul n'avait songé jusque-là et qui n'ont pas encore trouvé de meilleure réponse ». Le souci de l'historien d'art est tout autre. L'anecdote du milan se posant sur les lèvres d'un enfant, avec ses variantes concernant d'autres animaux, est « un motif littéraire courant ». Replacé comme souvenir dans la petite enfance, il a valeur de présage. Comme prédateur, le milan a l'art de se servir du vent pour descendre et monter à sa guise en utilisant sa queue comme gouvernail. Les mécanismes du vol se laissant bien observer chez le milan, il était tout désigné pour les études de Léonard sur le vol des oiseaux. La référence à la culture, à la tradition, aux coutumes, si elle intéresse tout particulièrement l'historien, ne saurait exclure pour autant l'usage que chacun peut en faire à des fins inconscientes singulières dans la croyance partagée à un mythe ou à une légende. Un tel recours conforterait plutôt ce que Freud cherche dans « l'interdépendance des événements extérieurs et des réactions par la voie d'une activité pulsionnelle propre ». La fantaisie ou le fantasme inconscient y trouveraient leur bien. Quant au recours de Freud à la Mout égyptienne, il ne peut, certes, être lié directement au souvenir de Léonard mais doit se rapporter plutôt à la référence freudienne à l'Égypte telle qu'elle se trouve dans ses rêves. Si le sens qu'il lui donne est néanmoins juste, ce sens est atteint par une interprétation qui est *juste à côté*, si on veut bien donner à cette expression tout son sens.

De même, dans sa lecture de l'*Anna Metterza* (la Vierge à l'Enfant avec sainte Anne), Freud, non sans audace, superpose sur cette trinité celle de Léonard enfant laissé d'abord à sa mère Catarina puis confié à Donna Albiera, la femme de son père Ser Piero :

> Les deux mères de son enfance devaient se fondre pour l'artiste en une seule figure [20].

Et, en effet, les deux femmes du célèbre tableau paraissent sensiblement du même âge et elles ont le sourire de Monna Lisa, empreint d'une paisible béatitude. Elles semblent même issues d'un seul corps. Une remarque de Freud déroute cependant l'historien : « Sainte Anne avec sa fille et son petit-fils est un motif rarement traité dans la peinture italienne », même s'il est précisé tout de suite que « la représentation qu'en donne Léonard s'écarte en tout cas de toutes celles qu'on connaît par ailleurs » et que « seul un homme ayant eu l'enfance de Léonard aurait pu peindre la *Sainte Anne en tierce* », tant la clé s'en trouve dans le souvenir-fantaisie de son enfance.

Or, pour l'historien, le thème d'*Anna Metterza* est florissant à l'époque de Léonard. Le culte de sainte Anne est très répandu et culmine avec la célébration que lui consacre le pape Sixte IV. Les légendes et images se multiplient qui représentent Marie avec l'enfant sur ses genoux, elle-même assise sur les genoux d'Anne. Cet intérêt pour la mère de Marie va de pair en cette fin de XVe siècle avec la croyance en la maternité virginale de la mère de Jésus. La filiation maternelle du Christ (*mater certa*) tend à acquérir une prépondérance sur celle du Père. Ainsi donc, que ce soit du contexte socio-religieux que vienne l'inspiration léonardienne des deux femmes et l'enfant ou qu'elle émane de la Nature elle-même qui, par la légende des femelles vautours fécondées par le vent, aurait été en mesure d'accréditer la maternité virginale, le fantasme de Léonard aurait tout aussi bien trouvé à se représenter à travers l'un ou l'autre. Encore une fois, c'est la prévalence du fantasme sur la réalité à laquelle il s'ajointe, que cette réalité tienne du roman familial ou de la légende, qui assure l'interprétation freudienne. Elle n'a pas moins de justesse à emprunter une voie indirecte. Si elle n'était pas *juste à côté*, l'interprétation obéirait à une simple programmation et n'aurait rien d'inattendu. Mais il doit pouvoir être rendu compte après coup de cette surprenante justesse. En dépit de la traduction erronée du mot *nibio* (dont Freud dit par ailleurs que « le grand oiseau pourrait bien sûr n'avoir pas été précisément un vautour[21] »), en dépit de l'affirmation selon laquelle il s'agirait d'« un motif rarement traité » — et peut-être à cause d'elle —, l'interprétation léonardienne de la *Metterza* trouve à travers la lecture de Freud la singularité de son expression. Si le tableau de Léonard prend place dans la série des *Metterze* de l'époque, sa représentation d'Anne et Marie, de par les caractéristiques mises en évidence, échappe à la série. *Secundum quid idem, simpliciter diversa* (en apparence identique, singulièrement différente). Celle-là ne pouvait être que de Léonard. Et il se pourrait bien qu'elle opère un étonnant renversement : c'est la légitimité du père qui est mise en question et non plus celle du fils.

Dans cet essai, dont les qualités littéraires faisaient dire à son auteur, dix ans encore après sa publication, « c'est la plus belle chose que j'aie écrite[22] », Freud ne tarit d'appréciations ni pour l'homme Léonard ni pour le bonheur de ses sublimations.

Il était grand et de proportions harmonieuses, d'une beauté accomplie quant au visage et d'une force corporelle peu commune, ensorcelant dans ses manières et dans son commerce, maître du langage, enjoué et aimable envers tous. Il aimait aussi la beauté dans les objets qui l'entouraient, portait volontiers des vêtements somptueux et appréciait tout raffinement apporté à la manière de vivre [...] Il se faisait un plaisir particulier de donner la liberté aux oiseaux qu'il achetait sur le marché. Il condamnait la guerre et les effusions de sang et appelait l'homme non point tant le roi du monde animal que la pire des bêtes féroces [...] Ses affects étaient domptés, soumis à sa pulsion d'investigation ; il n'aimait ni ne haïssait mais il se demandait d'où venait ce qu'il lui fallait aimer ou haïr et quelle en était la signification [...] En un temps où l'autorité de l'Église commençait à céder la place à celle de l'Antiquité et ne connaissait pas encore la recherche sans présupposés, lui, qui non seulement fut le précurseur de Bacon et de Copernic mais ne fut nullement indigne de rivaliser avec eux, était nécessairement voué à l'isolement[23].

Ne surestimant pas les résultats de son étude, consentant même à ce qu'on la désigne comme « un roman psychanalytique », Freud ne frayait pas moins dans son *Léonard* des voies de recherche exemptes de maints préjugés qui ont encore cours aujourd'hui. Tout en explorant la genèse psychique de différentes formes d'homosexualité, dont celle de Léonard restée plutôt idéelle, marquée par les traits narcissiques et sublimée dans des réalisations artistiques ou scientifiques, Freud ne manque pas d'affirmer que

chacun est capable de choix d'objet homosexuel, l'a accompli à un moment donné de sa vie et dans son inconscient, ou bien s'y tient encore, ou bien s'en défend par d'énergiques contre-attitudes.

Ainsi serait-il mis fin pour Freud

aussi bien à la prétention des homosexuels de se faire reconnaître comme un « troisième sexe » qu'à la distinction tenue pour importante entre homosexualité innée et homosexualité acquise [24].

Chemin faisant, l'intérêt que porte Freud aux destins des pulsions lui fait distinguer le cas où le refoulement sexuel ne réussit pas à renvoyer dans l'inconscient une pulsion partielle du désir sexuel : la libido se soustrait au destin du refoulement en se sublimant en avidité de savoir et en s'associant à la pulsion d'investigation qui la renforce. La pulsion peut alors agir librement au service de l'intérêt intellectuel. Ce serait ce qui est arrivé à Léonard. Dans d'autres cas, ou bien l'activité de savoir reste inhibée et la libre activité de l'intelligence limitée, en raison du partage du destin de la sexualité et de la pulsion d'investigation ; ou bien l'investigation sexuelle refoulée revient à l'inconscient sous forme de compulsion de rumination et s'accompagne d'angoisse qui limite la liberté de pensée car elle se trouve elle-même inconsciemment sexualisée.

On voit que si l'idée de liberté peut être associée à la psychanalyse, ce n'est pas, comme on le croit trop souvent, la liberté sexuelle mais la liberté de pensée.

Théories sexuelles

Une prairie rectangulaire où pousse une herbe verte et dense. Sur ce vert se détachent des fleurs jaunes. Des pissenlits. Tout en haut de cette prairie en pente raide, une maison de campagne. Debout devant la porte, deux femmes bavardent joyeusement : une paysanne coiffée d'un foulard et une bonne d'enfants. Dans l'herbe jouent trois enfants. Je suis l'un d'eux (âgé de deux à trois ans), les deux autres sont mon cousin qui a un an de plus que moi et sa sœur qui a presque exactement mon âge. Nous cueillons les fleurs jaunes et chacun de nous tient à la main un bouquet déjà assemblé. C'est la petite fille qui a le plus joli. D'un commun accord, nous — les deux garçons — la poursuivons pour lui arracher ses fleurs. Elle court, en pleurs, jusqu'en haut de la prairie et, pour la consoler, la paysanne lui donne un gros morceau de pain noir. Dès que nous voyons cela, nous jetons les fleurs pour nous précipiter vers la maison et réclamer du pain à notre tour. On nous en donne : la paysanne coupe la miche avec un grand couteau. Ce pain a un goût absolument délicieux[1].

Ce souvenir est présenté par Freud comme venant d'un homme cultivé qui s'intéresse à la psychanalyse. Il n'aura pas été trop difficile de reconnaître qu'il s'agit d'un souvenir personnel de Freud car, dans le récit qu'il en fait, de nombreux détails correspondent à des fragments autobiographiques désormais connus et à peine déguisés. Le détail qui aurait permis la reconnaissance de l'auteur, sans aucun doute possible, concerne le lien de parenté des enfants entre eux. Il est évident que, si le narrateur avait dit que les deux autres enfants étaient ses neveu et nièce, nous aurions reconnu immédiatement qu'il s'agissait de John et Pauline (les deux enfants d'Emmanuel, fils du premier mariage de Jacob, père de Freud). Toutefois, tous les autres éléments du récit coïncident avec ce que nous connaissons des premières années de Sigmund à Freiberg. Comme pour la fantaisie de Léonard, Freud, l'analyste, suppose que le souvenir raconté par son interlocuteur est apparu plus tard dans un contexte qu'il pourrait peut-être se rappeler. Et c'est à l'occasion du récit des circonstances de la remémoration que sont livrés les éléments de l'autobiographie.

À l'âge de dix-sept ans, étant collégien, je suis revenu pour la première fois dans ma petite ville natale et j'y fus l'hôte d'une famille avec laquelle nous avions gardé des liens d'amitié depuis cette lointaine époque. [Il s'agit de la famille Fluss.] Je sais très bien quelle profusion d'excitations s'est alors emparée de moi. Mais je vois déjà qu'il faut vous raconter tout un grand morceau de l'histoire de ma vie ; il n'est pas hors de propos, et vous l'avez évoqué par votre question. Écoutez donc : je suis l'enfant de gens aisés à l'origine qui, à ce que je crois, avaient mené une vie assez confortable dans ce petit nid provincial. Comme j'avais environ trois ans, une catastrophe survint dans la branche industrielle où travaillait mon père. Il perdit ses biens, et nous fûmes contraints de quitter ce lieu pour nous établir dans une grande ville. Puis vinrent de longues et difficiles années ; je crois qu'il ne valait pas la peine qu'on en retînt quelque chose. À la ville, je ne me suis jamais bien senti à mon aise ; je pense maintenant que la nostalgie des belles forêts de mon pays natal, dans lesquelles, à peine étais-je capable de marcher, j'avais déjà coutume d'échapper à mon père, ne m'a jamais quitté, comme en témoigne un souvenir conservé depuis cette époque [2].

Pour livrer ce morceau de son auto-analyse, Freud se dédouble. Il parle de lui comme d'un autre. De lui comme un autre pour cet autre de lui-même. L'un ne sachant pas ce que l'autre soupçonne ou devine en entendant son récit. Mais c'est aussi le lecteur qui est mis à la place habituellement donnée à son ami Fliess. Le narrateur aura pris soin de confier au lecteur que son interlocuteur-analysant venait d'être libéré d'une petite phobie dans laquelle avait joué un rôle le récit qui va suivre. Du souvenir apparemment anodin de la petite enfance surgira une profusion insoupçonnée de significations à l'évocation de souvenirs et fantaisies datant de l'adolescence qui ont été projetés sur une époque antérieure. L'intensité d'une émotion se sera déplacée d'une scène à une autre scène en lui demeurant associée.

C'étaient les premières vacances où je retournais à l'endroit où je suis né. La famille d'amis qui m'accueillait était parvenue, depuis notre départ [de Freiberg], au faîte de la prospérité. J'eus l'occasion de comparer l'aisance qui régnait là-bas avec le mode de vie qui était le nôtre à la ville [à Vienne]. Quelque chose d'autre fut pour moi une forte source d'excitation. J'avais dix-sept ans, la fille de mes hôtes en avait quinze, j'en tombai aussitôt amoureux. C'était la première fois que mon cœur s'enflammait d'une manière intense, mais j'en gardai complètement le secret. Peu de jours après, la jeune fille retourna à son collège qu'elle avait quitté elle aussi pour les vacances et cette séparation, après une si brève rencontre, ne fit qu'exacerber ma nostalgie. Des heures durant je m'adonnai à des promenades solitaires à travers les magnifiques forêts retrouvées, occupé à bâtir des châteaux en Espagne qui, étrangement, ne tendaient pas vers l'avenir mais cherchaient à améliorer le passé. Si seulement il n'y avait pas eu cette faillite, si seulement j'étais resté dans mon pays natal, si seulement j'avais grandi dans cette campagne, si j'étais devenu aussi robuste que les jeunes gens de cette maison, les frères de la bien-aimée, et si j'avais ensuite repris la profession de mon père et finalement épousé la jeune fille qui bien sûr au cours de toutes ces années serait forcément devenue intime avec moi ! Naturellement, je ne doutais pas un seul instant que, dans les circonstances que créait ma fantaisie, je l'aurais aimée d'un amour aussi ardent que celui que j'éprouvais réellement alors. Ce qui est étrange, lorsqu'il m'arrive aujourd'hui de la rencontrer — le hasard a voulu qu'elle se marie ici —, c'est qu'elle m'est extraordinairement indifférente, et pourtant je peux me souvenir avec précision combien la couleur jaune de la robe qu'elle portait lors de notre première rencontre m'a fait de l'effet longtemps après quand je revoyais cette couleur quelque part [3].

La superposition des deux scènes du souvenir, comme deux tableaux peints sur la même toile, illustre deux des plus puissants ressorts pulsionnels de la vie, comme le disait Schiller, l'un des poètes favoris de Freud : la faim et l'amour. Combien la vie aurait été plus aisée, et le pain de chaque jour délicieux, s'il avait épousé la jeune fille à la robe jaune, Gisela Fluss ! Beaucoup de fleurs évoqueront pour le narrateur ses dix-sept ans, celles qu'il retrouve lors de ses excursions en montagne, les giroflées. Mais elles lui rappellent aussi les pissenlits arrachés à sa nièce Pauline. Cette scène, après coup, s'avère plus troublante qu'elle ne pouvait paraître, telle que projetée dans une scène apparemment innocente d'un jeu de la petite enfance. Une expression verbale, qui relie entre eux les deux souvenirs, *entreissen die Blumen* (nous, les deux garçons, lui tombons dessus et lui arrachons ses fleurs), fait directement allusion à la défloration. Certains biographes, prompts à transformer en scène réelle la virtualité de cette scène, ont méconnu et continuent de méconnaître que la force pulsionnelle de la libido peut se soustraire au destin du refoulement en se transformant en avidité de savoir portant sur autre chose d'inconnu que l'objet de l'investigation première.

Freud avait vingt ans lorsque la famille de John et Pauline quitta Freiberg pour aller s'installer à Manchester en Angleterre et y trouver, il est vrai, une belle aisance. Jacob Freud et son fils, Emmanuel, avaient-ils conçu le plan, comme Sigmund le pensa, qu'il aurait pu, ses études terminées, rejoindre Pauline et l'épouser ? Sigmund, à vingt ans, était déjà plongé dans ses propres desseins et le fantasme de défloration, s'il avait pu exister comme tel, allait, sans trop s'en éloigner, se transformer symboliquement en suivant la voie de la pulsion d'investigation de la sexualité infantile.

En analysant ses propres fantaisies et fantasmes, Freud se dégage de l'idée qu'il s'est faite qu'il y avait la plupart du temps, à l'origine de la névrose, un traumatisme survenu dans l'enfance provenant de tentatives réelles de séduction à un âge où la sexualité ne se vit pas comme telle. La scène réelle ne prenait toutefois une valeur pathogène qu'à la puberté par l'intermédiaire d'un symptôme qui en recelait le souvenir. Cet effet en deux temps d'une scène vécue dans l'enfance se retrouve dans les deux souvenirs de Freud, celui de l'âge de dix-sept ans donnant rétrospectivement son sens à celui de l'âge de deux ou trois ans chargé de représentations sexuelles inconscientes. Aussi longtemps qu'il avait cru que le père avait pu jouer le rôle de séducteur dans les scènes de leur enfance racontées par certaines femmes, Freud avait été enclin à attribuer une étiologie traumatique à la plupart des cas. Ne s'était-il pas déjà soupçonné lui-même de quelque chose de semblable ? Il écrit à Fliess le 31 mai 1897 :

Récemment, j'ai rêvé de sentiments plus que tendres pour ma fille Mathilde, mais elle se prénommait Hella, et j'ai vu ensuite devant moi le mot « Hella » tracé en gros caractères. Explication : une nièce américaine dont nous avons reçu la photographie porte ce nom. Mathilde aurait dû s'appeler Hella puisqu'elle a récemment versé tant de larmes amères à l'occasion des défaites grecques. Elle a la passion de la mythologie et de la Grèce antique et considère naturellement tous les Hellènes comme des héros. Le rêve montre évidemment la réalisation de mon désir, celui de constater que c'est bien le père qui est le promoteur de la névrose. Voilà qui met fin à mes doutes encore persistants[4].

Il est étonnant, aujourd'hui, de voir que Freud aura pu un moment adhérer, à partir de ce rêve, à la théorie de la séduction réelle plutôt que de reconnaître que ce rêve révèle un fantasme de désir pour Mathilde. La théorie du *trauma* lui servait encore de défense rassurante contre la découverte du *désir œdipien* qui n'allait plus tarder à se révéler sous le mode inverse de celui de ce rêve : le fantasme de désir de séduire et d'être séduit, émanant cette fois de l'enfant tout autant que de l'adulte. Les fantasmes et rêves de désir allaient lui faire prendre conscience que la réalité psychique est tout aussi importante, sinon plus, que la réalité matérielle. Ce qui ne veut pas dire qu'il délaisse complètement la question de la réalité matérielle ni qu'il abandonne absolument l'hypothèse du *trauma* comme cause. Il a connu des cas pour lesquels des expériences ont été réellement vécues avec le père, l'oncle ou le frère aîné et se sont même poursuivies jusqu'aux années de remémoration certaine. Mais, hormis ces cas, l'hypothèse d'une réalité matérielle sera conservée quand Freud cherchera à ancrer le fantasme dans une réalité de la prime enfance — comme c'est le cas dans le souvenir de Gisela renvoyant à celui, plus précoce, de Pauline. Et certains fantasmes, universellement partagés, seront reconnus comme étant toujours déjà là, préexistants à toute histoire individuelle : des fantasmes originaires qui trament une histoire, une légende, un récit autour de la question de l'origine, de la différence des sexes, du rapport à l'autre. Pour autant que des représentations sexuelles — dans le sens élargi que Freud donne à ce terme — recoupent ces fantasmes, la sexualité est en elle-même « traumatique » pour l'homme.

Ce qui aura été le plus grand choc, le plus important traumatisme causé par Freud — et qui le demeure quoi qu'on en pense — est contenu dans ses *Trois essais sur la théorie sexuelle*. Le scandale qu'il a provoqué peut paraître s'être estompé ; les idées reçues dans lesquelles il s'est transformé n'ont fait que creuser l'abîme des malentendus qu'elles ont recouverts. Qu'on en juge par les propositions avancées et qui seront amplement démontrées : que la sexualité humaine est proprement erratique. Entendez : qu'elle n'emprunte pas de voie déterminée par avance, qu'elle est sans orientation pré-établie et *a priori* en errance ; qu'elle n'apparaît pas pour la première fois à l'époque de la puberté mais qu'elle est bel et bien présente dès le plus bas âge ; qu'elle n'a pour fin ni l'union ni la procréation ; qu'elle parcourt de part en part toute activité de pensée et qu'une même énigme construit les théories sexuelles adoptées par l'enfant-chercheur et la théorie scientifique qui cherche à en rendre compte.

S'il s'était simplement agi de décrire la vie sexuelle jusque dans ses perversions, les sexologues contemporains de Freud ne s'en étaient pas privés. Le célèbre ouvrage de Krafft-Ebing, *Psychopathia sexualis*, avait paru en 1886 et son succès ne s'était pas démenti avec les éditions successives. Les écrits de Havelock Ellis qui inventoriaient les comportements sexuels dans leur plus large diversité ne faisaient pas scandale non plus. Et pas davantage ceux d'Iwan Bloch et de Magnus Hirschfeld que cite Freud. Mais aucun auteur n'avait osé reconnaître comment la pulsion sexuelle se montre régulièrement à l'œuvre durant l'enfance — hormis dans la littérature où l'on trouve des références à l'activité sexuelle précoce de la masturbation ou même aux racines érogènes de la pulsion passive de cruauté, comme dans les *Confessions* de Jean-Jacques Rousseau. Toutefois, ces pratiques ne sont toujours considérées que comme des phénomènes exceptionnels ou des curiosités, quand elles ne sont pas données en exemples de dépravation. Ce qui devait déclencher les plus violentes oppositions, ce fut d'avancer que la genèse psychique des diverses manifestations de la pulsion sexuelle implique leur existence sous une forme ou sous une autre dès le début de la vie — ce que rend bien l'aphorisme d'« une prédisposition perverse polymorphe » chez l'enfant — même si ces manifestations doivent tomber dans l'oubli au cours de la période de latence qui précède l'adolescence. Freud s'étonnera, malgré la reconnaissance de tant de préjugés dont il aura dû lui-même se défaire, que les adultes maintiennent si fermement la légende, forgée par leur désir, d'une enfance asexuée, alors que la simple observation des enfants démontre le contraire. Les manifestations de la poussée sexuelle, des envies qui lui sont liées et apparaissent à l'adolescence, en cherchant leurs voies de manière souvent erratique jusqu'à la vie adulte, sont le second temps d'une activité qui aura laissé ses traces dans la mémoire alors même que leurs empreintes auront paru être effacées. L'élargissement du concept de sexualité — qui reprend celui de la poussée, de l'impulsion, de la pulsion qui rend compte aussi bien en biologie des besoins sexuels que de la faim — auquel fera référence celui de *libido* (l'énergie du *désir*), pour marquer la part de travail psychique dans sa relation au corps, n'est en fait que la restauration de ce même concept qui a subi le refoulement au cours des âges sous la pression de la morale religieuse « civilisée ». Face à la persistante incompréhension, si ce n'est à la pure mauvaise foi, la préface à la quatrième édition des *Essais* en 1920 se fait insistante :

Si les hommes savaient tirer la leçon de l'observation directe des enfants, il n'aurait pas été utile d'écrire ces trois essais. Mais il faut aussi se rappeler que certains aspects de cet écrit, la mise en relief de l'importance de la vie sexuelle dans toutes les réalisations humaines et la tentative qui y est faite d'élargir le concept de sexualité, ont, de tout temps, fourni les plus puissants motifs de la résistance contre la psychanalyse. Dans leur soif de formules retentissantes, les gens sont allés jusqu'à parler de « pansexualisme » de la psychanalyse et à lui adresser le reproche absurde de « tout » expliquer à partir de la sexualité. Nous pourrions nous en étonner, pour peu que nous oubliions nous-mêmes l'effet des facteurs affectifs qui nous troublent et nous rendent oublieux. Car il y a longtemps déjà que le philosophe Arthur Schopenhauer a fait voir aux hommes dans quelle mesure leurs activités et leurs aspirations étaient déterminées par des tendances sexuelles — au sens habituel du mot —, et une infinité de lecteurs devraient tout de même avoir été incapables de chasser aussi radicalement de leurs esprits une proposition aussi saisissante ! Mais, pour ce qui concerne l'« extension » du concept de sexualité nécessitée par l'analyse des enfants et de ce qu'on appelle des pervers, qu'il nous soit permis de rappeler à tous ceux qui, de leur hauteur, jettent un regard dédaigneux sur la psychanalyse, combien la sexualité élargie de la psychanalyse se rapproche de l'*Éros* du divin Platon [5].

L'extension du concept de sexualité a pour effet de rendre perméable toute frontière, jusqu'alors fermement établie, entre des conduites dites normales et d'autres considérées comme pathologiques. La sexualité de l'adulte ne conserve-t-elle pas à maints égards un caractère infantile ou, tout au moins, les premières marques des excitations et sensations de plaisir qui auront déjà été éprouvées ? Suçotements, chatouillements, caresses, curiosité se portant sur le corps de l'autre, sur sa chevelure, ses pieds, ses vêtements, sa peau feront partie des composantes de la vie amoureuse de même que les odeurs et les parfums de l'enfance garderont intact leur pouvoir d'évocation. Autant de facteurs internes comme la gêne, la pudeur, la honte, que de facteurs externes comme les restrictions ou les interdits imposés par l'entourage participeront au refoulement des premiers plaisirs des sens, surtout lorsque la libido aura tendance à se manifester de manière plus intempestive dans son arrimage aux zones érogènes ou dans sa liaison à la cruauté. La libido est loin de se comporter comme un long fleuve tranquille. De nombreux obstacles entravent son cours principal et l'entraînent dans diverses dérives. Freud distinguera une libido du moi, appelée également libido narcissique, d'une libido d'objet constituée par l'investissement des objets sexuels. Quatre stades, oral, anal, phallique et génital, seront isolés en fonction à la fois des zones érogènes et de la relation à l'objet sexuel. Dans les composantes de la libido, les *pulsions partielles* apparaissent sous forme de couples d'opposés : plaisir de voir et d'être vu, plaisir de souffrir et de faire souffrir, en passant par la voix réfléchie « se regarder », « se faire souffrir » où le sujet est pris pour l'objet. Dans le plaisir de regarder et de se montrer, l'œil correspond à une zone érogène alors que, dans le cas où la pulsion sexuelle s'allie à la pulsion de cruauté, c'est la peau qui tient le rôle de surface érogène, mais la pulsion de pouvoir et de cruauté, voire de souveraineté, peut agir pour son propre compte et mettre à son service l'ensemble des composantes sexuelles. L'importante notion de bisexualité psychique, que Freud aura en partie empruntée à Fliess, viendra complexifier les traditionnelles oppositions masculin/féminin, actif/passif, sujet/objet. Cette nouvelle complexité rendra compte de la liberté dans l'enfance de disposer indifféremment d'objets masculins ou féminins, que ce soit dans l'ordre de la tendresse ou de l'attrait sexuel. Tout en conservant à cette époque le terme d'« inversion » pour parler de l'homosexualité, il ne fait pas de doute que Freud ne porte aucun jugement, ni de valeur, ni moral, sur le choix d'objet sexuel. Il s'emploie à explorer les conditions qui, depuis l'enfance, ont pu le favoriser, en distinguant les différentes formes que ce choix peut prendre, tout comme, dans ses *Contributions à la psychologie de la vie amoureuse*[6], il tentera de rendre raison des choix d'objet différents qui se rencontrent dans l'hétérosexualité. Cette absence de préjugés de la part de Freud concernant l'homosexualité sera d'autant plus manifeste que, lors de la discussion qui aura lieu parmi les pionniers pour savoir si des homosexuels peuvent devenir analystes, il défendra avec Otto Rank, contre Jones, que seule la compétence analytique doit être en cause.

La théorie freudienne de la libido, à partir du rôle qu'elle fait jouer à la sexualité infantile notamment, souleva des tempêtes tout d'abord au sein des premiers disciples. Jung ne concevait la libido que comme une charge psychique sans pulsion sexuelle et refusait de prendre en compte la sexualité infantile et le complexe d'Œdipe pour réinterpréter en termes abstraits, impersonnels et anhistoriques, les données observées par l'analyse. Adler rejetait en bloc l'importance de la sexualité et ramenait tout à « la protestation virile » et au besoin de compenser un sentiment d'infériorité par l'affirmation de puissance. Maintes formes de psychothérapie reprennent aujourd'hui, le sachant ou non, des formes semblables de refus de la sexualité infantile et de son rôle dans les comportements de l'adulte, les incitant à ne prendre en considération que ces derniers pour tenter de les modifier par la persuasion. La conception freudienne de la sexualité aura profondément heurté tous les tenants de la volonté, tous ceux qui s'emploient à une plate restauration de la conscience. Elle aura aussi déclenché les foudres des régimes les plus autoritaires. À Berlin, en 1933, c'est moins parce que la psychanalyse serait « une science juive » qu'on brûle les livres de Freud que parce qu'elle remuerait les bas instincts de l'homme. Pour le communisme, c'était moins parce qu'elle pouvait être qualifiée d'« idéologie réactionnaire » ou de « science bourgeoise » (les bourgeois de Vienne ne saluaient plus Freud dans la rue en 1905) que pour « la chose sexuelle » encore. Les premières traductions de Freud furent en langue russe. Le bolchevisme croyait pouvoir l'utiliser pour détruire l'autorité du père et les liens de la famille afin qu'il n'y ait plus que des enfants de la Nation et du Père des peuples. C'était nier la force de la libido qui tisse les premiers liens de la vie et que la seule autorité de l'État ne saurait défaire. Quant à l'Église qui pouvait en faire une « science athée » — le monothéisme, après tout, n'aura rien représenté d'autre que la confirmation théologique de l'athéisme —, elle y aura surtout vu un redoutable rival qui ne mettait pas la sexualité au service de la reproduction mais la plaçait sous l'égide du principe de plaisir. Dans ces trois cas de figure, la pulsion de pouvoir, de souveraineté et de cruauté, tentant d'arraisonner à son service les pulsions sexuelles, rencontre la pulsion de mort qui lui fait échec. La dernière trouvaille de l'école révisionniste ne ferait de la psychanalyse pas même une « science juive », ni une « science bourgeoise », ni même une « science athée ». Niant à son tour la différence entre le fantasme et la réalité, elle relègue la vie psychique inconsciente et la sexualité qui l'imprègne au domaine de la pure lubie pour n'attacher d'importance qu'à une réalité pragmatique, vérifiable et quantifiable. Ce qui paraît proprement inconcevable à ses tenants, c'est que Freud ait consacré une part importante de sa libido à l'investigation et à la connaissance des sources mêmes de l'énergie sexuelle et des avatars de ses manifestations.

L'homme Freud

Maintenant il me faut te poser une question tragiquement sérieuse. Réponds-moi sur ton honneur et ta conscience pour me dire si, à onze heures, jeudi dernier, tu as été moins éprise de moi, ou plus ennuyée à mon sujet que d'habitude, ou peut-être même « infidèle » comme dit la chanson. Pourquoi ces conjurations de mauvais goût ? Parce que j'ai une bonne occasion de mettre fin à une superstition. Au moment en question, ma bague s'est brisée à l'endroit où est sertie la perle. Je dois avouer que mon cœur n'a pas défailli, je n'ai pas été saisi de pressentiments sur une fin malheureuse de nos fiançailles, ni du noir soupçon que juste à ce moment-là tu étais occupée à arracher mon image de ton cœur. Un homme sensible aurait ressenti tout cela, mais ma seule pensée fut que la bague devrait être réparée et que de tels accidents ne peuvent guère être évités[1].

Depuis les émois d'adolescent qu'il avait éprouvés pour Gisela Fluss, Freud n'avait pas été amoureux. C'est à l'âge de vingt-six ans qu'il rencontre

Martha Bernays, dont il s'éprend immédiatement lors d'une visite qu'il rend à sa sœur Anna, fiancée à Eli Bernays, frère de Martha. De cinq ans plus jeune que Freud, Martha était la fille de Berman Bernays, dont le père, Isaac Bernays, avait été le grand rabbin de Hambourg et un ami de Heine. L'aîné des oncles paternels de Martha, Jacob Bernays, était professeur de latin et de grec à l'Université de Bonn, jusqu'à sa mort en 1881, un an avant la rencontre de Freud et de Martha. L'autre oncle également connu, Michael Bernays, enseignait la littérature à l'Université de Munich avant de devenir lecteur du roi Louis II de Bavière et d'écrire un important ouvrage sur Goethe. Négociant à Hambourg, le père de Martha quitta l'Allemagne du Nord en 1869 pour venir avec sa famille s'installer à Vienne où il fut le secrétaire de Lorenz von Stein, un professeur de droit et d'économie. Il devait mourir brutalement dix ans plus tard d'une crise cardiaque survenue dans la rue et la mère de Martha n'eut de cesse dès lors que de retourner à Wandsbek, près de Hambourg. C'était l'endroit où était née Martha et où elle avait passé son enfance jusqu'à l'âge de huit ans. Le lendemain de ses fiançailles avec Freud, le 17 juin 1882, elle avait dû quitter Vienne pour Wandsbek où se trouvaient déjà sa mère et sa sœur cadette Minna, fiancée à un ami de Freud, Ignaz Schönberg. L'année suivante, Martha se fixait à Wandsbek et ne devait revenir à Vienne qu'après leur mariage, le 14 septembre 1886. Durant cette longue période, Freud se rend quelquefois à Wandsbek — sa situation financière ne lui permettant pas de fréquents voyages — mais il écrit à Martha presque tous les jours. Près d'un millier de lettres. Des lettres que les fiancés s'étaient promis de détruire le jour de leur mariage. Ce qu'ils ne firent pas. Martha conserva cette volumineuse correspondance jusqu'à sa mort, en 1951, en étant maintes fois tentée de la brûler. Ce n'est que sur l'insistance de ses filles que ces lettres furent conservées.

Ces lettres à Martha, comme la non moins volumineuse correspondance qu'il entretint avec ses disciples, Jung, Ferenczi, Jones, Eitingon, Abraham, et les nombreuses lettres à Oskar Pfister, Lou Andreas-Salomé, Marie Bonaparte, Arnold Zweig, Stefan Zweig, Arthur Schnitzler, Albert Einstein et Romain Rolland, sont venues étoffer le portrait de l'homme Freud, lui donner une dimension plus familière que celle qui se laissait dessiner à travers *L'Interprétation des rêves* ou sa correspondance « analytique » avec Wilhelm Fliess. Le jeune Freud doute de pouvoir être aimé, craint qu'on ne lui préfère un meilleur parti, se montre jaloux, possessif, exclusif. Il est prolixe, raconte tout ce qui lui arrive et aimerait que sa fiancée en fasse autant. Cette grande liberté dans les confidences — une des premières lettres parle longuement des circonstances du suicide de son ami Nathan Weiss survenu peu de temps après un malheureux mariage — connaît toutefois des limites lorsqu'elle touche à l'intimité. On se tromperait grandement si l'on attendait de cette correspondance des révélations sur la propre vie sexuelle de celui qui aura discerné le rôle souvent voilé de la sexualité dans les rapports de chacun à sa vie affective. Celui qui, dans ses histoires de cas comme dans tous ses écrits, n'hésite pas à appeler un chat un chat, témoigne plutôt dans sa correspondance amoureuse, non dépourvue pour autant de franchise, d'une pudeur et d'une retenue dignes de l'amour courtois.

> Noble demoiselle, doux amour,
>
> Sachez que votre gracieuse missive, qui m'autorise à faire un pèlerinage vers vos beaux yeux, m'a rempli d'une forte joie et que je fais mon bagage pour aller m'informer si vous me consentez un regard affectueux ou, mieux, un baiser de vos lèvres. [...]
>
> Un bijou vous attend pour votre anniversaire, il attire souvent mon regard quand je passe devant lui, mais je n'ose me le procurer maintenant et vous l'apporter ; il attendra jusqu'au 4 août. Aussi votre paladin n'apportera-t-il que son cœur amoureux ; il arrivera sans armes, ayant laissé chez lui glaive et poison destiné à quelque rival. Il lui est impossible d'attendre notre entrevue pour Vous dire qu'il est tout à Votre dévotion et que, s'il le faut, il Vous protégera et Vous défendra contre les ennemis et les amis. Vous savez déjà qu'il a été heureux de sortir victorieux d'un combat et il espère que son ennemi hambourgeois lui épargnera toute hostilité par une renonciation loyale. [...]
>
> Je me suis donné l'impression d'être un paladin partant en pèlerinage vers sa princesse bien-aimée qui est retenue captive par son oncle. Si tu savais combien de folles pensées me viennent à l'esprit en ce moment, mais, à mon arrivée, je serai tout à fait raisonnable [2].

Tel fut le début de leur échange épistolaire. Leurs fiançailles devaient rester secrètes. Dès qu'elle en fut informée, la mère de Martha fit tout pour que sa fille revienne à Hambourg. Si ces fiançailles, qu'elle voyait d'un mauvais œil en raison de la situation précaire de Freud, devaient être longues, il valait mieux que les fiancés soient séparés. Martha était très attachée à sa mère et ne souhaitait la contrarier en rien. Pour éviter ses soupçons, elle adressait ses lettres à un vieil ami, Fritz Wahle, lui-même fiancé, qui les faisait parvenir à Freud au laboratoire de Brücke où il était assistant. Le dos des enveloppes portait la lettre *M* pour indiquer leur provenance. Freud tenait aussi à ne pas ébruiter leurs fiançailles puisqu'il n'était pas encore en mesure de subvenir aux besoins d'une famille. Lorsqu'il se rendit à Wandsbek, la dernière semaine de juillet 1882, Freud fit faire, chez un vieux graveur de Hambourg, un papier à lettres dont le monogramme était composé de la lettre *M* et de la lettre *S* entrelacées. Un papier qui ne pouvait servir qu'à l'un et l'autre. Le vieux graveur, à cette occasion, lui raconta l'histoire de la famille Bernays sans savoir à qui il s'adressait car Freud, pour se faire le plus discret possible, s'était présenté sous le nom du Dr Fritz Wahle, de Prague.

L'histoire de la bague faisait aussi partie de ces témoignages d'amour qui devaient échapper à l'attention de la famille. Cette fois, c'était du côté de Martha. Elle avait offert une bague à Freud : la bague de son père que sa mère lui avait donnée. Cette bague était naturellement trop grande pour Martha et tout juste de taille pour que Freud pût la porter au petit doigt. Aussitôt, Freud s'empressa de faire exécuter une copie de la bague qui pût convenir au doigt fin de Martha. Il en parlait comme de l'« anneau véritable », en faisant allusion à l'histoire de l'anneau dans *Nathan le Sage* de Lessing. Tous ceux qui voyaient celle qui le portait et lui parlaient en devenaient amoureux. Or, il se trouve qu'au cours d'une crise douloureuse Freud brisa effectivement la bague offerte par Martha — la bague du père — en heurtant la main contre une table. La bague s'était brisée à l'endroit où était sertie la perle. Du coup, Freud voit dans cet incident un mauvais présage auquel il ne veut pas croire tout en y prêtant quelque foi quand même ; il demande à Martha de le rassurer, comme si la réassurance pouvait abolir la superstition. Il demande, ou se demande plutôt, s'il peut y avoir un lien entre un événement apparemment fortuit, l'accident de la bague, et les pensées et sentiments de Martha. Tout dépend si cet événement est considéré comme purement extérieur, relevant du hasard, ou s'il ressortit, comme un acte manqué, à la réalité psychique. Pour cette dernière, il n'y aurait pas de hasard, comme Freud s'emploiera à le démontrer avec l'analyse du rêve. Il suffit de se laisser parler, en associant librement, pour que soit aboli l'apparent non-sens qu'on attribuerait au hasard. C'est une question à laquelle il reviendra dans *Psychopathologie de la vie quotidienne*, mais aussi à propos de la télépathie : peut-il y avoir une telle communication à distance entre deux êtres ? Pour l'heure, s'agissant des doutes qu'il entretient sur l'amour que peut lui porter Martha, Freud semble avoir perçu (inconsciemment) des signes qu'il projette, sans trop y croire, sur l'incident de la bague, susceptibles de lui révéler les sentiments de Martha. « L'ennemi hambourgeois » auquel il fait allusion dans sa lettre n'est autre que Max Mayer, un cousin de Martha, un artiste qui avait composé des chansons pour elle et qu'elle appréciait. Freud oscillait entre deux attitudes. Tantôt il exigeait de Martha qu'elle ne parle plus de Max ou qu'elle se réfère à lui en l'appelant Monsieur Mayer, tantôt il se reprochait sa jalousie et assurait Martha qu'il ne doutait pas de ses sentiments, que c'était en lui-même qu'il n'avait pas confiance. Mais ces moments de lucidité étaient prompts à s'estomper. Celui qui s'était fait le messager de la correspondance secrète entre Martha et lui, Fritz Wahle, bien que lié à Élise, une cousine de Martha, conservait avec la fiancée de Freud une relation d'intime amitié qu'ils avaient depuis longtemps. Martha avait été l'élève de Fritz Wahle et ce dernier gardait à son égard une attitude protectrice un peu ombrageuse. À tel point qu'il aurait menacé Freud de le tuer s'il ne la rendait pas heureuse. Il prétendait avoir sur elle le pouvoir de la convaincre de le quitter. Freud n'était pas sans penser que l'artiste avait auprès des femmes un attrait que n'avait pas l'homme de science, tout en croyant que la Nature à laquelle il dévouait son temps pouvait représenter aux yeux de Martha la plus redoutable rivale. Il s'efforçait de la convaincre du contraire. Pourtant, il aurait pu soupçonner — ce qu'il ne pourra reconnaître que plus tard — les sources de sa jalousie, lorsqu'il écrit dans cette même lettre à Martha du 27 juin, dix jours après leurs fiançailles :

> Je suis allé hier voir mon ami Ernst von Fleischl que j'enviais à tous égards tant que je n'ai pas connu Martha. Maintenant c'est moi qui suis avantagé. Il était fiancé, depuis dix ou douze ans, je crois, à une jeune fille du même âge que lui, prête à l'attendre indéfiniment et avec laquelle il s'est brouillé, j'ignore pourquoi. C'est un homme extrêmement distingué, chez qui la nature et l'éducation ont donné leurs meilleurs effets, riche, habile dans tous les sports, portant le sceau du génie sur ses traits énergiques, beau, d'esprit fin, plein de talent et capable de porter un jugement original sur la plupart des sujets. Je l'ai toujours considéré comme mon idéal et n'eus de cesse que nous ne soyons devenus amis et que je puisse tirer de ses capacités et de son activité une joie pure. [Un an plus tard, il écrira : « Je l'admire et l'aime d'une passion intellectuelle, si tu me permets de m'exprimer ainsi. »] En pensant à cet ami supérieur, l'idée m'est venue de ce qu'il pourrait faire d'une jeune fille comme Martha : quelle nature il donnerait à ce joyau ; j'ai pensé combien Martha, qu'enchante déjà notre humble Kahlenberg [colline située dans la forêt viennoise, le *Wienerwald*], admirerait les Alpes, les canaux de Venise, la magnificence de Saint-Pierre de Rome ; quel plaisir n'éprouverait-elle pas à participer au crédit, à l'influence du bien-aimé et comme les neuf années que cet homme a de plus que moi pourraient être pour elle autant d'années d'un bonheur sans exemple, au lieu des neuf misérables années vécues dans l'obscurité et dans un quasi-dénuement, qui seront son lot avec moi [...] [3].

Un long parcours sera nécessaire pour que Freud parvienne à démêler tous les fils qui s'enchevêtrent dans le nœud que forme cette rêverie dans laquelle quelqu'un d'autre, estimé, surestimé, aimé, idéalisé, pourrait donner à sa bien-aimée ce que lui-même n'aurait pas. Pour l'instant, il semble suivre le conseil que donnait un auteur favori de son adolescence, Ludwig Börne, dont il possédait les œuvres complètes : « Pour devenir un auteur original en trois jours, écrire, sans falsification ni hypocrisie, tout ce qui vous vient à l'esprit, ce que vous pensez de vous-même, des femmes, des guerres en Turquie, de Goethe, du Jugement dernier, des aînés qui exercent sur vous une autorité[4]. » Freud livre abondamment toutes ses pensées sur son travail hospitalier à Vienne, sur ses rencontres chez Charcot à Paris, sur ses collègues et amis viennois. Mais ce n'est pas sa bien-aimée, à qui il écrit tout cela, qui lui tendra le miroir où se réfléchiront ses troublantes identifications ou la part masculine et la part féminine de sa bisexualité psychique. Ce ne sera pas non plus dans la joie, soi-disant « pure », qu'il tire de sa passion intellectuelle pour Fleischl. Cette passion lui fera endurer le sentiment de culpabilité que lui aura infligé la peine qu'il se sera donnée en voulant soulager les effroyables douleurs de son ami par des injections de cocaïne qui s'avéreront une véritable calamité. Non. Il lui faudra reproduire quelque chose de semblable dans sa relation à Breuer jusqu'à la pénible rupture, puis dans tout ce qu'il mettra par écrit dans sa relation analytique à Fliess, pour que lui deviennent visibles et sensibles ces motifs dont il se dégagera par la suite. Le portrait qu'il fait très tôt de Martha et ce qu'il lui dit des femmes en portaient pourtant les traces :

Je sais que tu n'es pas belle au sens d'un peintre ou d'un sculpteur ; si tu insistes sur le strict usage des mots, alors je dois avouer que tu n'es pas belle. Mais je ne voulais pas te flatter dans ce que j'ai dit ; je suis incapable de flatterie ; je peux, il est vrai, me tromper. Ce que je voulais faire sentir, c'est combien la magie de ton être s'exprime dans ton maintien et dans ton corps, combien se révèle, visible dans ton apparence, comme tu es douce, généreuse et raisonnable. J'ai pour ma part toujours été insensible à la beauté formelle. Mais si tu gardes en tête quelque vanité, je ne te cacherai pas que d'aucuns disent que tu es belle, et même d'une beauté éclatante[5].

Dans cette même lettre, Freud déclarait que la seule beauté qui n'est pas éphémère est celle dont les traits sont marqués par la bonté et la compréhension et que c'est en cela que Martha excellait. En contemplant quelque temps plus tard une photo d'elle, il lui écrivait :

Ton visage est empreint d'une beauté venant de la pure noblesse de tes sourcils et de tes yeux. Alors, comme si la nature avait voulu te préserver du danger d'être simplement belle, elle a façonné ton nez et ta bouche en soulignant davantage ton caractère que ta beauté, avec une expression presque masculine, si peu féminine dans son caractère décisif[6].

Si Freud prêtait à Martha, d'allure manifestement féminine, quelques traits de caractère traditionnellement attribués à l'homme, et cela bien avant qu'il ne s'interroge sur « le féminin » comme continent mystérieux et sur « ce que veut la femme », c'était moins en raison de considérations sur l'égalité des sexes que dans l'anticipation du rôle qui lui serait dévolu comme maîtresse de maison. Intelligente et cultivée, Martha n'était pourtant pas une intellectuelle et rien ne laissait présager qu'il puisse s'établir entre eux une quelconque concurrence dans le domaine de l'esprit. À l'époque de leurs fiançailles, Martha avait lu l'essai de Georg Brandès sur John Stuart Mill, sachant que Freud avait traduit des essais de Mill et qu'il ne partageait pas ses vues sur l'émancipation des femmes. Certes avait-il reconnu en Mill « l'homme de ce siècle le plus capable de se libérer des préjugés courants », ce qui n'avait pu que l'inciter à le prendre comme modèle à cet égard. Mais de là à endosser l'un des principaux arguments de Mill, à savoir qu'il n'était nullement impossible pour une femme mariée de gagner autant d'argent que son mari, il en était loin. Il écrit à Martha :

> Nous sommes d'accord, je crois, toi et moi, pour estimer que la tenue du ménage, l'éducation des enfants et les soins à leur donner accaparent entièrement un être humain [...] [7].

Freud considère qu'en lisant l'autobiographie de Mill on ne peut deviner que les hommes sont divisés en hommes et en femmes, et que cette différence est la plus importante qui existe entre eux.

> Il est tout à fait impensable de vouloir lancer les femmes dans la lutte pour la vie à la manière des hommes. Devrais-je, par exemple, considérer ma douce et délicate chérie comme une concurrente ? Dans ce cas, je finirais par lui dire, comme je l'ai fait, il y a dix-sept mois, que je l'aime et que je mets tout en œuvre pour la soustraire à cette concurrence et que je lui attribue pour domaine exclusif la paisible activité de mon foyer. Il est possible qu'une éducation nouvelle arrive à étouffer toutes les qualités délicates de la femme, son besoin de protection qui n'empêche nullement ses victoires, de manière qu'elle puisse,

comme les hommes, gagner sa vie. [...] La loi et la coutume doivent donner à la femme beaucoup de droits dont elle a été privée, mais sa situation demeurera ce qu'elle fut toujours, celle d'une créature adorée dans sa jeunesse et d'une femme aimée dans sa maturité. On pourrait en dire bien davantage sur ce sujet, mais je crois que nous sommes du même avis[8].

À vingt-sept ans, Freud craignait que ne disparaisse dans l'avenir « notre idéal de la féminité ». Il connaîtra pourtant des femmes, comme Lou Andreas-Salomé, Jeanne Lampl-de Groot, Marie Bonaparte, pour qui il aura affection et admiration, qui pourront concilier une certaine concurrence professionnelle avec « la beauté, le charme et la bonté » si caractéristiques, pour lui, de la féminité.

Les quatre années de longues fiançailles mirent à plusieurs reprises le jeune Freud au bord de la crise. Il ne pardonnait pas à la mère de Martha, de Minna et d'Eli de lui avoir imposé cette épreuve qu'il partageait avec son ami Schönberg, le fiancé de Minna. Emmeline Bernays n'était pas à ses yeux de ces femmes qui incarnent le charme et la bonté.

Poussée par je ne sais quel caprice extraordinaire [écrit-il à Minna], elle veut résider à Hambourg, sans se soucier le moins du monde de te séparer de Schönberg et Martha de moi, et cela pour de longues années. Voilà qui n'est vraiment pas de la générosité, sans être non plus de la méchanceté. Il s'agit simplement d'une revendication du vieil âge [la mère de Martha n'est alors pourtant âgée que de cinquante-trois ans]. Je la tiens pour une personne qui dispose parmi nous d'un grand pouvoir, moral et intellectuel, qui est capable de grandes choses [...] Elle veut demeurer le centre, la dominatrice, le but unique[9].

Freud sait que Minna est elle-même plus critique à l'égard de sa mère que ne l'est Martha. Comme il considère que les reproches qu'il lui arrive d'adresser à sa fiancée n'entament en rien l'amour qu'il lui porte et qu'une attitude qui passerait ses critiques sous silence pourrait témoigner de sentiments opposés, il se permet de lui écrire au sujet de leur mère : « Minna l'aime mais ne l'épargne pas alors que la considération que tu lui témoignes montre que tu ne l'aimes pas beaucoup[10]. »

Déjà, durant ses fiançailles, Freud aura noué avec Minna une relation de profonde amitié. Alors qu'il se trouve à Paris, en février 1886, la tuberculose dont était atteint Schönberg (le fiancé de Minna et l'ami de Freud) l'emporta rapidement. Freud lui avait rendu visite juste avant son départ pour Paris. Il écrit à Minna pour lui dire que Martha et lui seront tout disposés à l'accueillir chez eux lorsqu'ils seront mariés. Minna, restée célibataire, se souviendra de cette invitation dix ans plus tard. Elle s'installera au 19 Berggasse et ne quittera plus dès lors la famille, émigrant avec eux en Angleterre où elle mourra deux ans après Freud. Elle sera pour les enfants « Tante Minna » et leur consacrera beaucoup d'attention. Alors que Martha dirige le foyer avec intelligence et énergie en se tenant à l'écart des découvertes scientifiques de son mari, Minna partage davantage les préoccupations intellectuelles de son beau-frère. Lorsque Martha ne pourra (pour raison de santé) accompagner son mari au cours de ses voyages, il arrivera que ce soit

Minna qui le fasse. Ces voyages avaient habituellement lieu en septembre après les vacances passées en famille — au château de Bellevue près de Vienne, par exemple —, où Freud se montrait un père disponible et attentif, partageant son temps entre longues promenades en forêt, lectures et travaux. C'est au cours d'un trajet en train qu'il fit avant son mariage pour se rendre à Leipzig, afin de rencontrer son frère aîné Emmanuel, que Freud eut l'occasion d'être confronté à une scène semblable à celle que lui avait jadis racontée son père, et dont il ne devait se souvenir que des années plus tard, lors de son premier voyage à Rome. Se sentant confiné dans son compartiment, il avait ouvert la fenêtre et s'était penché au-dehors pour respirer. Un des voyageurs lui cria de relever la vitre, ce qu'il se montra disposé à faire à condition toutefois qu'on en ouvrît une autre qui gênerait moins son interlocuteur. C'est alors qu'un autre passager se mit à vociférer : « C'est un sale Juif ! » Le premier voyageur se révéla lui aussi antisémite et déclara : « Nous autres, Chrétiens, nous avons le sens du bien public. Pensez donc moins à votre chère personne ! » Le second annonça qu'il allait grimper sur la banquette pour lui donner une leçon. Freud ne se départit pas de son calme — ce qu'il aurait été bien incapable de faire un an auparavant, confiet-il à sa fiancée — et pria l'un de garder pour lui ses banalités sentencieuses et demanda à l'autre de bien vouloir s'approcher pour qu'il lui donne la réponse qu'il méritait. Ce dernier ne broncha pas et Freud n'eut qu'à s'en féliciter. S'il s'enorgueillit auprès de Martha de sa réaction, dont la comparaison avec celle de son père en pareilles circonstances demeure encore inconsciente, le jeune Freud n'en est pas moins un peu claustrophobe, en particulier dans les trains. La raison n'en sera mise au jour que plus tard. Tout comme celle de sa superstition qui le rend parfois ombrageux alors même qu'il enjoint souvent Martha de se défaire de ses « folles superstitions » en matière religieuse. Ce qui sera plus tard un sujet de plaisanterie entre eux.

La question du déterminisme et du hasard deviendra elle-même un objet d'étude car Freud se demandera — en particulier dans *Psychopathologie de la vie quotidienne* — ce qui distingue la superstition, la paranoïa et la science puisqu'elles ont la même propension à interpréter les signes aléatoires, à donner un sens caché au hasard apparent. Le paranoïaque a souvent une perception juste des indices qu'il observe chez les autres — il y a un « noyau de vérité » dans ce qu'il interprète — mais ce qui fait problème est la conviction qu'il attache à ses interprétations. Freud n'était pas convaincu que l'accident survenu à la bague qu'il portait pouvait être un signe de défaillance de l'amour de Martha. Mais il craignait d'être superstitieux. S'il l'était, il croirait à un rapport de causalité entre un événement extérieur et un processus de pensée projeté sur cet événement. S'il ne l'était pas, il s'agirait d'un transfert de pensées entre Martha et lui. On ne connaît pas la réponse de Martha, si tant est qu'elle ait répondu à la question de Freud. Aura-t-elle infirmé ou confirmé l'interprétation de Freud au sujet de la bague ? Toujours est-il que Freud entend bien démontrer que pour l'inconscient il n'y a pas de hasard. Après avoir corrigé les épreuves de *L'Interprétation des rêves*, il écrit à Fliess qu'il est décidé à ne plus rien changer à cet ouvrage, dût-il renfermer encore 2 467 fautes. S'étonnant après coup de ce chiffre venu au hasard sous sa plume, il reconstitue, à travers une longue histoire, qu'il a fêté sa majorité, c'est-à-dire son 24e anniversaire, pendant qu'il faisait son service militaire, en 1880. Or il vient de lire dans le journal que le colonel qu'il avait bien connu à cette époque a pris sa retraite après être devenu maréchal. À une question de sa femme au sujet d'une éventuelle retraite, il a répondu en s'accordant encore 24 ans. S'il prend son âge actuel, 43 ans, auquel il ajoute ces 24 ans, on obtient le 67. Le nombre 2 467 lancé au hasard était donc déterminé par un rapide calcul inconscient [11]. Depuis son analyse avec Fliess, Freud demeure hanté par la croyance que sa mort surviendra à l'âge de 61 ou 62 ans. S'il prend des billets de chemin de fer ou réserve une chambre d'hôtel, il craint de se voir attribuer les numéros fatidiques. Au cours d'un voyage à Athènes, on lui donna une chambre au premier étage. Il pense alors avoir échappé au sort, pour s'apercevoir qu'il s'est vu attribuer la chambre 31 ; la moitié de 62. C'est ce qu'il appellera la complaisance du hasard : la coïncidence d'un événement fortuit, auquel son activité psychique n'aurait pris aucune part, avec une pensée, une préoccupation ou une crainte ayant une autre source.

Si l'on considère la façon dont Freud a voulu prénommer ses enfants, Mathilde, Jean-Martin, Oliver, Ernst, Sophie et Anna, selon des personnages connus et estimés qu'il faisait revivre à travers eux, comme des « revenants » selon sa propre expression, on ne manquera pas de s'intéresser à la question des noms propres qu'il reprend dans *Totem et tabou*. Le nom propre est en effet beaucoup plus chargé de signification inconsciente qu'on ne le croit et conserve toujours, même dans notre monde rationnel, quelque chose de l'ancien pouvoir magique qu'il détenait. Freud avait lui-même modifié le sien dès son entrée à l'université en transformant Sigismund en Sigmund. Il signait même souvent Sigm pour abréger. Alors que la tradition chez les Juifs d'Europe centrale voulait que les enfants soient appelés du nom d'un parent décédé, Freud se voulut émancipé de cette coutume. Dans la lettre à Emmeline et Minna Bernays, en date du 16 octobre 1887, qui annonce la naissance de leur première fille, Freud fait part des raisons du choix du prénom de Mathilde. En lui donnant le nom de la femme de Breuer, il ne cache pas sa reconnaissance pour la constante sollicitude que ce couple lui avait témoignée et même pour l'aide financière qu'il lui avait apportée dans les moments difficiles. À la naissance de leur dernier enfant, Anna, Freud fait part à Fliess de son souhait de l'appeler Wilhelm dans le cas où ce serait un garçon. Il semble bien que Martha, dont le règne sur la maisonnée demeurait souverain, laissait volontiers à son mari le privilège de choisir le nom de leurs enfants. Si Oliver pouvait rappeler que Cromwell avait fortement plaidé en faveur de l'installation des Juifs en Angleterre, Ernst portait le souvenir du côté libéral et anticlérical du Pr Brücke, un Allemand venu du Nord et formé à Berlin. Le choix des prénoms de ses fils d'après Charcot, Cromwell et Brücke, et de ceux de ses filles d'après Breuer et Hammerschlag, témoignait à la fois de son affranchissement par rapport à sa propre tradition familiale (lui-même avait été prénommé Schlomo en souvenir de son grand-père paternel, décédé trois mois avant sa naissance) et d'une libération de tout préjugé religieux ou national. Ce qui demeure le plus évident, de la part de Freud, dans l'acte de nomination est son détachement de la figure du père et la désignation selon des critères d'admiration, d'estime ou d'amitié. S'il pouvait persister chez lui une croyance, c'était bien dans la transmission de ces qualités comme celles de figures substitutives de pères librement choisies.

Le cercle des premiers disciples

Sans doute êtes-vous le seul qui puisse se permettre de se passer d'analyste ; ceci, en fait, n'est cependant pas un avantage *pour vous, c'est-à-dire pour votre analyse, mais une nécessité : il se trouve que vous ne disposez pas d'un analyste qui soit votre égal, et encore moins supérieur [...] Malgré tous les défauts de l'auto-analyse (certes plus longue et plus difficile que l'analyse par un autre), nous devons attendre de vous la capacité de maîtriser vos symptômes [...] Si vous avez eu la force de surmonter chez vous-même, sans guide* (pour la première fois dans l'histoire de l'humanité), *les résistances que l'ensemble du genre humain oppose aux résultats analytiques, nous devons attendre de vous que vous ayez la force nécessaire pour venir à bout aussi de vos plus petits symptômes*[1].

Lorsqu'il fait part à Freud de ses étonnantes remarques, *Sandor Ferenczi* pratique déjà l'analyse sans en avoir encore fait une lui-même. Il ne tardera pas à en faire l'expérience avec Freud au cours de deux séjours de trois semaines qu'il effectuera à

Vienne entre 1914 et 1916. L'extrait de cette lettre montre déjà que Ferenczi s'intéresse à la part du transfert de l'analyste dans l'analyse. Ce qui fournira à Freud des raisons de parler de ce qui s'appellera le contre-transfert dans le processus analytique, à savoir ce qui peut interférer dans le cours d'une analyse du fait de résistances inconscientes de l'analyste. Pour limiter cet écueil, la nécessité d'avoir fait une analyse deviendra quelques années plus tard, en 1918, une condition requise pour devenir psychanalyste. En ces années où quelques adeptes de la psychanalyse se réunissent autour de Freud, les analyses sont le plus souvent de courte durée. Né à Budapest en 1873, Ferenczi fut l'un des plus anciens parmi ceux qui formèrent le cercle restreint des intimes. Il avait fait ses études de médecine à Vienne puis était revenu exercer dans sa ville natale. Il avait eu connaissance des expériences de Jung qui avait déjà adopté la méthode de la libre association et c'est après la lecture de *L'Interprétation des rêves* qu'il sollicita un entretien avec Freud en janvier 1908. Les deux hommes se lièrent d'amitié et échangèrent en un quart de siècle une importante correspondance, de mille deux cents lettres. Il fut certainement le disciple préféré de Freud et, malgré de nombreuses divergences — en particulier au sujet de la technique active que Ferenczi développera —, ils ne cessèrent de rester de fidèles amis. La vive imagination de Ferenczi, son intelligence et ses qualités de clinicien le rendaient certainement d'une compagnie agréable puisque Freud lui demanda de l'accompagner en 1909 pour ses conférences à la Clark University de Worcester et aussi pour un voyage en Sicile qu'ils effectuèrent l'année suivante. Il est vrai que Freud aurait souhaité que Ferenczi se comportât davantage comme un égal alors que l'admiration que celui-ci lui portait lui faisait souvent adopter une attitude de dépendance toujours en quête d'affection paternelle. Ferenczi jouera un rôle important comme théoricien, comme fondateur de la Société psychanalytique de Budapest et comme initiateur avec Freud, en 1910, de l'Association internationale de psychanalyse. Dans son ouvrage, *Thalassa*, où il adopte des positions proches de celles de Rank, l'accent de la recherche est mis sur le lien archaïque de l'enfant à la mère. Il marquera fortement de son influence Melanie Klein qui aura fait une analyse avec lui à Budapest avant de s'installer à Londres en 1926, où elle développera des vues sur la psychanalyse des enfants qui s'opposeront à celles d'Anna Freud, restée plus fidèle à la pensée de son père. Ferenczi mourut en 1933 d'une anémie pernicieuse.

Otto Rank, né à Vienne en 1884, un des premiers venus voir Freud, dès 1905, était un passionné de littérature et de philosophie, lecteur assidu de Nietzsche, Schopenhauer et Ibsen, bien qu'ayant dû quitter l'école dès l'âge de quatorze ans. C'est par Alfred Adler qu'il fut introduit auprès de Freud qui l'aida généreusement à reprendre ses études au lycée puis à l'Université de Vienne. Dès l'année suivante, il présentait à la Société du mercredi des extraits d'un ouvrage sur le thème de l'inceste dans la littérature. En 1909, il publiait *Mythe de la naissance du héros*. Plus tard, son ouvrage *Le Traumatisme de la naissance* l'éloignait des thèses classiques sur le complexe d'Œdipe tout en inspirant à son tour l'École anglaise. Bien que Freud ait reconnu le rôle de Rank dans la mise en évidence de l'importance de la première séparation d'avec la mère, il s'opposera dans *Inhibition, symptôme et angoisse* aux principaux fondements de sa thèse et surtout à l'insistance que met Rank à ne s'intéresser dans l'analyse qu'à la situation présente en sollicitant la volonté du patient. À cet égard, il manifestait, comme Ferenczi, un trop grand désir de guérir, toujours suspect en psychanalyse de l'exercice d'un pouvoir au détriment du libre arbitre. Il mourut de septicémie en 1939, quelques semaines seulement après Freud.

Max Eitingon fut, selon le mot de Freud, « le premier messager à approcher un homme solitaire ». Né en Biélorussie en 1881, il avait douze ans lorsque sa famille s'installa en Allemagne. Il étudiait la médecine à Zurich, fréquentait Bleuler et Jung lorsqu'il écrivit à Freud pour le rencontrer en 1907, convaincu de la portée de sa conception de l'hystérie et de la valeur de la méthode psychanalytique. Venu le consulter pour un malade, il séjourna à Vienne deux semaines. Au cours de longues promenades du soir dans la ville, Freud entreprit l'analyse d'Eitingon. Ce fut la première analyse « didactique », conduisant l'analysé à devenir analyste. En 1909, Eitingon quitte Zurich pour Berlin où il participe avec Karl Abraham à la constitution d'une Société de psychanalyse et plus tard à la fondation d'une polyclinique, la première du genre à rendre le traitement psychanalytique largement accessible et à assurer, en liaison avec l'Institut, la formation des analystes. En 1933, face à l'aryanisation des institutions en Allemagne, il quitte ses fonctions pour émigrer en Palestine où il fonde l'Institut de psychanalyse de Jérusalem. Il y mourra en 1943 et sera enterré au cimetière du Mont-des-Oliviers. Eitingon fut toujours fidèle à Freud. Il le soutint sur la question de l'analyse profane (l'analyse pratiquée par les non-médecins) et approuva la thèse défendue dans *L'Homme Moïse et la religion monothéiste*. C'est à lui que Freud écrira sa première lettre à son arrivée à Londres en juin 1938.

Né en 1877, de quatre ans l'aîné d'Eitingon, *Karl Abraham*, après avoir été l'assistant de Bleuler avec Jung à la clinique du Burghölzli près de Zurich, fut le plus proche allié de Freud à Berlin. En 1907, il se rendit à Vienne pour sa première visite au 19 Berggasse. Par la suite, les deux familles se lièrent d'amitié. Dévoué à la cause analytique, Abraham, qui était un homme affable, éloquent et parlant couramment huit langues, garda toujours une attitude indépendante. Il put conserver des relations amicales avec Fliess même quand Freud eut rompu avec ce dernier. Son sens aigu de la clinique devait lui assurer une clientèle importante et aussi le respect et la considération des collègues qui gravitaient autour de Freud. Il fut l'analyste didacticien de plusieurs analystes éminents parmi lesquels Melanie Klein pour une seconde analyse, Hélène Deutsch, Edward Glover, Karen Horney. Président de l'Association psychanalytique internationale en 1924, il mourut prématurément l'année suivante, à l'âge de quarante-huit ans, d'une septicémie à la suite d'un abcès pulmonaire. Freud échangea avec lui une longue correspondance de cinq cents lettres et dans la dernière qu'il lui adresse, ne voulant pas admettre la gravité de sa maladie, il l'admoneste avec humour :

> Je ne veux vous imaginer que travaillant sans cesse, infailliblement. Je ressens votre maladie comme une sorte de concurrence déloyale [Freud était déjà atteint de son cancer à la mâchoire] et je vous prie de cesser au plus tôt. J'attends des nouvelles de votre état par votre entourage direct [2].

La nouvelle de sa mort fut douloureusement ressentie par Freud qui perdait un de ses plus fidèles amis et l'un de ses appuis les plus sûrs. On lui doit la célèbre description des trois stades de la libido : oral, anal, génital, ainsi qu'une importante étude sur le culte monothéiste d'Aton dont Freud se servira dans la rédaction de *L'Homme Moïse et la religion monothéiste*.

Si *Ernest Jones* pouvait partager avec Abraham la passion du travail et une indéfectible admiration pour Freud, il était, à tant d'autres égards, bien différent. Alors que la vie privée d'Abraham ressemblait plutôt à celle de Freud, Jones se retrouvait souvent impliqué dans des aventures amoureuses dont certaines firent scandale. C'est à la parution, en 1905, d'un « Fragment d'une analyse d'hystérie » (le cas Dora) que Jones découvre Freud et cherche à le rencontrer en 1908 au Congrès de Salzbourg. Né au pays de Galles en 1879, Jones fit des études à l'Université de Cardiff avant de se tourner vers la médecine et de s'installer à Londres. Suite à quelques déboires avec le puritanisme de l'Angleterre victorienne, il émigre quelque temps au Canada d'où il correspond longuement avec Freud. Après avoir séjourné cinq années à Toronto, et avoir effectué plusieurs séjours aux États-Unis où il participe à la fondation de l'Association psychanalytique américaine, il retourne à Londres en 1912. Il était présent à la Clark University de Worcester en 1909 lors de la venue de Freud, accompagné de Jung et de Ferenczi. C'est en 1913 qu'il fait une brève analyse didactique avec Ferenczi à Budapest. Jones n'a rien d'un disciple aveugle. À plusieurs reprises, il est en désaccord avec Freud : que ce soit au sujet de la sexualité féminine (il conteste l'essence masculine de la libido) ou de l'analyse profane (il est en faveur de l'inscription de la psychanalyse comme spécialité médicale). Ce qui ne l'empêchera nullement de défendre l'affiliation des non-médecins. Il soutiendra Melanie Klein contre Anna Freud tout en ayant voulu courtiser cette dernière malgré l'avis de Freud. Initiateur des grandes controverses qui opposeront l'École anglaise à l'École viennoise sur la psychose et les fantasmes archaïques, la psychanalyse précoce des enfants, les mécanismes de défense face à la réalité psychique et à la réalité extérieure, Jones est aussi un ambassadeur militant de la cause analytique dans le monde. À cet égard, son rôle diplomatique sera parfois ambigu. Lorsque Freud s'intéresse aux phénomènes de télépathie et de transmission de pensée, Jones considère que cette voie de recherche risquerait de compromettre la scientificité de la psychanalyse. À l'arrivée du national-socialisme, la question du maintien des analystes juifs au sein de la Société allemande de psychanalyse et de la polyclinique berlinoise se pose de façon dramatique. En décembre 1935, Jones préside à Berlin la séance où sera entérinée la démission collective des membres juifs dans le but du maintien d'une activité psychanalytique, fût-ce sous l'égide d'un Institut aryanisé de psychologie dirigé par Matthias Göring, psychiatre allemand d'obédience adlérienne et cousin du maréchal Hermann Göring. Il faut ici mentionner qu'un analyste allemand non juif, Bernardt Kamm, refusera de cautionner cette politique en démissionnant lui aussi de la Société et en s'exilant aux États-Unis. Un autre analyste allemand, John Rittmeister, membre de l'Orchestre rouge (réseau de résistance de la gauche communiste) et directeur de la polyclinique, sera arrêté en septembre 1942 par la Gestapo et exécuté quelques mois plus tard. À l'opposé, la Société psychanalytique de Vienne décidera à l'unanimité sa dissolution. Richard Sterba, seul membre non juif de la Société, se rangera sans hésiter à cette décision. En 1949, Jones commence la rédaction de la première grande biographie de Freud en ayant accès à plus de cinq mille lettres de la correspondance privée. Ce travail considérable en trois volumes commencera à paraître en 1953 et deviendra incontournable pour tous les biographes de Freud, malgré ses témoignages parfois sujets à caution, dont certains seront par la suite révisés par Henri Ellenberger, Max Schur, Albrecht Hirschmuller ou Peter Gay. Il meurt à Londres en 1958 et ses cendres reposent à proximité de celles de Freud.

Fils d'un juriste viennois renommé, *Hanns Sachs*, né à Vienne en 1881 dans la grande bourgeoisie juive, avait fait des études de droit, avant d'être conquis, lui aussi, par la lecture de *L'Interprétation des rêves*. De tous les disciples, il est celui dont le secret sur sa vie privée reste le plus entier. Amateur de littérature et d'esthétique, il fondera avec Otto Rank *Imago*, revue consacrée aux rapports de la psychanalyse à l'art et à la culture en général. En 1909, Hanns Sachs rejoint la Société psychologique du mercredi et en 1920 il s'installe à Berlin qui était devenu le centre de formation pour les analystes étrangers. Le programme de l'Institut, un modèle du genre, dispensait des cours sur la théorie générale de la psychanalyse, sur le rêve, la technique analytique et sur des sujets tels que l'application de la psychanalyse aux domaines du droit, de la sociologie, de la philosophie, de la religion et de l'art. Beaucoup d'analystes qui deviendront connus par la suite auront fait un séjour fructueux à l'Institut de Berlin. Parmi ceux-là, Rudolph Loewenstein, analysé par Sachs, sera l'analyste de Jacques Lacan au cours des années qu'il passera à Paris avant de s'exiler aux États-

Unis. Avec Karl Abraham, Sachs participe à l'écriture du scénario pour le film muet *Les Mystères d'une âme* réalisé en 1926 par Georg Wilhelm Pabst, premier film inspiré par les thèses freudiennes. En 1932, il est invité par la Société psychanalytique de Boston ; il quitte alors Berlin pour s'installer aux États-Unis où il fonde *American Imago*, version en langue anglaise de la revue originale allemande. Peu de temps avant la mort de Freud, Hanns Sachs vient à Londres et lui rend de brèves visites quotidiennes. Il écrira en 1944 un portrait intitulé *Freud, mon maître et mon ami* [3]. C'est en 1949 qu'il meurt au Cap, en Afrique du Sud, où il avait fondé un groupe psychanalytique.

De tous ceux qui approchèrent Freud au début des années 1900, *Carl Gustav Jung* sera celui pour qui cette rencontre restera la plus complexe. Né en Suisse en 1875, il est le descendant d'une longue lignée de pasteurs. À vingt ans, il poursuit à Bâle des études de médecine et devient, cinq ans plus tard, l'assistant de Bleuler, avec Karl Abraham, à la clinique du Burghölzli, célèbre pour ses recherches sur les maladies mentales et passage obligé à l'époque pour tous les psychiatres de langue allemande. Comme Freud, mais quelque vingt ans plus tard, Jung passe un semestre à la Salpêtrière et assiste aux conférences données par Pierre Janet. Peu après l'arrivée de Jung au Burghölzli, son maître Bleuler lui demande d'exposer *L'Interprétation des rêves* à ses collègues. Ce livre, comme celui de Freud sur le cas Dora, impressionnera vivement le jeune Jung, aussi bien comme une confir-

1

1 Portrait par Max Halberstadt en 1909.

2
3

2 Photo de famille en 1876. Freud est debout, troisième à partir de la gauche.

3 Photographie de mariage avec Martha Bernays, 14 septembre 1886.

4 *Une leçon clinique à la Salpêtrière*, peinture d'André Brouillet, 1887.
Paris, musée d'Histoire de la médecine.

4

5 Joseph Breuer en 1877.

6 Wilhelm Fliess en 1890.

7 Ernst Wilhelm von Brücke, gravure par Louis Jacoby, 1867.

8

8 *Moïse*, sculpture de Michel-Ange pour le tombeau de Jules II. Rome, église Saint-Pierre-aux-Liens.

9 Oskar Pfister.

10 Anton von Freund.

11 Le « Comité » à Berlin en 1922. Assis : Freud, Ferenczi, Sachs. Debout : Rank, Abraham, Eitingon, Jones.

12 Lou Andreas-Salomé.

13 Avec sa fille Anna dans les Dolomites en 1913.

9

10

11

12

13

14
15

16

14 Albert Einstein (à gauche de face) et Thomas Mann (à droite) à l'université de Princeton en mai 1939.

15 Stefan Zweig.

16 Autodafé à Berlin en 1933.

17 Lettre manuscrite de Freud datée du 25 juillet 1926.

17

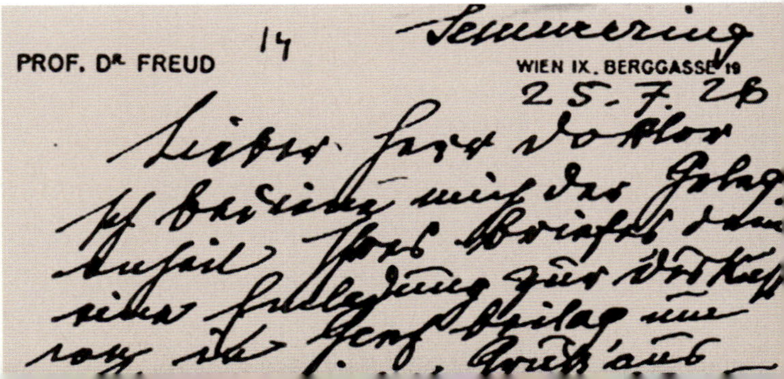

PROF. Dr FREUD 14 Semmering
WIEN IX. BERGGASSE 19
25.7.26

Lieber Herr Doktor

FREUD ARRIVES IN PARIS ON HIS WAY TO LONDON

Professor Sigmund Freud (right) the famous psycho-analyst, photographed arriving in Paris from Vienna yesterday. With him in the picture are Princess Georg Greece and Mr. William Bullitt, the U.S. Ambassador.

18

18 Freud à son arrivée à Paris accompagné de Marie Bonaparte et de William C. Bullitt, l'ambassadeur des États-Unis. Photo de presse, juin 1938.

« Dans certains de mes écrits, j'ai été plus franc et plus sincère que n'ont coutume de l'être des personnes qui retracent leur vie pour les contemporains ou la postérité. On m'en a su bien peu de gré, et au vu de mes expériences, je ne saurais conseiller à personne de faire de même. »

mation de ses propres idées que comme une avancée considérable dans le domaine de l'exploration de la vie psychique, dont il se fera d'abord le propagateur zélé. Pour Freud, cette rencontre sera cruciale à deux titres au moins : l'un, parce que s'ouvre à lui la possibilité d'un débat avec Bleuler et Jung sur la question de la psychose et de l'autisme ; l'autre, parce que se profile à l'horizon une sortie de la psychanalyse du ghetto de la judéité viennoise. De 1907 à 1909, Jung devient « le prince héritier » du mouvement et fonde la Société Sigmund-Freud de Zurich avant de devenir, en 1910, au congrès de Nuremberg, le premier président de l'Association psychanalytique internationale (IPA). Aux Viennois qui prennent ombrage de la promotion de Jung, Freud tient ces propos qui seront rapportés par Fritz Wittels :

> Vous êtes Juifs pour la plupart, et par là inaptes à gagner des amis à la science nouvelle [...] Il est absolument essentiel que je forme des liens avec des milieux scientifiques moins restreints. Je ne suis plus jeune et las d'être toujours sur la brèche. Les Suisses nous sauveront [peut-être] [4] !

Après avoir déchanté, Freud s'en expliquera dans *Sur l'Histoire du mouvement psychanalytique,* qu'il écrit en 1914 :

> J'estimais que le fait d'être lié à Vienne ne constituait pas un atout mais une entrave pour le jeune mouvement. Un lieu comme Zurich, au cœur de l'Europe, où un professeur d'université avait ouvert sa clinique à la psychanalyse me paraissait bien plus prometteur. Je partais de l'idée, en outre, que ma per-

sonne, trop diversement jugée au gré de la faveur ou de l'aversion des partis, constituait un autre obstacle ; tantôt on me comparait à Colomb, à Darwin, à Kepler, tantôt on me rabaissait au rang de paralytique général. Je voulais donc me placer à l'arrière-plan de même que la ville d'où la psychanalyse était partie. D'autre part, je n'étais plus très jeune, je voyais un long chemin devant moi et je pressentais comme un fardeau d'avoir à diriger le mouvement en des années si tardives [...] C'est à moi qu'une telle autorité était d'abord échue, du fait de l'indéniable avance que me donnait une expérience d'une quinzaine d'années. Je tenais donc à transférer cette autorité à un homme plus jeune qui, après ma mort, devrait comme naturellement me remplacer. Cet homme ne pouvait être que C. G. Jung car Bleuler était mon contemporain ; Jung avait pour lui ses dons éminents, les contributions qu'il avait déjà apportées à l'analyse, sa position indépendante et l'impression d'énergie et d'assurance que dégageait sa personne. Il paraissait disposé en outre à entretenir des relations amicales avec moi et à renoncer en ma faveur à des préjugés raciaux qu'il s'était permis jusqu'alors. Je ne pressentais pas à ce moment qu'un tel choix était très malheureux, en dépit de tous les avantages que je viens d'énumérer, qu'il était tombé sur un individu qui était incapable de devenir lui-même une autorité, et dont l'énergie s'épuisait dans la poursuite sans scrupule de ses propres intérêts[5].

Quels que soient les motifs pour lesquels Freud se sera mépris pour un temps sur le compte de Jung — motifs que n'épuise pas le désir que la psychanalyse ne soit pas considérée comme une « science juive» —, avec la création d'une Association internationale et la nomination de Jung comme président, c'est bien une politique de la psychanalyse qui se met en place. Du « cercle » des premiers disciples dans lequel elle se trouvait confinée, la psychanalyse devient un « mouvement » qui ne connaît plus de frontières. Comme le champ de la pensée qu'elle défriche. Mais ce dont Freud avait fait pour lui-même l'expérience, avec ses patients et dans son auto-analyse (les résistances à la levée du refoulement, les transferts, les alibis de toute sorte), il devra l'affronter à une bien plus large échelle. Ferenczi, qui avait fait la proposition de cette association au congrès de Nuremberg en 1910, afin que la psychanalyse puisse plus efficacement résister aux adversaires déclarés et faire autorité face aux pouvoirs constitués de l'État, de l'Église, du corps médical, n'en avait pas moins mis en garde contre la « pathologie des associations » en parlant de ce qui n'a que trop tendance à y prévaloir : « la mégalomanie puérile, la vanité, le respect des formules creuses, l'obéissance aveugle et l'intérêt personnel[6] ». Les transferts et les identifications aidant, tout risque d'y être exacerbé, si une vigilance à l'inconscient ne s'exerce pas de manière constante.

L'année précédente, les trois hommes s'étaient embarqués à Brême, à bord du *George Washington*, à destination de New York. Freud était l'invité de la Clark University près de Boston. Il avait convié Ferenczi à l'accompagner. Jung s'était fait inviter. Un quatrième homme, Jones, qui enseignait à Toronto, les avait accueillis à New York pour une visite du Metropolitan Museum of Art et de Coney Island. Freud logeait dans le ranch de James Putnam, célèbre neurologue de Harvard qui deviendra un ami, et c'est au cours d'une promenade dans les monts Adirondacks qu'il aura l'occasion de faire la rencontre d'un porc-épic, animal qui lui était devenu familier depuis sa lecture de Schopenhauer et qui lui servira de parabole dans *Psychologie des masses et analyse du moi* : en hiver, par grand froid, les porcs-épics se serrent les uns contre les autres, mais leurs piquants les blessent mutuellement et ils s'éloignent les uns des autres. Puis le froid les rapproche et les piquants les éloignent à nouveau, contraints d'aller d'une souffrance à l'autre.

Le président de la Clark University qui accueillait Freud, Stanley Hall, était un homme âgé et respecté, déjà acquis à la psychanalyse. Il n'en était pas de même de l'auditoire, plus méfiant, composé de médecins et de psychologues. Mais en pensant à eux, aux réactions horrifiées qu'il pourrait susciter, Freud avait pris le soin de ne pas heurter son public, de le séduire plutôt par un langage simple et des comparaisons imagées. Comme celle-ci, pour parler du refoulement et de la résistance, pour figurer le désir sous les traits de l'indésirable (Freud improvise en s'exprimant dans sa langue maternelle) :

> Supposez qu'ici, dans cette salle et dans cet auditoire, dont je ne saurais trop louer le calme et l'attention exemplaires, il se trouve malgré tout un individu faisant preuve d'une conduite gênante, riant hors de propos, babillant, produisant du bruit avec ses pieds de manière à détourner mon attention de ce que j'ai à vous dire. Je déclare que je ne peux pas continuer à parler dans ces conditions ; sur quoi quelques hommes robustes parmi vous se lèvent et, après une courte lutte, mettent le gêneur à la porte. Il est à présent « refoulé » et je peux poursuivre ma conférence. Cependant, pour que le dérange-

ment ne se renouvelle pas, au cas où l'expulsé chercherait à rentrer dans la salle, les personnes qui ont répondu à mon attente placent leurs sièges contre la porte et s'établissent en tant que « résistance » une fois le refoulement accompli. [...] Dites-vous bien qu'avec l'éloignement du perturbateur et l'établissement de gardiens devant la porte, l'affaire n'est pas forcément terminée. Il peut fort bien arriver que l'expulsé, à présent furieux et sans plus d'égard pour rien, nous donne encore du travail. Certes, il n'est plus parmi nous, nous nous sommes débarrassés de sa présence, de son rire sarcastique, de ses réflexions à haute voix, mais d'un certain point de vue le refoulement a tout de même été sans succès, car dehors l'individu mène un tapage insupportable et ses cris, ses coups de poing contre la porte gênent mon exposé plus que ne le faisait auparavant sa conduite inconvenante. Dans ces conditions, nous serions soulagés que, par exemple, notre vénéré président, le Dr Stanley Hall, veuille bien assumer le rôle de médiateur pour faire revenir la paix. Il parlerait dehors avec l'énergumène et ensuite se tournerait vers nous en nous priant de le laisser tout de même rentrer, en se portant garant de sa meilleure conduite à venir. Nous reposant sur l'autorité du Dr Hall, nous décidons de mettre fin au refoulement, et dès lors le calme et la paix règnent à nouveau. Vous avez là une image réellement assez adéquate de la tâche qui incombe au médecin dans la thérapie analytique [7].

Les cinq conférences de Freud, exposant une vue d'ensemble de la psychanalyse, sous la forme la plus accessible, connurent un succès immédiat et furent traduites en plusieurs langues. La première traduction française faite par Yves Le Lay et parue dans *La Revue de Genève* comporte une longue introduction ambiguë rédigée par Édouard Claparède, professeur de psychologie à Genève, qui eut le don d'irriter Freud. Dans une lettre qu'il lui adresse, Freud lui reproche d'avoir négligé la distinction fondamentale entre « pulsions du moi » et « pulsions sexuelles », distinction qui, à elle seule, permet de récuser l'assimilation de la psychanalyse à un pansexualisme. Freud n'a jamais prétendu que tout rêve exprimait la réalisation d'un désir *sexuel*. De plus, il se voit confondu avec Jung :

> C'est Jung, et non pas moi, qui fait de la libido l'équivalent de la poussée instinctive de toutes les facultés psychiques et qui combat la nature sexuelle de la libido[8].

Lorsqu'il se rappelle, seize ans plus tard, leur voyage en Amérique, Freud n'évoque pas le souvenir, qu'il garde de lui-même à cette époque, d'un homme vieillissant en mal de successeur, comme c'est le cas en 1910, mais celui d'un homme alors bien portant de cinquante-trois ans qui se sent encore juvénile. Après son bref séjour dans le Nouveau Monde et l'accueil chaleureux que lui ont réservé d'éminents collègues, en lui faisant même décerner un doctorat *honoris causa*, le seul qu'il ait jamais reçu, Freud ne se trouvait plus isolé tel qu'il pouvait prétendre l'être encore en Europe. Cet épisode restait pour lui toutefois quelque peu irréel. Ce fut, dira-t-il, « comme l'accomplissement d'un rêve diurne invraisemblable ». Ce qui n'avait été jusque-là qu'imaginaire devenait réel, ainsi que l'avait été sa visite à l'Acropole. Mais que ces *Leçons* — sur la signification étiologique de la vie sexuelle, sur l'importance des expériences vécues dans l'enfance, sur les formations de l'inconscient, sur le refoulement et les résistances qui s'opposent à la prise de conscience du refoulé — aient été reçues sans que ne se manifestât une vive opposition ne pouvait que lui laisser quelque inquiétude face à leur avenir. Il devait se rendre compte que la psychanalyse serait vite édulcorée et que maintes contrefaçons se couvriraient de son nom. Que celui qui avait été présenté comme son dauphin puisse y prêter main-forte était un comble. En 1912, en effet, Jung, qui venait d'effectuer une deuxième visite en Amérique, invité à la Fordham University (dirigée par les jésuites), adressait une lettre à Freud, dès son retour à Zurich, dans laquelle il se vantait d'avoir introduit des modifications à la psychanalyse qui lui permettaient de surmonter les résistances de beaucoup parmi ceux qui, jusque-là, n'avaient pas voulu en entendre parler. Ces modifications n'étaient rien d'autre que la mise à l'arrière-plan de la sexualité infantile et du complexe d'Œdipe. Jung réinterprétait les faits analytiques en termes abstraits, impersonnels et anhistoriques. Freud lui répondit que ce n'était pas là un titre de gloire car, en sacrifiant les vérités péniblement acquises par la psychanalyse, il était sûr du résultat. Comme la colombe de Kant qui ne saurait voler sans la résistance de l'air, la psychanalyse ne saurait faire son chemin sans les fortes résistances que lui opposent les forces du refoulement. Ce fut le début de la fin de l'amitié entre les deux hommes. Le fossé qui les séparait n'allait que se creuser davantage jusqu'à la démission de Jung en 1914 de l'Association psychanalytique internationale, pour fonder son école de « psychologie analytique ». Les représentations sexuelles issues du complexe familial, tout comme le choix d'objet inconsciemment incestueux, devaient être éliminées afin de ne pas être retrouvées dans la religion et dans l'éthique. La libido sexuelle devait être remplacée par un concept abstrait et le complexe d'Œdipe n'être compris que symboliquement. Les raisonnements de l'éthique et de la mystique religieuse devaient être dépourvus de tout caractère sexuel choquant. C'était la mort annoncée de la psychanalyse.

Au cours des dernières années, j'ai pu lire peut-être une douzaine de fois, dans les rapports de délibération de certains congrès et des sessions de certaines sociétés scientifiques, ou dans les comptes rendus de certaines publications [on pourrait ajouter aujourd'hui : de certains magazines] que la psychanalyse est à présent morte, qu'elle est définitivement dépassée et éliminée. La réponse pourrait ressembler au télégramme que Mark Twain adressa au journal qui avait annoncé la fausse nouvelle de sa mort : *Information de mon décès très exagérée.* Après chacun de ces avis mortuaires, la psychanalyse a gagné de nouveaux partisans et collaborateurs ou s'est créé de nouveaux organes. Être déclaré mort vaut quand même mieux que se heurter à un silence de mort[9].

Quant à la propension de Jung à adopter la psychologie des peuples, à vouloir isoler des différences de psychologies entre les nations et les races, Freud s'en était déjà méfié quand il écrivait dans une lettre à Ferenczi du 8 juin 1913 : « L'existence d'une science aryenne et d'une science juive est inconcevable ! » Il n'aura pas été surpris de voir

Jung en janvier 1934 soutenir, dans *La Situation présente de la psychothérapie*, une distinction entre l'inconscient « aryen » et l'inconscient « juif », affirmant que le premier possède « un potentiel supérieur au second ». Freud, selon lui, n'aurait rien compris à la psyché allemande, pas plus que ses épigones germaniques, et il se demande si « le grandiose phénomène du national-socialisme, que le monde entier contemple les yeux étonnés, les aura éclairés [10] ». Lorsqu'en février 1934 il se voit accusé de présider la Société allemande de psychanalyse que Kretschmer a dû quitter en raison de son opposition au régime nazi, et d'avoir écrit les lignes qu'on vient de lire, Jung proteste en répondant dans un article intitulé *Zeitgenössisches* : « Faudrait-il vraiment penser qu'une tribu qui traverse l'histoire depuis des milliers d'années en tant que peuple élu de Dieu n'ait pas été amenée à une telle idée par une disposition psychologique particulière ? » Jung aura été insensible à l'argument opposé que tient Freud dans *Totem et tabou* (1912), comme il l'aura été sans doute à l'universalité du fantasme de désir d'élection, que ce soit à titre individuel ou collectif, que défend *L'Homme Moïse et la religion monothéiste.* Jung meurt en 1961 dans sa maison de Küsnacht en Suisse.

L'année 1912 fut pour Freud une année charnière. Alors qu'il écrivait son important travail sur l'origine de la religion et de la morale (*Totem et tabou*), Jung consacrait une étude à la mythologie et aux religions qui portait en germe l'aggravation de leurs divergences déjà fortement amorcées.

Alors que le mouvement naissant avait eu jusque-là fort à faire avec les résistances venues de l'extérieur, celles qui l'assaillaient maintenant de l'intérieur n'étaient pas moins redoutables. Afin de préserver la psychanalyse des déviations et dérives déjà initiées par les dissidences d'Alfred Adler et de Wilhelm Stekel, et d'affronter le conflit encore plus grave qui allait s'accentuer avec Carl Gustav Jung, Ernest Jones eut l'idée de former un cercle restreint avec les plus fidèles disciples de Freud. Ce comité secret qui dura de 1912 à 1927 était composé de Karl Abraham, Hanns Sachs, Otto Rank, Sandor Ferenczi, Ernest Jones et Freud. Anton von Freund sera associé comme membre adjoint jusqu'à sa mort prématurée en 1920. Max Eitingon, quant à lui, rejoindra le groupe en 1919. Pour sceller l'union des sept premiers membres, chacun d'eux recevra de Freud une intaille grecque de sa collection privée, qu'ils porteront sur un anneau d'or.

On pourra s'étonner de l'absence de femmes dans le comité restreint qui entourait Freud. Certes, dans l'Autriche du début du xxe siècle, il y avait encore de solides préjugés concernant l'accès des femmes à des professions libérales ou en politique. Mais guère plus qu'ailleurs en Europe ou en Amérique. La première charte des droits de la femme ne fut votée qu'en 1848 à Seneca Falls dans l'État de New York. Et les mouvements féministes se heurtaient principalement aux bastions traditionnels de l'Église et de l'État. Même les sociaux-démocrates autrichiens n'étaient pas disposés à faire du droit de vote des femmes une de leurs revendications. Le droit autrichien restait à dominance patriarcale. Les femmes pouvaient ester en justice seulement avec l'autorisation de leur mari. Qu'en était-il alors chez les adeptes de la révolution psychanalytique ? En 1910, lorsque se créa la Société psychanalytique de Vienne, Isidor Sadger, médecin autrichien et neveu de Fritz Wittels, se déclara contre l'admission des femmes. Freud s'opposa fermement à cette misogynie en la taxant de « grave inconséquence ». Cette même année, une femme médecin, Margarete Hilferding, fut élue membre de la Société et sa communication sur « Les fondements de l'amour maternel » fut très appréciée de Freud. En maintes occasions, il ne manquera pas de souligner combien les analystes femmes se montrent souvent mieux armées pour l'exploration des ombres grises des années lointaines.

C'est en 1911, au Congrès de Weimar, que Freud fait la connaissance de *Lou Andreas-Salomé*, cette femme de lettres remarquable, née à Saint-Pétersbourg en 1861 dans une famille de l'aristocratie allemande, qui, après avoir connu Nietzsche et avoir été la muse de Rainer Maria Rilke, deviendra psychanalyste. Freud entretiendra avec elle une longue correspondance, de 1912 à 1936 [11]. Elle sera une habituée du 19 Berggasse et nouera des liens de profonde amitié avec Anna Freud. Sa vivacité d'esprit, son intelligence, sa joie de vivre charment tout le monde mais, dans sa maison retirée de Göttingen, c'est aussi une travailleuse acharnée qui se consacre à la psychanalyse. Freud lui offrira l'un des anneaux réservés aux membres du Comité secret. Ses écrits sur le narcissisme[12] et le féminin constituent une contribution importante à la psychanalyse. Elle mourra dans sa maison de Göttingen en Allemagne en 1937.

Ayant quitté sa Pologne natale, où elle naquit en 1884, pour venir faire ses études de médecine à Vienne, *Hélène Deutsch* rencontrera, lors d'un séjour à Munich, celui qui allait devenir son mari (Felix Deutsch) et le médecin personnel de Freud. En 1918, elle entreprend une analyse avec Freud, puis en fera par la suite une seconde à Berlin avec Abraham. En raison de la haute estime qu'il lui porte, Freud lui confie la responsabilité de créer à Vienne un Institut sur le modèle de celui de Berlin. Elle le dirigera de 1924 jusqu'à son départ pour les États-Unis en 1935, où elle intégrera la Société psychanalytique de Boston. Elle se fera remarquer par ses études sur la féminité. À son premier écrit sur la *Psychanalyse des fonctions sexuelles de la femme* succédera en 1944 son livre sur *La Psychologie des femmes* qui servira de référence majeure à Simone de Beauvoir pour la rédaction de son ouvrage *Le Deuxième Sexe*. Elle s'éteindra aux États-Unis en 1982, à l'âge de quatre-vingt-dix-huit ans.

Jeanne Lampl-de Groot fut aussi parmi les préférées de Freud. Née en Hollande en 1895 dans une famille aisée, elle fit ses études de médecine à Leyde et à Amsterdam puis vint à Vienne en 1922 à l'âge de vingt-sept ans pour une analyse qui dura trois ans à raison de six fois par semaine. Elle fait un séjour à Berlin, sur la recommandation de Freud, où elle rencontre son futur mari, Hans Lampl, Viennois ayant fait sa formation analytique au célèbre Institut. Il est un ami de la famille Freud. De retour en Autriche, ils sont vite intégrés au premier cercle élargi des analystes viennois et Jeanne Lampl-de Groot recevra elle aussi l'un des anneaux supplémentaires du groupe restreint. Devant les menaces que fait peser sur elle la montée du nazisme, la famille quitte Vienne en 1935 pour s'installer à La Haye puis à Amsterdam. Ses principales contributions à la psychanalyse portent sur la psychologie féminine et le narcissisme [13]. Elle occupa aussi de hautes fonctions dans l'Association psychanalytique internationale. Ses nombreux travaux furent réunis par ses amis à l'occasion de son quatre-vingt-dixième anniversaire, en 1985. Elle meurt à Amsterdam en 1987.

Du cercle des femmes proches de Freud, *Ruth Mack-Brunswick* faisait également partie. Originaire de Chicago où elle naît en 1897, diplômée du Radcliffe College, elle vint voir Freud pour une analyse dès la fin de ses études de médecine et de sa spécialisation en psychiatrie. C'est à Vienne qu'elle rencontra son mari, Mark Brunswick, qui faisait aussi une analyse avec Freud. Elle s'intéressa tout particulièrement au traitement des psychoses et devait manifester un grand talent, malgré ses difficultés à se libérer de toutes sortes de dépendances, car Freud la recommanda à plusieurs de ses proches : à Max Schur, qui deviendra son fidèle médecin et l'accompagnera au cours de sa longue maladie, au fils de Wilhelm Fliess, Robert, qui deviendra lui-même analyste, à Sergueï Pankejeff (son célèbre patient connu sous le nom de « L'homme aux loups ») pour une seconde analyse, à Muriel Gardiner qui publiera, avec le cas de « L'homme aux loups », les notes de Ruth Mack-Brunswick, sa seconde analyste, accompagnées de ses propres mémoires [14]. Elle meurt à New York en 1946.

Muriel Gardiner, née à Chicago en 1901 dans une famille particulièrement privilégiée, était venue à Vienne pour être analysée par Freud. Elle se trouva engagée, en 1934, dans la lutte antifasciste et milita dans la clandestinité, sous le nom de Mary, en contribuant à la fabrication de faux passeports qui permettront à beaucoup de Juifs de quitter l'Autriche. C'est au sein de ce mouvement clandestin qu'elle rencontre Joseph Buttinger, le chef de la résistance sociale-démocrate, dont elle deviendra la compagne puis la femme. On connaît de lui *Le Précédent autrichien*, livre traduit en français par Klossovski [15]. Quant à elle, devenue médecin et psychanalyste, de retour aux États-Unis en 1939, elle se consacra aux enfants criminels et aux délinquants, dont elle publiera de bouleversants témoignages, créa la New-Land Foundation, qui contribuera à la réalisation du Freud Museum de Londres, et écrivit ses Mémoires [16] dont s'inspirera, en se les appropriant, Lillian Hellman, en un « récit autobiographique » qui sera porté à l'écran dans le film *Julia* de Fred Zinnemann. En 1972, Anna Freud écrivait à Muriel Gardiner : « J'aime beaucoup ma propre vie mais si je n'avais pas pu la vivre et s'il m'avait fallu en choisir une autre, je crois que cela aurait été la vôtre. » Elle mourut à Princeton en 1985.

Après le mariage de ses sœurs, Mathilde et Sophie, *Anna*, la dernière-née de la famille, fut la seule à s'intéresser de près au travail de son père. À l'âge de dix-huit ans, en 1913, elle l'accompagnait à Londres. Ce fut son premier contact avec le milieu psychanalytique. L'année suivante, au moment où éclate la guerre, en 1914, elle se trouve seule en vacances à nouveau en Grande-Bretagne. Considérée comme ressortissante d'un pays ennemi, elle doit son rapatriement à l'ambassadeur d'Autriche. Pendant les années qui suivirent, alors que presque tous les disciples de Freud étaient mobilisés, elle devint l'interlocutrice privilégiée de son père. À deux reprises, entre 1918 et 1920 puis entre 1922 et 1924, elle fit une analyse avec lui tout en ayant comme confidents Max Eitingon et Lou Andreas-Salomé. Anna recevra elle aussi un des anneaux lorsqu'elle occupera la place d'Otto Rank dans le Comité. C'est dans le domaine de la psychanalyse des enfants qu'elle se distingua très tôt et devint la principale représentante de l'École viennoise dans ce domaine, à une époque où Melanie Klein, à Berlin, développait une autre technique pour l'analyse des enfants. Ces deux écoles demeureront rivales jusqu'à leur immigration à Londres, où Melanie Klein précéda Anna Freud en 1927. Le premier ouvrage de cette dernière, *Le Traitement psychanalytique des enfants* [17], paraîtra à Vienne en 1927, suivi par *Le Moi et les mécanismes de défense* dix ans plus tard, et ses œuvres complètes en huit volumes seront éditées aux Presses universitaires internationales à New York. Parmi les nombreuses distinctions qu'elle a reçues, celles dont elle sera particulièrement fière seront deux doctorats *honoris causa*, l'un de la faculté de médecine de l'Université de Vienne, l'autre, en philosophie, de l'Institut Goethe de Francfort où son père, un demi-siècle plus tôt, avait reçu la même distinction en littérature. C'était en 1981, juste un an avant la mort d'Anna.

La princesse de Grèce, *Marie Bonaparte*, arrière-petite-fille de Lucien, frère de Napoléon, perdit sa mère dès sa naissance en 1882. Elle fut élevée par son père, anthropologue, et sa grand-mère paternelle. C'est au chevet de son père mourant, en 1924, qu'elle découvre l'*Introduction à la psychanalyse*. L'année suivante, elle part pour Vienne faire une analyse avec Freud. Elle deviendra une disciple fidèle, une amie dévouée et son ambassadrice en France. Il lui offrira l'un des anneaux que portaient les membres du Comité. En 1926, Marie Bonaparte participe à la fondation de la Société psychanalytique de Paris. Elle écrivit de nombreux articles et une importante étude sur Edgar Allan Poe qui sera préfacée par Freud. Plusieurs ouvrages de Freud seront d'abord connus en France grâce aux premières traductions de Marie Bonaparte. Quelques années après la mort de Wilhelm Fliess, les lettres de sa longue correspondance avec Freud, ainsi que le manuscrit du projet pour une psychologie scientifique, aboutissent chez un libraire de

Berlin. Marie Bonaparte, en étant avertie, rachète ces documents avec l'accord de Freud afin que ceux-ci ne tombent pas dans n'importe quelles mains. Freud aurait visiblement souhaité qu'elles soient détruites — comme il avait fait de celles de Fliess — alors que Marie Bonaparte insistera pour qu'elles soient conservées. Elles ne seront publiées qu'après la mort de Freud sous l'autorité d'Anna. En 1938, Marie Bonaparte, avec l'aide de l'ambassadeur américain, William Bullitt, met tout en œuvre — y compris le paiement d'une rançon — pour que Freud et ses proches puissent quitter l'Autriche nazie. Freud connaissait Bullitt personnellement. Ils avaient travaillé ensemble à une étude sur le président Woodrow Wilson. Malgré ses réticences à quitter Vienne, Freud se laisse convaincre le jour où Anna est emmenée par la Gestapo pour un interrogatoire. Après des formalités qui durèrent trois mois, Freud, Martha et Anna arrivaient à Paris par l'Orient-Express, accueillis à la gare de l'Est par Marie Bonaparte et William Bullitt. Après un bref séjour à la résidence de la princesse à Saint-Cloud, ils quittaient Paris pour Londres. Atteinte plus tard de leucémie, Marie Bonaparte mourut à Saint-Tropez en 1962.

De 1905 à 1914, la révolution freudienne s'était acquis de solides adeptes dans plusieurs pays d'Europe et au-delà de ses frontières. Malgré la résistance que lui opposaient la science traditionnelle et les préjugés socio-religieux solidement ancrés, malgré les défections internes qui rejoignaient ces préjugés, dont celle d'Adler et surtout celle de Jung qui avait eu pour Freud l'effet d'une véritable « bombe », le mouvement était devenu cosmopolite, international, et animé d'un prodigieux désir de survivre et d'intensifier ses recherches. Une autre bombe, aussi généralement imprévue que terrifiante, allait secouer profondément cette Europe dont le centre avait été Vienne et Berlin, pour y mettre fin. Freud avait pourtant, peut-être sans trop y croire, fait part de ses inquiétudes, et cela depuis deux ans au moins. Le 9 décembre 1912, il parlait à Ferenczi de l'« idée de la guerre qui dominait la vie quotidienne [18] » et le même jour il écrivait à Pfister : « L'attente de la guerre nous coupe presque le souffle [19]. »

Histoires de cas

J'étais assis tout seul dans un compartiment de wagon-lit lorsque, sous l'effet d'un cahot un peu plus rude que les autres, la porte qui menait aux toilettes attenantes s'ouvrit, et un monsieur d'un certain âge en robe de chambre, le bonnet de voyage sur la tête, entra chez moi. Je supposai qu'il s'était trompé de direction en quittant le cabinet qui se trouvait entre deux compartiments et qu'il était entré dans mon compartiment par erreur ; je me levai précipitamment pour le détromper, mais m'aperçus bientôt, abasourdi, que l'intrus était ma propre image renvoyée par le miroir de la porte intermédiaire[1].

C'est dans un article intitulé *Das Unheimliche*, qu'on traduit généralement par *L'Inquiétante Étrangeté*, que Freud raconte ce souvenir de voyage en train. L'article lui-même avait été longtemps laissé dans un tiroir et oublié lorsqu'il le reprend et le fait paraître dans la revue *Imago*.

Les héros des histoires de cas de Freud, comme ceux de la littérature, peuvent nous paraître étranges. Ils nous sont pourtant familiers. Ce qui se révèle à eux dans l'analyse est aussi pour eux de prime abord étrange, comme venu d'une contrée lointaine dont les paysages leur seraient cependant connus, ou comme les traits familiers de personnes inconnues qui apparaissent dans les rêves. Ce qui apparaît soudainement étrange devient aussi soudainement familier. Comme l'intrus du wagon-lit qui n'est autre que Freud lui-même. Dora, Paul, Sergueï, Herbert et le président Schreber, c'est chacun d'eux dans sa singularité mais, sous leurs traits singuliers, leur double se trouve en nous pour peu que nous consentions à l'épreuve du miroir.

Dans l'avant-propos qui précède l'exposé du fragment d'analyse de Dora, Freud s'explique longuement sur les problèmes que pose la publication de son observation, eu égard à un double devoir : celui de discrétion envers Dora et celui envers la science qui consiste à transmettre les connaissances qui pourront être utiles à beaucoup d'autres, même si l'état de ces connaissances est encore balbutiant et leur conception soumise à de nombreux réaménagements. Couverte au départ par l'anonymat, l'identité des personnes dont l'histoire est relatée fut tôt ou tard révélée. Une note de 1923 précise que, pour trois d'entre elles, la publication de leur cas avait reçu leur assentiment formel. L'histoire de Schreber est tirée d'un livre de celui-ci et Freud ne l'a jamais rencontré. Pour Dora, le secret avait été préservé jusqu'à l'année de cette note, année où elle avait consulté à nouveau et révélé à son médecin, Felix Deutsch, qu'elle avait été en analyse avec

Freud. Ce dernier reconnaissait alors « Dora » et lui faisait part de la célébrité que l'écriture par Freud de son cas lui avait acquise. Ce qui ne manqua pas de la valoriser narcissiquement.

C'est à l'époque où, venant de publier *L'Interprétation des rêves*, il était déjà plongé dans l'écriture des *Trois essais sur la théorie sexuelle*, que Freud prend en analyse, pour une durée de onze semaines, une jeune fille de dix-huit ans, Dora (de son vrai nom Ida Bauer), amenée par son père, un riche industriel viennois, qu'il avait auparavant soigné pour des troubles nerveux relevant d'une affection syphilitique. Cet homme, à la forte personnalité, ne demandait rien de moins à Freud que de mettre fin aux fantasmes sexuels de sa fille. Curieux début pour un traitement psychanalytique où la demande explicite de la patiente (qu'on prenne au sérieux ce qu'elle racontait) se heurtait d'emblée au but avoué de son père qui souhaitait que cessent les affabulations de sa fille. Cette dernière s'était plainte, en effet, à ses parents des avances que lui avait faites un ami de la famille [M. K…] auprès de qui ils étaient en villégiature au bord d'un lac italien. Interrogé par le père, M. K… nia les faits avec véhémence et le père accusa sa fille d'affabulation. L'ami en question était un homme d'affaires marié à une belle Italienne dont le père de Dora était l'amant. D'où le soupçon de Dora de servir d'objet d'échange dans les intrigues amoureuses de son père.

Quand Dora se présente chez Freud, en octobre 1900, elle est atteinte de migraines, de toux compulsive, d'aphonie, et montre des tendances suicidaires que ne peut simplement expliquer cette tentative de séduction se terminant par une gifle retentissante donnée à M. K... C'est essentiellement par l'analyse de deux rêves de Dora — prenant en quelque sorte la place des symptômes hystériques — que Freud dénouera une partie du drame familial dont il devient ainsi le témoin muet. Dora fait un rêve récurrent où sa mère tente, lors de l'incendie de leur maison, d'arracher aux flammes sa boîte à bijoux malgré les protestations de son père qui veut d'abord sauver les enfants. Les associations de Dora l'amènent à évoquer le cadeau que M. K... lui a fait d'un précieux coffret à bijoux. Or le mot allemand pour désigner l'objet, *Schmukkästchen*, désigne aussi les organes génitaux féminins. Lorsque Freud s'avise d'en faire part à Dora, cette dernière lui répond sur-le-champ : « J'étais sûre que vous alliez me dire cela », avouant par là à son insu la connaissance qu'elle avait des choses sexuelles. La signification du rêve devient alors claire pour Freud, qui lui prodigue un flot d'explications en inversant en leur contraire les diverses propositions de sa mise en scène onirique. Même si ces interprétations immédiates et catégoriques — quant à l'amour qu'elle s'interdit pour M. K... et pour son père ainsi que son désir pour Mme K... — s'avèrent justes et pertinentes, elles sont, en ce tout début d'analyse, irrecevables pour Dora. En lui donnant à entendre les ressorts du complexe d'Œdipe et de la sexualité infantile, Freud ne s'aperçoit pas de la scène transférentielle qui se joue avec lui. Cette incompréhension aboutira au départ précipité de Dora alors que seuls quelques symptômes ont disparu. Une gifle pour Freud, en somme, en réponse à son audace.

Freud reconnaîtra, dans un post-scriptum, n'avoir pas été assez attentif au transfert sur sa personne — transfert qu'il ne concevait encore à l'époque que comme le déplacement de l'intensité psychique d'une représentation à une autre sous l'effet du désir inconscient — et au rôle de l'homosexualité dans l'hystérie féminine, en étant resté à la bisexualité telle que Fliess pouvait la concevoir. En laissant partir Dora, après seulement trois mois d'analyse, sans avoir pu la soulager de tous ses symptômes, Freud sera amené à reconsidérer sa méthode d'interprétation et laissera dès lors au patient le temps nécessaire pour accepter que lui soit révélé ce qu'il ne sait pas qu'il sait. Il s'interrogera également sur son propre transfert et sur les implications que peut avoir une non-reconnaissance de ces deux mouvements transférentiels, l'un émanant du patient, l'autre de l'analyste. De cet « échec » devait donc naître une plus grande rigueur dans la conduite des analyses à venir au cours desquelles il laissera plus de temps au patient pour qu'il puisse lui-même mettre en mots son propre savoir inconscient et où il comprendra que le transfert comme résistance à l'analyse est aussi ce sans quoi elle ne peut avoir lieu. Après sa courte analyse, Dora réussit à faire avouer à Mme K... sa liaison avec son père et à M. K... la scène du lac. En 1903, elle se marie et elle aura un fils qui fera une carrière de musicien aux États-Unis.

Dora revint voir Freud deux ans plus tard, souffrant d'une névralgie faciale. Cette fois, Freud ne se trompe pas et lui dit que ce symptôme est une forme d'autopunition pour avoir un jour giflé M. K… et pour avoir transféré sa colère sur lui, son analyste. Freud devait promettre alors à Dora de lui pardonner de l'avoir privé de la satisfaction de la guérir de ses symptômes. Mais il semble bien qu'il ait eu du mal à se pardonner à lui-même d'avoir paradoxalement tant et si vite voulu la guérir. Il comprendra que la résolution du conflit intérieur, visée comme telle par l'analyste, rend le recours au symptôme superflu.

Quand on évoque le « cas Dora », rédigé par Freud entre décembre 1900 et janvier 1901 mais publié seulement quatre ans plus tard, on est frappé par la profusion d'écrits qui commentent, expliquent, analysent et interprètent ce premier grand récit d'une cure analytique qu'est le *Fragment d'une analyse d'hystérie*[2]. Considérée comme un échec, de l'aveu même de Freud, cette analyse n'en demeure pas moins exemplaire, tant en ce qui concerne les erreurs liées à une technique encore balbutiante et à un impérieux désir de conforter la théorie par les faits, que par rapport aux questions fondamentales qu'elle introduira dans l'élaboration des analyses à venir.

L'histoire de Paul Lorenz (de son vrai nom Ernst Lanzer), devenu sous la plume de Freud « l'homme aux rats », est certainement la plus structurée et la plus rigoureusement logique de toutes celles qui furent d'abord réunies en français sous le titre *Cinq psychanalyses*. Freud évoquera ce cas à plusieurs reprises lors des réunions du mercredi, tout en étant en train d'en élaborer la rédaction, et il le présentera au premier Congrès international de Salzbourg, en avril 1908, alors même que l'analyse n'est pas achevée, dans une des plus longues communications qu'il lui fut donné de faire. Il faut dire que Freud notait, après chaque séance, la presque intégralité des propos du patient, ce qui lui fournit, au moment où il écrit *Remarques sur un cas de névrose obsessionnelle*, un matériel clinique inégalé[3].

Quatrième d'une famille de sept enfants de la bourgeoisie juive de Vienne, Paul fit des études de droit avant d'embrasser, comme son père, la carrière militaire. Amoureux d'une de ses cousines peu fortunée, Gisela, il ne se résout pas à l'épouser contre l'avis de son père, qui lui aussi avait aimé une jeune fille de milieu modeste avant d'épouser une femme riche qui allait devenir la mère de Paul. Après la mort de son père, alors qu'il est âgé de vingt-neuf ans, il souffre d'étranges obsessions de nature sexuelle et a de nombreuses tentations suicidaires en rapport avec les reproches qu'il s'adresse. En 1905, il présente déjà une grave névrose obsessionnelle. Mais c'est en juillet 1907 que le délire s'installe quand, à l'armée, il est le témoin auditif d'une histoire de supplice racontée par le cruel capitaine Novak. Ce dernier, adepte des châtiments corporels, se plaisait à détailler le terrible supplice oriental qui consiste à faire en sorte qu'un rat puisse s'introduire dans l'anus du supplicié, entraînant une mort horrible. Peu de jours après avoir entendu ce récit, Paul reçoit un paquet pour lequel il doit acquitter les frais postaux auprès de ce même capitaine. Son angoisse, mêlant le récit du supplice et le paiement de la dette — entre le *Ratten* (les rats) et le *Raten* (les acomptes) —, fait resurgir un souvenir lié à une histoire d'argent. Son père, alors qu'il faisait son service militaire, avait contracté une dette de jeu (*Spiel*rate) et n'avait été sauvé du déshonneur que par la générosité d'un ami. Rentré à Vienne, le père de Paul avait bien essayé de retrouver cet ami pour s'acquitter de sa dette mais en vain.

C'est dans cet état d'esprit d'ambivalence extrême, de doutes inhibants tournant autour de l'obsession que son père pourrait mourir (il est pourtant déjà mort) s'il épouse (*hei*rate) Gisela, qu'il va voir Freud en octobre 1907. La cure durera un peu moins d'un an. Spontanément, il évoque des souvenirs sexuels précoces avec sa sœur et sa gouvernante, Fräulein Lina, devenue par mariage Fräu Hof*rat*, datant de ses six ans, puis il se met à raconter l'histoire des rats mais ne peut en donner les détails. Il se lève précipitamment du divan et supplie Freud de lui épargner d'en faire la description. Ce dernier l'oblige avec fermeté à poursuivre son récit tout en l'ayant assuré que, n'étant pas luimême cruel, il essaierait de deviner (*er*raten), fournissant ainsi, avec ce verbe, le signifiant clé de l'énigme. Paul se trouve dans l'incapacité de prononcer certains mots mais, pendant son récit, son visage affiche une expression complexe que Freud décrira comme « l'horreur d'une jouissance par lui-même ignorée ».

C'est par une technique proche de celle de l'aveu d'une scène où Freud occupe pour Paul la place du père, qu'il émet l'hypothèse d'une punition donnée par le père à son fils suite à un acte de masturbation. Paul acquiesce et évoque une autre scène, datant de ses quatre ans, rapportée par sa mère. Ayant mordu quelqu'un, il avait été roué de coups par son père et il s'était mis à l'injurier ; celui-ci s'était alors exclamé : « Ce petit deviendra un grand homme ou un grand criminel. » Même s'il ne se souvient plus du ressentiment qu'il a dû éprouver envers son père, dans les rêves qui suivent cette séance il injurie son analyste tout en lui réclamant un châtiment. Freud lui explique alors comment « la voie douloureuse du transfert » permet l'aveu de la haine inconsciente vis-à-vis de son père. Il lui fait comprendre que le récit du châtiment par les rats a réveillé son érotisme anal en relation avec la scène de la morsure et ce qui s'est ensuivi. En étant adepte des punitions corporelles, le capitaine avait occupé la place du père et était l'objet d'une animosité comparable à celle qu'il avait eue pour son père cruel.

En 1910, alors qu'il est complètement rétabli, Paul épouse sa jeune cousine, Gisela, et devient avocat. Enrôlé dans l'armée impériale en 1914, il est fait prisonnier par les Russes et mourra en captivité. Dans une note de 1923, Freud se montre très affecté par cette nouvelle et il écrit :

Le patient auquel l'analyse, qui vient d'être rapportée, restitua la santé psychique, a été tué pendant la Grande Guerre, comme tant de jeunes hommes de valeur sur lesquels on pouvait fonder tant d'espoir[4].

Le langage de la névrose obsessionnelle est plus familier à Freud que celui de l'hystérie même si le premier se présente souvent comme une sorte de dialecte du second. Cette analyse réussie prend l'aspect d'un rêve où le transfert du désir inconscient sur la personne de l'analyste se révèle comme la marque de la résistance mais aussi comme le seul moyen d'entamer le refoulement de ce désir.

La troisième analyse, rapportée par Freud mais non faite par lui, celle du « petit Hans » (Herbert Graf), aborde l'histoire d'une phobie infantile, chez un enfant de cinq ans, en rapport avec la découverte de la différence des sexes, du complexe d'Œdipe et de celui de castration. C'est Max Graf, musicologue de renom, auteur de deux ouvrages sur Wagner, et père du petit garçon, qui conduira l'analyse sous les directives de Freud dont il était l'ami et qui l'avait invité à participer aux réunions du mercredi. Ce petit garçon — qui connut dans son enfance Mahler, Schönberg et Kokoschka —, très curieux des choses sexuelles, s'était fait menacer par sa jolie maman pour avoir joué avec son « fait-pipi ». Cette introduction au complexe de castration a lieu alors qu'il découvre que sa mère et sa petite sœur qui vient de naître n'en ont pas. La naissance de cette dernière, qui se produit alors qu'il est âgé de trois ans et demi, lui fait rapidement abandonner le mythe de la cigogne pour s'intéresser à l'anatomie. C'est au cours d'une promenade avec sa bonne que le petit Hans commence à s'agiter et demande à rentrer à la maison pour « faire câlin avec maman ». Dormir avec sa mère était en effet le bénéfice qu'il obtenait lorsqu'il se montrait anxieux ou lorsque son père était absent. Le jour suivant, alors que sa mère s'apprête à l'emmener, il pleure en refusant d'abord de sortir et, lorsqu'il rentre à la maison, il dit qu'il avait peur qu'un cheval ne le morde. Le soir, il a une nouvelle crise d'angoisse à l'idée de la promenade du lendemain et craint qu'un cheval ne pénètre dans sa chambre.

La transformation de la libido refoulée se fait par l'apparition de l'angoisse qui doit trouver un objet de substitution dans le matériel phobique. Le père, sur les conseils de Freud, dit à son fils que sa peur provient de son intérêt pour le « fait-pipi » des chevaux. Après une période d'accalmie, la phobie revient de plus belle et se porte sur toutes sortes de grands animaux. Si ces derniers lui font à présent peur, lui dit son père, c'est à cause de la taille insatisfaisante de son « fait-pipi » par rapport aux leurs. Il s'inquiète alors de la façon dont tient son pénis, effet après coup de la menace de la mère et de sa découverte de l'absence de « fait-pipi » chez les femmes.

Le 30 mars 1908, Hans vient voir Freud accompagné de son père. Cette fois, c'est Freud qui lui explique que s'il a peur de son père c'est à cause de l'amour exclusif qu'il porte à sa mère. Cette explication affaiblit ses résistances et lui permet de parler de ses craintes : peur que des chevaux ne tombent dans la rue et qu'ils meurent, scène à laquelle il avait effectivement assisté le jour de la promenade avec sa mère. Hans éprouve le désir et en même temps la crainte que son père ne tombe et ne meure, ce qui lui laisserait sa mère pour lui seul, mais craint tout aussitôt que la comparaison ne tourne pas à son avantage. Toutes sortes de fantasmes vont venir nourrir la phobie, tous liés aux théories sexuelles infantiles. Il imagine aussi, à un moment, que son père est marié à sa propre mère — sa grand-mère paternelle — et lui-même avec sa mère. Un dernier fantasme, dans lequel on lui change son « fait-pipi » pour un plus grand, le fera sortir de l'Œdipe en lui permettant de vaincre sa peur de la castration.

Au printemps de 1922, le petit Hans rendit visite à Freud. Il était devenu un beau jeune homme de dix-neuf ans ne souffrant plus d'aucun malaise ni d'aucune inhibition. Ce que lui dit alors le petit Hans ne manqua cependant pas de surprendre Freud :

> Lorsqu'il vint à lire l'histoire de sa maladie, le tout lui sembla quelque chose d'étranger, il ne se reconnaissait pas et ne pouvait se souvenir de rien [...] Puis s'éveilla en lui une très faible lueur de souvenir : ce pourrait bien être de lui qu'il s'agissait là. Ainsi l'analyse n'avait pas préservé l'avènement de l'amnésie mais en était devenue elle-même la proie. Il en advient parfois de même pendant le sommeil à celui qui est familiarisé avec la psychanalyse. On est réveillé par un rêve, on

décide de l'analyser sans délai, on se rendort satisfait du résultat de ses efforts. Mais le lendemain matin et le rêve et l'analyse sont oubliés [5].

À l'âge adulte, Hans soutiendra une thèse sur la scénographie wagnérienne qui le conduira à être metteur en scène d'opéra. Après un passage par l'Opéra de Münster, il émigre aux États-Unis et deviendra le metteur en scène attitré du Metropolitan Opera de New York où il collaborera avec Toscanini. Puis il ira à Salzbourg et en Italie où il travaillera avec Maria Callas, notamment à Milan, Venise, Vérone et Florence. Il prendra ensuite la direction de l'Opéra de Zurich puis celle du Grand Théâtre de Genève, ville dans laquelle il mourra d'un cancer en 1973.

Histoire unique dans les annales du freudisme, le cas de Sergueï Pankejeff — surnommé « l'homme aux loups » non par Freud mais par sa seconde analyste, Ruth Mack-Brunswick, chez qui Freud l'adresse en 1926 — l'est à plus d'un titre. Ce cas, publié en 1918 sous le titre « Extrait de l'histoire d'une névrose infantile », fut en effet longuement commenté par l'intéressé lui-même qui écrira plus tard son autobiographie après avoir traversé deux guerres mondiales, fréquenté de près le milieu analytique et être devenu un personnage mythique. Unique, ce cas le fut aussi pour avoir déclenché une polémique quant à l'angle d'approche privilégié par Freud mettant l'accent sur la névrose infantile, là où Ruth Mack-Brunswick — suivant en cela les thèses de Melanie Klein — décrivait une psychose. Il le fut enfin puisque ce cas servit à Freud de contribution théorique et clinique à la lutte contre la dissidence de Jung et d'Adler qui voulaient réinterpréter les découvertes de la psychanalyse. Sa rédaction, d'ailleurs, fut faite dans le même temps que celle de *L'Histoire du mouvement psychanalytique*. Ce fut aussi la plus longue des analyses dont Freud écrira le déroulement : de janvier 1910 au 28 juin 1914, jour où Sergueï, en sortant de sa dernière séance, apprenait par le journal l'assassinat à Sarajevo de l'archiduc François-Ferdinand.

Né en Russie dans une famille riche de la noblesse terrienne, il avait été élevé à Odessa avec sa sœur Anna par des gouvernantes et des précepteurs. Sa mère, souffrant de troubles psychosomatiques graves, se préoccupe plus de sa santé que de l'éducation de ses enfants. Quant à son père, fortement dépressif, il est un homme politique connu pour ses opinions libérales. Sa famille ressemble aux personnages des romans de Dostoïevski : deux frères de son père sont suivis en psychiatrie pour des troubles paranoïaques et un cousin de Sergueï du côté de sa mère est interné à Prague dans un asile. Dès 1896, à peine âgé de dix ans, il présente déjà les signes d'une névrose sérieuse. S'ensuit en 1905 le suicide de son père, puis celui de sa sœur deux ans plus tard. Après avoir contracté une blennorragie qui accroît sa dépression, il passe une partie de sa jeunesse en allant de sanatorium en asile. Il est même soigné par hypnose puis, à Munich, par Kraepelin qui pose un diagnostic de psychose maniaco-dépressive et l'envoie dans un sanatorium. C'est là qu'il va tomber amoureux d'une infirmière, Teresa Keller, plus âgée que lui et mère d'une petite fille. Sa famille s'opposant à cette union, il retourne à Odessa où un médecin décide de le conduire à Vienne pour une consultation chez Freud.

Dès le début, la violence des manifestations transférentielles du patient, fortement sexualisées, surprend Freud. Cependant, pour la première fois, Sergueï est écouté et ne se sent plus traité en malade. Des relations presque amicales vont se nouer avec Freud et c'est presque guéri qu'il épousera Teresa à Odessa en 1914. La fin du traitement coïncide avec l'entrée en guerre de l'Autriche contre la Russie. En octobre et novembre 1914, en pleine tourmente, Freud rédige cet « Extrait » qui s'avère un véritable travail de composition romanesque centré sur l'enfance du patient et sur la reconstruction de sa vie à partir de ses pulsions sexuelles.

Ayant été l'objet d'une tentative de séduction, à l'âge de trois ans et demi, par sa sœur Anna de deux ans plus âgée, il s'exhibe devant sa bonne qui le gronde et profère des menaces à peine voilées. À dix ans, c'est lui qui veut séduire sa sœur mais celle-ci le repousse. Dès lors, il ne choisira que des femmes de condition inférieure à la sienne. Freud pense que Sergueï présente une hystérie d'angoisse avec phobie des animaux qui se transforme en névrose obsessionnelle ou névrose infantile. C'est, comme pour Dora, par l'interprétation d'un rêve, que Sergueï a fait à quatre ans, que Freud reconstruit l'origine de cette névrose infantile. Ce rêve, dessiné en séance par le patient, raconte comment par une nuit d'hiver, alors qu'il est couché dans son lit, la fenêtre de sa chambre s'ouvre brusquement et il voit avec frayeur, dans l'arbre face à la fenêtre, quelques loups blancs assis, les oreilles dressées (dans le dessin il y en a cinq), qui ont l'air de renards. Saisi d'une grande angoisse, il crie et se réveille. C'est à partir de ce rêve, dont il inverse, comme dans le rêve de Dora, les propositions, que Freud invente le récit d'une scène primitive où, en été, le petit Sergueï, atteint de malaria, dort dans la chambre de ses parents qui faisaient une sieste. À cinq heures, il se réveille et observe ses parents dans un *coït a tergo*. Cette scène, construite ou reconstruite par Freud, prend en compte un certain nombre de souvenirs et de fantasmes racontés par Sergueï ; l'un concerne les fesses de la servante de son enfance dont les formes lui évoquent des ailes de papillon, puis le chiffre romain *V* du nombre de loups dans le dessin qu'il fait à partir de son rêve, et surtout l'hallucination visuelle dont il a fait, enfant, l'expérience : il a « vu » son doigt coupé par un couteau avant de s'apercevoir de l'inexistence de sa blessure. Dans une attitude de rejet, il ne voyait la sexualité que sous l'angle d'une théorie infantile, c'est-à-dire le rapport anal.

Après cette descente dans l'enfance, Freud pense que Sergueï est guéri. Mais la guerre éclate, puis la révolution bolchevique, et la vie de son patient en sera profondément bouleversée. Il reprend ses études, obtient ses diplômes de juriste et, jusqu'au printemps 1918, il vit à Odessa entre sa femme et sa mère qui ne s'entendent pas. L'ancien aristocrate se retrouve ruiné et, de retour à Vienne, devient un émigré sans ressources, obligé de prendre un emploi dans une compagnie d'assurances. Tous ces changements qui affectent sa vie le replongent dans ses symptômes dépressifs et le font retourner voir Freud qui lui offre le texte de son cas qu'il vient de publier puis le prend à nouveau en analyse, de novembre 1919 à février 1920, dans une sorte de post-cure, afin de résoudre un reste de transfert. Freud collecte pour lui de l'argent auprès de ses collègues viennois. Sergueï se met alors à s'identifier à son cas et deviendra vraiment, peu de temps après, « l'homme aux loups ».

En 1926, les mêmes symptômes le poussent à consulter encore Freud, qui l'adresse cette fois à Ruth Mack-Brunswick. Cette dernière prendra dans le même temps en analyse une Américaine, Muriel Gardiner, qui deviendra l'amie et la confidente de Sergueï. C'est dans les quelques mois de cette troisième tranche d'analyse que Ruth Mack-Brunswick identifiera chez lui une paranoïa. Par la suite, elle rédigera une seconde version de ce cas sous le titre « Supplément à l'extrait d'une névrose infantile », initiant ainsi une controverse qui devait par la suite opposer les tenants du freudisme à ceux du kleinisme. Puis c'est le suicide de sa femme quelques jours seulement après l'entrée des nazis dans Vienne. Toujours mélancolique, il est pris alors en charge dès 1945 par le mouvement psychanalytique. Poussé par Muriel Gardiner et « pensionné » par Kurt Eissler, directeur des Archives Sigmund Freud, il rédige ses Mémoires en commentant abondamment l'histoire de son cas. Ces Mémoires furent publiés en 1977 et traduits en plusieurs langues. C'est alors qu'il accepte de raconter sa vie à une journaliste viennoise, Karin Obholzer, et déclare que la scène primitive dont le récit a été inventé par Freud n'a probablement jamais eu lieu. Toutefois, il prend fermement parti pour le diagnostic posé par Freud contre celui fait par Ruth Mack-Brunswick. Il meurt à Vienne en 1979, à l'âge de quatre-vingt-douze ans. S'il n'avait jamais pu se passer de voir un analyste, fût-ce épisodiquement — il voyait encore le docteur Wilhelm Solms-Rödelheim avant sa mort —, il avait tout de même échappé au tragique destin de la plupart des membres de sa famille.

Même si des éléments psychotiques étaient en jeu, Freud ne livre dans son étude que ce qui se rapporte à la névrose infantile sous forme de névrose obsessionnelle avec son cortège de symptômes liés à la castration, au masochisme, à l'homosexualité. C'est à propos de ce cas qu'il est amené à aborder une nouvelle forme de *rejet* du savoir, distincte du *refoulement*. Cette analyse résume un peu l'état de la recherche freudienne des années 1910. Se reposent en effet pour lui les questions qui l'avaient amené, en 1897, à abandonner sa théorie du trauma. Il confirme que la réalité psychique est une forme d'existence particulière qui a ses propres lois et qu'il ne faut pas confondre avec la réalité matérielle. C'est d'ailleurs pendant cette analyse que Freud, en 1912, écrira « Sur le plus général des rabaissements de la vie amoureuse » où il abordera le clivage entre les deux courants de la vie amoureuse, le courant tendre et le courant sensuel, comme étant le symptôme d'un développement inachevé.

Là où ils aiment, ils ne désirent pas et là où ils désirent, ils ne peuvent aimer. Ils recherchent des objets qu'ils n'aient pas besoin d'aimer afin de maintenir leur sensualité à distance de leurs objets d'amour et, selon les lois de la « sensibilité complexuelle » et du « retour du refoulé », cette étrange défaillance qu'est l'impuissance psychique survient lorsque, dans l'objet choisi pour éviter l'inceste, un trait, souvent peu voyant, rappelle l'objet à éviter[6].

Les *Remarques psychanalytiques sur l'autobiographie d'un cas de paranoïa* ont ceci de particulier qu'elles ne sont pas issues d'une analyse réelle mais de la lecture d'un ouvrage autobiographique, *Mémoires d'un névropathe*, publié en 1903 par Daniel Paul Schreber, président de la cour d'appel de Saxe.

Né en juillet 1842, Daniel Paul Schreber appartient à une illustre famille de juristes, de médecins et de pédagogues de la bourgeoisie protestante allemande. Son père, le Dr Daniel Gottlieb Schreber, se fait connaître par ses méthodes, fondées sur l'hygiénisme et la gymnastique, qui prônent une éducation d'une extrême rigueur. Dans les manuels qu'il écrit et qui sont diffusés en Allemagne, il propose de créer un homme nouveau : un esprit pur dans un corps sain. Il est un partisan convaincu du renouveau de l'âme allemande, et ses thèses seront reprises par le national-socialisme. Il meurt en 1861.

Son fils Daniel Paul est élevé selon les stricts préceptes éducatifs de son père. Juriste renommé et président de la cour d'appel de Saxe, il donne des signes de troubles mentaux après une défaite à des élections où il se présente comme candidat du parti conservateur. Il est interné à deux reprises, ne peut plus exercer et ses biens sont mis sous tutelle. C'est grâce à la parution des *Mémoires d'un névropathe* que Schreber peut sortir de l'asile et reprendre possession de ses biens. Au tribunal, il plaide non pas qu'il n'était pas fou mais que la folie (la sienne en tout cas) ne pouvait être retenue comme motif légal d'enfermement. Il meurt à l'asile de Leipzig en 1910.

Ses *Mémoires* témoignent du système délirant d'un homme que Dieu persécute. Il pense que la fin du monde est proche et qu'il est le seul survivant avec des malades. Dieu lui parle en « langue fondamentale » et lui confie la mission de se changer en femme afin d'engendrer une nouvelle race. Sans cesse régénéré par des rayons qui le rendent immortel, il résiste au « complot » de son médecin qu'il désigne comme étant un « assassin d'âme ».

Ébloui par l'extraordinaire richesse de la langue schrebérienne, Freud analyse le cas pour asseoir la validité de sa théorie de la psychose en s'opposant à Bleuler et Jung. Il voit, dans la révolte contre le père et dans les tendances homosexuelles refoulées, les racines du délire de Schreber et repère, dans la transformation de l'amour en haine, le mécanisme essentiel de la paranoïa. C'est de façon novatrice que Freud, dans ce texte, présentera le délire non comme l'entrée dans la maladie mentale mais comme une tentative de guérison par laquelle Schreber essaie de se réconcilier avec l'image d'un père transformé en Dieu. L'école kleinienne critiquera la position freudienne quant à la place du père dans le triangle œdipien en déplaçant l'origine des psychoses du côté de la relation archaïque à la mère.

C'est dans ses *Remarques* sur Schreber que Freud déploiera les diverses positions assignées au sujet dans les délires paranoïaques. De la proposition principielle : *Moi, un homme, je l'aime, lui, un homme,* il passe, par le refoulement de l'homosexualité, à la proposition inversée : *Je ne l'aime pas, je le hais.* Puis par substitution de la position du sujet à celle de l'objet : *Ce n'est pas moi qui le hais, c'est lui qui me hait.* On devrait croire qu'une proposition composée de trois termes, telle que *Je l'aime*, n'autorise que trois sortes de contradictions : la jalousie contredit le sujet (ce n'est pas *moi* qui aime les hommes, c'est *elle* qui les aime), la persécution le verbe (je ne l'*aime* pas, je le *hais*), l'érotomanie l'objet (ce n'est pas *moi* qui l'aime, c'est *lui* qui m'aime). Mais une quatrième sorte de contradiction est encore possible, la récusation globale de toute la proposition : *Je n'aime personne.* Mais comme on ne peut exclure la libido du psychisme, cette dernière proposition ne peut qu'être équivalente à *Je n'aime que moi*.

Dans la dernière phase du délire de Schreber, les pulsions sexuelles infantiles qui avaient été refoulées ou rejetées finissaient par triompher des forces refoulantes. La volupté devenait une constante exigence de la part de Dieu lui-même. En quoi son délire ne différait en rien dans sa forme de certaines expériences mystiques.

Freud aura parfaitement saisi que la perception interne des processus psychiques est à peu de chose près la même dans la folie que dans l'auto-observation. Ce qui implique pour la psychanalyse une proximité avec la folie qui gîte au cœur de l'homme. Autrement dit, que puissent être reconnues aussi bien la raison de la folie que la folie de la raison, ce qui donne à Freud l'audace de dire :

> L'avenir dira si la théorie contient plus de folie que je ne le voudrais, ou la folie plus de vérité que d'autres ne sont aujourd'hui disposés à le croire[7].

Si on suit le chemin parcouru par Freud dans sa pratique psychanalytique, on s'aperçoit que les classifications empruntées à la psychiatrie voient progressivement leurs limites perdre de leur consistance. Si on prend en compte deux textes des années 1920, *Névrose et psychose* (1924) et *La Perte de la réalité dans la névrose et la psychose* (1924), il n'y a plus guère que ces deux entités, mis à part peut-être la perversion, qui sont conservées. Et la limite, là encore, n'est pas si étanche qu'on pourrait le croire. Dans un cas comme dans l'autre, la puissance des pulsions ne se laisse pas dompter par la réalité :

> La névrose ne dénie pas la réalité, elle veut seulement ne rien savoir d'elle ; la psychose la dénie et cherche à la remplacer.

Et Freud ajoute que ce qui est « sain » est

> un comportement qui réunit certains traits des deux réactions, qui, comme la névrose, ne dénie pas la réalité, mais s'efforce, comme la psychose, de la modifier[8].

Le monde fantasmatique (l'imaginaire) joue un rôle proéminent dans les deux cas : dans le premier, il se sert d'un fragment de réalité auquel il donne un sens symbolique ; dans le second, c'est le symbolique du monde fantasmatique qui devient réel.

Nous sommes déjà loin de ce 24 juillet 1895, du rêve inaugural de « l'injection faite à Irma », au lendemain duquel Freud, à l'âge de trente-neuf ans, annonçait à son ami Fliess que « le mystère du rêve lui avait été révélé ». Le rêve d'Irma (un nom dans lequel se retrouvent deux figures de femme, celle d'Emma Eckstein et celle d'Anna Lichtheim), a été longuement analysé par Freud, en treize pages. On y retrouve presque tous les personnages du roman familial des origines de la psychanalyse sous des pseudonymes : Oscar Rie (Otto), le pédiatre de la famille Freud, Breuer (le Dr M.), von Fleischl (Leopold), tous sur le devant de la scène avec Emma (Irma), dont ils sont responsables des douleurs persistantes. Dans les coulisses : Martha, pour la réception des invités, et Fliess sous les dehors d'un spécialiste avec qui Freud est en excellents termes. Le script : une sombre histoire où Freud, adhérant encore aux thèses de Fliess sur les rapports des muqueuses nasales aux activités génitales, lui demande de venir opérer sa patiente, Emma, à Vienne. Les suites de l'intervention ayant laissé la jeune femme sujette à des saignements répétés, rebelles à la solution de Freud, on découvre, lors d'une seconde intervention, pratiquée cette fois par le chirurgien Ignaz Rosanes, qu'une bande de gaze avait été laissée par mégarde dans la cavité nasale. Le rêve de « l'injection faite à Irma » comporte le souhait de Freud de ne pas se sentir responsable mais surtout il vise nettement à disculper Fliess, son « Autre » irremplaçable, comme il lui arrive de qualifier son ami. Il disait aussi que les histoires de cas qu'il écrivait devaient se lire comme des romans. Le *happy end* de l'histoire d'Emma Eckstein est qu'elle devint psychanalyste et la première analyste contrôlée par Freud.

Pendant la guerre

Sous l'influence de cette guerre, je me risque à vous rappeler deux propositions que la psychanalyse a avancées et qui ont sans doute contribué à son impopularité. La psychanalyse a déduit de l'analyse des rêves et des actes manqués [...] que les impulsions primitives et sauvages de l'homme ne sont jamais abolies en chacun de nous mais qu'elles restent actives, quoique refoulées dans l'inconscient, et demeurent en attente d'occasions pour se manifester à nouveau. Elle nous a enseigné de surcroît que notre intelligence est une faible chose dépendante, un jouet et un instrument de nos impulsions et sentiments, et que nous sommes toujours prêts à nous conduire de façon rusée ou stupide à leur moindre résurgence. Si vous observez ce qui se passe en ce temps de guerre — les cruautés et les injustices dont se rendent responsables les nations les plus civilisées, la façon différente dont elles jugent leurs propres mensonges et méfaits en comparaison de ceux de leurs ennemis, et le manque général de discernement qui prévaut — vous devrez admettre que la psychanalyse ne s'est pas trompée[1].

Cette lettre de Freud du 28 décembre 1914 est adressée à un médecin et homme de lettres hollandais, Frederik van Eeden, créateur d'une clinique de « psychothérapie suggestive », qu'il a connu lors de son séjour à Paris. Ce dernier lui en avait fait la demande pour sa publication dans la « Tribune internationale » de l'hebdomadaire *De Amsterdammer*. Dans un texte qui sera publié quelques mois plus tard dans la revue *Imago*, « Considérations actuelles sur la guerre et la mort », Freud développera deux motifs de désillusion provoquée par la guerre. L'un, le peu de moralité des États qui ne manquent pas de se poser par ailleurs comme les garants des valeurs morales. Ce qui laisse à penser que, en temps de paix, l'État n'interdit pas la violence pour l'abolir mais pour la monopoliser à son service et que, en temps de guerre, il se soustrait sans vergogne aux traités et conventions qui le lient à d'autres États en demandant à ses citoyens de l'approuver au nom du patriotisme. L'autre motif est la conséquence du premier. Là où la communauté n'élève plus d'objection à la conduite de l'État, les sujets se livrent à des actes de cruauté et de perfidie, de trahison et de barbarie si incompatibles avec leur degré de civilisation qu'on les aurait crus impossibles[2]. La *cruauté,* telle qu'elle était associée, dans les *Trois essais sur les théories sexuelles* de 1905, à la sexualité infantile, devient en temps de guerre indissociable de la violence d'État, de la souveraineté de l'État, de son pouvoir souverain qui ne cache ni sa cupidité ni son aspiration à la puissance et autorise ses sujets à commettre les pires actes de cruauté et de barbarie au nom du patriotisme. Quand il parle de désillusion, Freud tient à préciser que ce n'est pas par sentimentalisme ou par un sentiment exagéré de compassion. Il soutient un droit de condamner la guerre pour les moyens qu'elle utilise et les buts qu'elle poursuit. Il sait bien que les guerres ne pourront cesser tant que les peuples auront des conditions de vie si disproportionnées, tant que les valeurs relatives à la vie individuelle seront appréciées de façon si différente, et tant que les haines se nourriront de l'équivalence faite entre « l'étranger » et « l'ennemi hostile ». Mais on attendait autre chose de ces grandes nations qui se consacrent à des intérêts d'envergure mondiale et dont les progrès techniques peuvent servir à dominer la nature, à accroître les valeurs de la création artistique et des acquis scientifiques. On attendait qu'elles soient à même de régler par d'autres voies que la guerre les dissensions et les conflits d'intérêts.

On pourrait croire que la désillusion de Freud s'enracine dans un rêve sans aucun fondement réel, surtout quand il décrit la situation qui lui paraissait être celle qui régnait auparavant :

Confiants en cette union des peuples de la culture, un nombre incalculable d'hommes ont échangé leur domicile au pays natal contre la résidence à l'étranger et lié leur existence aux relations entretenues entre eux par les peuples unis. Celui que la nécessité de la vie ne retenait pas à la même place pouvait, de tous les avantages et de tous les attraits des pays de la culture, se composer une nouvelle et plus grande patrie où il évoluait sans contrainte et à l'abri des soupçons. Il jouissait ainsi de la mer bleue et de la mer grise, de la beauté des cimes enneigées et de celle des vertes prairies, de l'enchantement de la forêt nordique, de la splendeur de la végétation méridionale, de l'atmosphère des paysages sur lesquels planent de grands souvenirs historiques, et de la paix de la nature inviolée. Pour lui, cette nouvelle patrie était aussi un musée, empli de tous les trésors que les artistes de l'humanité culturelle avaient créés et légués depuis bien des siècles. Se promenant d'une salle à l'autre du musée, il pouvait constater et reconnaître sans parti pris la diversité des types de perfection auxquels le mélange des sangs, le cours de l'histoire et la spécificité de la terre mère avaient donné forme chez ses « compatriotes » dans un sens élargi [...] Chaque citoyen du monde de la culture s'était créé un « Parnasse » particulier et une « École d'Athènes ». Entre les grands penseurs, poètes, artistes de toutes les nations, il avait élu ceux auxquels il supposait de voir le meilleur de ce qui lui était devenu accessible en fait de jouissance et d'intelligence de la vie et il les avait associés dans sa vénération aux immortels Anciens, tout comme aux maîtres familiers usant de sa propre langue. Aucun de ces grands hommes ne lui était apparu étranger du fait qu'il avait parlé dans une autre langue, pas plus l'explorateur des passions humaines que l'exalté ivre de beauté, le prophète à la violence menaçante ou le satiriste à l'esprit délié ; et jamais il ne s'était reproché pour autant d'avoir renié sa propre nation et sa langue maternelle bien-aimée [3].

Freud ne rêvait pas. Une telle réalité existait bien. On imagine à peine aujourd'hui ce qu'était l'Europe, à six semaines de la Première Guerre mondiale, le jour de juin 1914 où la nouvelle incroyable se répandait que l'archiduc François-Ferdinand et son épouse morganatique venaient d'être assassinés à Sarajevo par un jeune nationaliste serbe. Même si on éprouvait peu de sympathie à Vienne pour la famille impériale — mais l'empereur François-Joseph restait très respecté —, l'empire multinational des Habsbourg paraissait résister à toute effervescence nationaliste. L'Europe ne connaissait pas de frontières : c'était un temps où un Autrichien comme Freud pouvait décider sur l'heure de se rendre en Italie, en France, en Allemagne ou en Angleterre, sans le moindre papier officiel, sans démarches préalables. Seule la Russie exigeait un visa. L'économiste Keynes dressera après la guerre un tableau des plus nostalgiques de l'époque : « Tout homme capable et résolu avait une possibilité d'accéder à la moyenne ou même à la grande bourgeoisie, c'est-à-dire à une vie qui, à bas prix et pour le moindre effort, offrait une aisance, un confort, des agréments tels que les plus puissants et les plus riches monarques d'autrefois n'auraient pu s'octroyer[4]. » Si, contrairement à Freud, Keynes méconnaissait visiblement les disparités importantes des niveaux de vie, sa description pouvait s'appliquer à une fraction non négligeable de la bourgeoisie anglaise : « L'habitant de Londres pouvait commander par téléphone, en sirotant au lit son thé du matin, les divers produits du globe, en quantités voulues, et s'attendre raisonnablement à ce que tout lui soit livré dans les meilleurs délais et à domicile [...] » C'était, en tout état de cause, le début de la mondialisation. Freud avait bien pris acte de l'économie mondiale en voie de fort développement et des avantages qui pourraient en résulter mais il demeurait plus que sceptique sur l'usage rationnel qui pourrait en être fait :

Nous avions, certes, espéré que l'impressionnante communauté d'intérêts instaurée par le commerce et la production fournirait le début d'une contrainte externe à la moralité, mais il semble que les peuples obéissent encore pour l'instant beaucoup plus à leurs passions qu'à leurs intérêts. Tout au plus se servent-ils des intérêts pour rationaliser leurs passions ; ils mettent en avant leurs intérêts pour pouvoir donner des raisons à la satisfaction de leurs passions [5].

Et anticipant à peine sur son étude de la psychologie collective, de la psychologie des masses, Freud note que, dès que se trouvent réunies plusieurs personnes et, pis encore, lorsqu'il s'agit de millions d'hommes, les acquisitions morales des individus s'effacent pour laisser place aux comportements psychiques les plus primitifs et les plus grossiers.

Depuis 1905, toute l'Europe vit sous tension, dans l'appréhension d'un grave conflit. D'une part, la crise des Balkans s'aggrave en 1912 et 1913 et certains dirigeants austro-hongrois, inquiets des progrès du nationalisme « yougoslave » en Slovénie, en Croatie et en Bosnie-Herzégovine, souhaitent écraser la Serbie tout en sachant que, dans ce cas, la Russie, protectrice des Slaves, risque d'intervenir. D'autre part, la concurrence économique des grands États industriels, avec l'intensification de leur politique coloniale, a atteint un point critique avec l'entrée en force de l'Allemagne sur les marchés. Pour faire face à cette conjoncture, les États s'étaient organisés en conséquence. La Triple Alliance, qui unissait l'Allemagne, l'Autriche-Hongrie et l'Italie, datait du 25 mai 1882. Elle fut renouvelée en 1912. En face, la Triple Entente était née le 31 août 1907 de l'alliance diplomatique et militaire franco-russe antérieure, renforcée de l'Entente cordiale franco-britannique datant du 8 avril 1904. Ce système de blocs, avec leur course aux armements et l'accentuation de la rivalité navale entre l'Allemagne et l'Angleterre, ne cessait d'aggraver les tensions de part et d'autre. Il risquait d'entraîner automatiquement toutes les puissances concernées dans un vaste conflit armé par simple application des alliances militaires. Cette époque qui précède la Première Guerre mondiale est aussi marquée par l'explosion des nationalismes. Depuis longtemps, les pangermanistes préparent les Allemands au conflit qui serait nécessaire pour éviter l'encerclement de l'Allemagne par la France et la Russie et pour réaliser, déjà, la « Grande Allemagne ». En France, encouragé par la Troisième République, le nationalisme connaît aussi un regain de ferveur, qu'alimentent les écrits de Maurras et de Barrès, prônant la revanche sur la défaite de 1870 et le retour de l'Alsace et de la Lorraine au sein de la nation.

En cet été 1914, peu de temps avant que ne se précipitent les événements, Freud avait quitté Vienne, l'analyse de « l'homme aux loups » terminée, pour de longues vacances à Carlsbad au cours desquelles il projette d'apporter d'importants remaniements à sa théorie des pulsions. Préoccupé chaque jour depuis 1912 — comme en témoigne sa correspondance — par la conjoncture politique explosive et soucieux d'analyser les passions qui la sous-tendent, Freud songe à mettre au jour une nouvelle dualité pulsionnelle, celle d'Éros et de Thanatos, c'est-à-dire des pulsions de vie et des pulsions de mort qui régissent l'économie psychique tant des peuples que des sujets. Lorsque, le 28 juillet, l'Autriche attaque la Serbie, son frère Alexander lui écrit de Vienne : « Il y a de grandes manifestations de joie populaire mais la plupart des gens sont accablés car tout le monde a des amis ou des proches mobilisés [6]. » Néanmoins, il se dit heureux, malgré toutes les souffrances en vue, que l'Autriche ait pris la décision de se défendre. La fièvre patriotique s'empare des esprits. On va jusqu'à saluer dans la guerre l'accomplissement d'un rite de purification. Tout ce que Freud vient de décrire, dans *Totem et tabou*, de la toute-puissance de la pensée, du sacrifice, du narcissisme, se manifeste au grand jour sur le mode le plus primitif. Des poètes, des penseurs, des théologiens ne manquent pas qui mêlent leurs voix au chorus. Rilke exalte le dieu de la guerre, le dieu du carnage, un dieu, enfin, brandissant le tison [7]. Thomas Mann, qui ne s'est pas encore imprégné de la pensée de Freud comme il le fera plus tard, exulte dans la presse : « La guerre ! C'était pour nous la purification, la délivrance, elle nous remplissait d'un immense espoir, elle embrasait le cœur des poètes. Comment l'artiste, le soldat dans l'artiste, n'aurait-il pas rendu grâce à Dieu que soit anéanti ce monde de paix dont il était saturé, si absolument saturé [8]. » Même Stefan Zweig, qui deviendra par la suite un ardent pacifiste, emboîte pour un temps le pas de la machine de propagande autrichienne. Comme Hugo von Hofmannsthal.

À Lou Andreas-Salomé qui, en ce même mois de novembre, écrivait à Freud qu'elle ne croyait pas qu'« *après cela* on pourra jamais redevenir heureux », son correspondant répondait aussitôt :

> Je ne doute pas que l'humanité se remettra aussi de cette guerre-ci, mais je sais avec certitude que moi et mes contemporains ne verrons plus le monde sous un jour heureux. Il est trop laid ; le plus triste dans tout cela, c'est qu'il est exactement tel que nous aurions dû nous représenter les hommes et leur comportement d'après les expectatives éveillées par la psychanalyse. J'avais conclu dans le secret de mon âme que, puisque nous voyions la culture la plus haute de notre temps si affreusement entachée d'hypocrisie, c'est qu'organiquement nous n'étions pas faits pour cette culture. Il ne nous reste qu'à nous retirer et le grand Inconnu que cache le destin reprendra des expériences culturelles du même genre avec une nouvelle race [9].

L'inconnu plus immédiat pour Freud, qui le rendait tour à tour inquiet et morose, c'était l'avenir de ses trois fils en âge d'être mobilisés ; alors qu'il ne partageait aucun engouement nationaliste et que l'Angleterre, pour laquelle il avait toujours éprouvé un attrait jusqu'à l'envie de s'y installer comme l'avaient fait des membres de sa famille, était devenue officiellement l'ennemi en déclarant finalement la guerre à l'Allemagne le 4 août 1914, Freud se trouvait plongé dans un dilemme par rapport à ses fils qui ne manquaient pas d'afficher un certain patriotisme, même si leur fierté demeurait pour le moins angoissée. En juillet 1914, il ne cachait pas sa satisfaction que les autorités autrichiennes aient réformé deux d'entre eux et ajourné le troisième. Mais ce ne devait être qu'un court répit. Martin, l'aîné, ne résistait pas à s'engager dès le mois d'août, jugeant qu'il lui était intolérable de ne pas rejoindre tous ceux qui partaient. Voire, il se réjouissait à l'idée de franchir la frontière russe sans l'autorisation qu'exigeait l'Empire des tsars, tout particulièrement pour les Juifs. Oliver, le deuxième fils, refusé jusqu'en 1916, fut finalement incorporé dans le Génie et donc moins exposé que ses frères. Le cadet, Ernst, engagé en octobre, devait servir sur le front italien lorsque l'Italie, qui, bien que membre de la Triple Alliance depuis 1882, était restée neutre en 1914, déclara finalement la guerre à l'Autriche-Hongrie le 23 mai 1915. C'est en France que le mari de Sophie, Max Halberstadt, gendre aimé de Freud, sera blessé en 1916 puis réformé. Seul le neveu de Freud, Hermann Graf, le fils unique de sa sœur Rosa, périra au combat. Hanté par ce qui pouvait arriver à ses fils, Freud, une nuit de juillet 1915, rêve de leur mort. Surtout de la mort de Martin. Étrange rêve qui réalise la mort d'un fils aimé ! se dit Freud en craignant que ce rêve ne soit prémonitoire. Sans trop y croire. Quelques jours plus tard, il apprend que le jour même Martin avait été blessé sur le front russe. Une blessure légère, heureusement. Mais tout de même, le phénomène de la télépathie ne cessera de l'intriguer.

Quant au cercle restreint de ses disciples et au

mouvement en voie d'expansion, la guerre lui porte un terrible coup. Le Congrès qui devait se tenir à Dresde en septembre 1914 n'aura pas lieu. Les communications sont devenues difficiles. Pour correspondre avec Jones, l'ami d'un pays ennemi, il faut passer par l'intermédiaire de pays neutres : la Suisse, les Pays-Bas, la Suède. Confrontée au nouvel ennemi — l'entrée en guerre de l'Italie en 1915 —, l'Autriche doit rappeler des réformés. Eitingon fut appelé le premier. Otto Rank, qui avait tout fait pour échapper à la mobilisation, est rattrapé. Abraham est dans une unité chirurgicale près de Berlin. Ferenczi, envoyé dans de lointaines provinces. Le 25 novembre, Freud écrit à Jones :

Je ne m'illusionne pas sur le fait que le temps de floraison de notre science s'est trouvé brusquement interrompu, que nous aurons des jours difficiles à vivre, et que la seule chose à faire est de maintenir une petite flamme dans nos foyers, jusqu'au moment où un souffle plus favorable permettra de la ranimer. Ce que Jung et Adler ont laissé subsister de notre mouvement a été détruit par le conflit des nations [10].

C'est toutefois moins à un paysage en ruine que Freud se trouve désormais confronté qu'à une terre cultivée qui devra pour quelque temps rester en friche. Du moins pour ses disciples. Quant à lui, il retrouve plutôt son « splendide isolement », selon l'expression qu'il aime emprunter à la fière Albion. Aussi s'empresse-t-il de tempérer auprès de Jones le désespoir qui venait s'ajouter à la désillusion :

Je ne suis pas inquiet sur un avenir plus lointain de la cause à laquelle vous vous dévouez de manière touchante, mais l'avenir proche qui me laisse seul me paraît désespérément couvert de nuages, et je ne devrais pas prendre en mauvaise part de voir les rats quitter le navire en détresse [11].

En réunissant quelques personnes autour de lui, comme il l'avait fait à la Société psychanalytique de Vienne et à ses réunions du mercredi, puis avec la création de l'Association psychanalytique internationale, Freud avait certes été conforté de voir des esprits souvent brillants partager avec enthousiasme ses découvertes. Mais il avait dû très tôt se rendre compte que se reproduisaient dans les rapports de ses premiers collègues entre eux et avec lui tous les complexes familiaux que son auto-analyse lui avait révélés. Rien n'y manquait : la jalousie et la rivalité des frères entre eux, l'ambivalence des sentiments à l'égard de celui qui était devenu le père de cette horde conquérante, voire des comportements franchement régressifs lorsqu'ils se trouvaient réunis en groupe. Adler n'avait-il pas tenu, avant de quitter le navire, un tel propos : « Croyez-vous que c'est un grand plaisir pour moi que de me trouver dans votre ombre toute ma vie ? » Jung ne s'était-il pas offensé gravement que Freud, allant rendre visite à Binswanger hospitalisé à Kreuzlingen, ne soit pas passé le voir à Küsnacht qui se trouve à cinquante kilomètres ? C'est d'ailleurs en pensant à Jung, entre autres, que Freud rédige sa préface à *Totem et tabou* en 1913 :

Les quatre essais qui suivent [*La Crainte de l'inceste, Le Tabou et l'ambivalence des sentiments, Animisme, magie et toute-puissance des pensées, Le Retour infantile du totémisme*] renferment une opposition méthodologique : d'une part, à l'œuvre de grande envergure de W. Wundt qui met au service de la même visée les hypothèses et les modes de travail de la psychothérapie non analytique et, d'autre part, aux travaux de l'École psychanalytique de Zurich qui, à l'inverse, tend à régler les problèmes de la psychologie individuelle en recourant à un matériel de la psychologie des peuples [12].

De ses travaux avant la Grande Guerre, Freud considérait que *Totem et tabou* était la troisième étude la plus importante. La première avait révélé comment le rêve réalise de façon déguisée des désirs inconscients, la deuxième avait dévoilé l'importance de la sexualité infantile dans la vie psychique, la troisième, partant des données acquises de la psychanalyse, entendait expliquer l'origine des sociétés et de la religion en donnant un fondement historique au mythe d'Œdipe et à l'interdiction de l'inceste. Ce petit sauvage d'enfant, en proie à tous les désirs, qui se voit interdire la mère par un père menaçant, est l'héritier d'un temps primitif où un mâle despotique se serait approprié toutes les femmes de la tribu jusqu'au jour où les fils se seraient ligués contre lui pour le mettre à mort. Souhaité ou accompli, reconnu ou démenti — c'est tout comme pour l'inconscient, qui ne connaît pas d'indices de réalité —, le meurtre devait laisser les fils accablés de culpabilité et de repentir, contraints d'instituer un nouvel ordre : prohibition de l'inceste, représentation du père mort par un animal totem et nécessité de transporter ses désirs hors du clan (loi de l'exogamie). L'animisme de l'enfant qui attribue aux choses une âme analogue à l'âme humaine est un vestige de l'animisme primitif. Comme système de pensée, l'animisme permet de concevoir le tout du monde, à partir d'un seul point, comme un ensemble cohérent. Cette phase animiste, au cours de laquelle l'homme s'attribue la toute-puissance sur les choses du monde, est relayée par une phase religieuse où cette toute-puissance est déléguée aux dieux tout en gardant sur eux de multiples influences par l'intermédiaire des sacrifices et offrandes consentis à la divinité pour se concilier ses faveurs. Dans la vision scientifique du monde, l'homme reconnaît qu'il est soumis aux nécessités naturelles, dont celle de la mort. Mais si la prise en compte des lois de la réalité relègue derrière elle la toute-puissance de la pensée, il survit en elle un reste de croyance en la puissance de l'esprit humain qui lui permet de s'employer à la maîtrise de la nature. On imagine aisément que, parallèlement, les composantes pulsionnelles de la sexualité s'adonnent chacune au gain de plaisir en trouvant leur satisfaction sur le corps propre. C'est le stade auto-érotique. Ce stade sera relayé par le choix du corps de l'autre comme objet à la place du sien propre. Il existe un stade intermédiaire, auquel la libido sera toujours prompte à faire retour, où l'objet n'est pas étranger : c'est le moi propre. Cette intrication narcissique de la libido ne sera jamais abandonnée. Elle sera toujours une composante du choix d'objets externes. Que les visions du monde que l'homme a pu se forger au cours des siècles puissent être comparées aux étapes du développement libidinal de l'individu ne manquait pas d'audace et devait se heurter pour longtemps à l'incrédulité. N'était-il pas scandaleux de voir le commencement des organisations sociales, des restrictions de la morale et de la religion plonger leurs racines jusque dans les cérémonies commémoratives du repas totémique, dans l'acte de consommer le père primitif, redouté et envié, pour s'approprier une partie de sa force ? Et cela même si l'acte originaire, proprement introuvable, était réduit au fantasme de désir et l'horreur de l'inceste ramenée à un désir refoulé qui se voit conservé sous la forme d'un interdit intériorisé. Et cela même si l'animal totem, puis le dieu ne sont que des substituts du père qu'il faut épargner, pour lesquels il faut sacrifier, voire se sacrifier. Dans cette histoire naturelle des religions, Freud ne fait exception pour aucune d'entre elles. Comme il le souligne, en pensant à ceux à qui il s'adresse, dans son avant-propos à l'édition en hébreu qui, prête en 1930, ne paraîtra qu'en 1939 :

Aucun des lecteurs de ce livre ne saurait si aisément se mettre dans la peau et épouser les sentiments de l'auteur qui cumule de ne pas comprendre la langue sacrée, d'être devenu totalement étranger à la religion de ses pères — comme à toute autre — et de ne pas pouvoir partager des idéaux nationalistes, sans avoir pourtant dénié l'appartenance à son peuple [...] Pour un tel auteur, c'est donc une expérience vécue d'un genre tout à fait particulier que de voir son livre traduit en hébreu et mis entre les mains de lecteurs pour lesquels cet idiome historique a la signification d'une « langue » vivante : un livre, en outre, qui traite de l'origine de la religion et de la moralité mais n'adopte pas un point de vue juif et ne fait aucune restriction en faveur du judaïsme[13].

En s'appuyant sur de nombreux travaux d'anthropologie et sur la pensée évolutionniste de Darwin, Freud faisait plus que d'établir les fondements d'une anthropologie psychanalytique. Il amorçait une analyse du pouvoir, de la tyrannie, de la souveraineté, de la cruauté sociale, politique et religieuse, qu'il poursuivra jusqu'à sa mort, tout en élargissant le champ des concepts purement psychanalytiques qui sont propres à soutenir cette analyse.

À quelques reprises, Freud fut pressenti pour le prix Nobel. En 1914, ce fut un médecin viennois, Robert Barany, qui obtint le prix de médecine pour ses travaux sur les spasmes des muscles de l'œil (le nystagmus vestibulaire) provoqués par l'injection d'eau froide ou chaude dans le conduit auditif. Freud le connaissait bien. Il avait refusé de le prendre comme élève plusieurs années auparavant car il le trouvait vraiment trop fou. Néanmoins, en 1915, c'est Barany qui propose le nom de Freud comme prochain prix Nobel. Quand Freud apprend que Barany a obtenu une chaire à l'Université d'Uppsala, il pense que ses chances d'avoir le Nobel ont dû augmenter de cinq à six pour cent. Il traite la chose avec un certain mépris en laissant entendre que seule la somme d'argent accompagnant le prix pourrait l'intéresser mais qu'il serait ridicule d'attendre un signe de reconnaissance alors qu'il se trouve rejeté par les sept huitièmes du monde. L'avenir devait lui donner raison. D'autres initiatives en sa faveur seront vouées à l'échec. Un jour où Marie Bonaparte le comparait à Pasteur et à Kant, Freud lui répondit que c'était très flatteur mais qu'il ne partageait pas cet avis. Non pas par modestie. Il avait une haute opinion de ses découvertes mais pas de lui-même. Les grands découvreurs, disait-il, ne sont pas nécessairement de grands hommes. Christophe Colomb n'a-t-il pas changé la face du monde ? C'était un aventurier. Il avait certes du caractère mais ce n'était pas un grand homme. En une autre occasion où la princesse parlait de lui comme d'un génie, il rétorqua : « Les génies sont des gens insupportables. Ma famille vous dira combien je suis facile à vivre. Je ne suis donc pas un génie. »

Après qu'on eut cru que la guerre serait facilement gagnée par l'Allemagne, on s'aperçut vite que les perspectives de paix ne faisaient que s'éloigner davantage de jour en jour. En 1917, on n'espérait plus qu'une décision du président Wilson qui ferait entrer en scène les Américains. L'année précédente, l'Autriche-Hongrie avait perdu son empereur, François-Joseph, et l'empire lui-même était déjà exsangue. Les répercussions se faisaient douloureusement sentir dans la vie quotidienne. La nourriture manquait de plus en plus et la pratique de Freud se réduisait progressivement à néant. Sa famille ne put survivre que grâce à des aides généreuses, dont celle d'Eli Bernays, le frère de Martha, que Freud avait aidé à s'installer en Amérique. La reprise de la clientèle ne se fit qu'à l'occasion de la venue de patients d'Angleterre ou des États-Unis. Même si les conditions de vie étaient devenues pénibles, comme il n'avait aucune sympathie pour cette guerre et ses propagandes mensongères, le destin de l'Autriche et de l'Allemagne n'arrachait aucune larme à Freud. Il ne connaissait que trop les turpitudes qu'abritent les empires et ne pouvait que souhaiter la limitation des souverainetés. Il n'attendait rien de bon non plus des initiatives de Woodrow Wilson dont il prévoyait déjà qu'il ne serait pas en mesure de remplir les promesses qu'il faisait à l'Europe. Son aversion pour les hommes politiques, à peu d'exceptions près, comme Cromwell, ne lui laissait que la ressource de l'humour. Le 11 novembre 1917, il écrivait à Abraham :

Il serait bon que votre article sur les *Leçons d'introduction à la psychanalyse* [leçons que Freud a prononcées à l'Université au cours des deux dernières années] voie le jour avant que ce monde ne touche à sa fin.

Et quelques jours plus tard, à Ferenczi, dans la perspective cette fois de sa propre fin prochaine :

J'ai travaillé très dur, je me sens usé et je commence à trouver le monde franchement repoussant. La superstition que ma vie pourrait s'achever en février 1918 me paraît souvent une idée plaisante. Je dois parfois lutter ferme pour retrouver un ascendant sur moi-même[14].

Nul doute qu'il y parvint puisque ces années de guerre furent aussi consacrées au grand projet d'une métapsychologie : une tentative de décrire les processus psychiques inconscients sous l'angle de leurs rapports dynamique, topique et économique. Cinq des douze essais prévus seront connus dès 1918 : *Pulsions et destins des pulsions, Le Refoulement, L'Inconscient, Complément métapsychologique à la doctrine du rêve, Deuil et mélancolie.* Les manuscrits des sept autres essais ne furent pas retrouvés, sauf l'un d'eux récemment découvert en 1983 : *Vue d'ensemble des névroses de transfert*[15]. On suppose que certains furent détruits de la main de Freud mais que leur contenu fut repris, pour l'essentiel, dans les années d'après-guerre dans la refonte concernant la théorie des pulsions et dans l'adjonction d'une nouvelle topique (Moi, Ça, Surmoi) à la première (Inconscient, Préconscient, Conscient).

Un Congrès international, le cinquième, eut tout de même lieu à Budapest fin septembre 1918. La femme de Freud et son fils Ernst y participaient comme invités. Y assistaient aussi des représentants officiels des gouvernements d'Autriche, d'Allemagne et de Hongrie, pour la bonne raison, ou peut-être la mauvaise, qu'on s'intéressait désormais, dans les sphères militaires, aux « névroses de guerre ».

De son côté, la Russie n'avait pas été préparée à une guerre aussi longue. En 1917, la situation intérieure était catastrophique : le lourd endettement, l'inflation de la monnaie, la pénurie des matières premières, la baisse de la production en raison des grèves poussaient la classe ouvrière à adhérer aux partis révolutionnaires. L'insurrection armée, à laquelle engageait Lénine, devait donner la victoire aux bolcheviks en octobre 1917 mais il faudra quelques années avant que n'apparaisse l'image réelle du socialisme. Freud ne fut qu'à moitié convaincu par la révolution d'Octobre car il prévoyait, dans *Psychologie des masses et analyse du moi* en 1921, que

> si un autre lien de masse venait à la place du lien religieux, comme le lien de masse socialiste semble réussir à le faire, il en résultera envers ceux qui sont en dehors, la même intolérance que celle qui a sévi à l'âge des Guerres de religions [16].

Der Tod[1]

Jadis, quand tu vivais, nous tous, guerriers d'Argos,
T'honorions comme un dieu : en ces lieux, aujourd'hui,
C'est toi qui sur les morts exerces ta puissance ;
Pour toi, même la mort, Achille, est sans tristesse !
Je dis ; mais aussitôt il me dit en réponse :
Oh ! ne me farde pas la mort, mon noble Ulysse !
J'aimerais mieux, valet de bœufs, vivre en service
Chez un pauvre fermier, qui n'aurait pas grand'chère,
Que régner sur ces morts, sur tout ce peuple éteint[2] *!*

Freud rappelle la réplique de l'âme d'Achille à Ulysse dans *L'Odyssée* au cours de la conférence qu'il fit en 1915 à la B'nai B'rith à Vienne. Le titre de cette conférence était *Wir und der Tod*. Le texte ne fut retrouvé que récemment et publié successivement dans *Die Zeit* en 1990 et dans *Psyche* en 1991. Il a été traduit d'abord par Jacques Le Rider sous le titre *La Mort et nous*[3] puis repris sous celui de *Notre rapport à la mort* pour l'édition française des *Œuvres complètes*[4]. Freud y montre déjà comment la guerre éclipse notre rapport habituel et conventionnel à la mort. À nous entendre, nous serions prêts à soutenir que la mort est l'issue nécessaire de la vie, que, selon le mot du prince dans le *Henri IV* de Shakespeare, chacun de nous doit une mort à Dieu, et que la mort est naturelle, indéniable, inévitable. Et pourtant, il est impossible de se représenter sa propre mort. Si nous tentons de le faire, nous y assistons comme spectateur. Si bien que personne ne croit vraiment à sa propre mort et qu'inconsciemment nous sommes convaincus de notre immortalité. De « nécessaire », la mort est devenue une question de hasard. C'est toujours un accident. Elle est toujours « prématurée ».

Or cette attitude conventionnelle à l'égard de la mort trouve son complément dans notre total effondrement quand la mort a atteint un de nos proches, parent ou époux, frère ou sœur, enfant ou ami cher. Nous enterrons avec lui nos espoirs, nos prétentions, nos jouissances, nous ne nous laissons pas consoler, et nous nous refusons à remplacer celui que nous avons perdu. Nous nous comportons alors comme une sorte d'Azra, ces êtres qui meurent en même temps que meurent ceux qu'ils aiment[5].

Dans le poème *Der Azra*, Heinrich Heine s'inspire de Stendhal : « Sahid, fils d'Adba, demanda un jour à un Arabe : “De quel peuple es-tu ? — Je suis du peuple chez lequel on meurt quand on aime, répondit l'Arabe. — Tu es donc de la tribu d'Azra ?" ajouta Sahid. »

Lorsque Freud écrit *Deuil et mélancolie*, en 1915, publié deux ans plus tard, il conçoit que le travail du deuil s'effectue par le déplacement de la libido, qui restait attachée à l'objet perdu, sur un autre objet. Tout se passe comme s'il pensait *a priori* que le transfert d'objet pouvait se faire sans qu'il ne subsiste aucune trace de cette perte. Autrement dit, que la perte de l'objet était réparable. Le deuil aura consisté en un premier temps à garder en soi l'objet perdu et, en un second temps, à le remplacer. Même si l'objet de substitution reste perçu comme tout autre. Or, quelques années plus tard, à la mort de Sophie, sa fille bien-aimée, Freud en parle à Ferenczi comme d'« une perte irréparable ». Ce qui rend cette perte irréparable serait dû à l'offense narcissique qu'elle constitue. Ce n'est donc pas la libido d'objet qui est en cause, l'objet étant en ce cas remplaçable, mais la libido narcissique. C'est alors une partie de soi qui s'en est allée à jamais.

Comme je suis profondément incroyant, je n'ai personne à accuser et je sais qu'il n'existe aucun lieu où l'on puisse porter sa plainte. « L'heure éternellement invariable du devoir » [citation de Schiller, *Les Piccolomini*, I, 4] et « la douce habitude de vivre » [citation de Goethe, *Egmont*, V] feront le reste pour que tout continue. Tout au fond de mon être, je décèle le sentiment d'une offense narcissique irréparable [6].

Dans sa lettre à sa mère, Amalia, Freud évoque le difficile devoir de survivre. Surtout à un enfant. Il est décidé à ne pas se laisser réconforter. Inconsolable, il l'est aussi de ne pouvoir se rendre à Hambourg auprès de Max, son gendre esseulé avec ses deux fils, l'un de six ans, l'autre de treize mois. Nous sommes encore au lendemain de la guerre. La famine règne. Les trains se font rares. Il n'y a même plus de trains pour enfants (l'Aide internationale assurait le transport des enfants à l'étranger). Le lendemain seulement, un convoi de l'Entente (du nom des vainqueurs de la guerre) pourra emmener Mathilde et son mari. Martha est trop bouleversée, on ne peut lui laisser faire ce voyage. Deux de leurs fils, Oliver et Ernst, ont déjà quitté Berlin pour se rendre auprès de Max. Leur chère Sophie, emportée en pleine santé, menait une vie active à Hambourg. Elle était « une excellente mère, une épouse aimante, enlevée en quatre ou cinq jours, comme si [l'heure venue de l'invariable devoir affranchi de la dette d'une mort à Dieu] elle n'avait jamais existé ». Au cours de l'année qui précède la tragique mort de Sophie, dont Max Halberstadt, son mari, ne se remit jamais, Freud était occupé à son important travail *Au-delà du principe de plaisir* qui introduisait, en regard de la première dualité des pulsions — les pulsions sexuelles et les pulsions du Moi (de conservation) — une seconde dualité, les pulsions de vie et les pulsions de mort. L'introduction du concept de pulsion de mort obéit d'abord à la nécessité de rendre compte des limitations qui sont imposées à la domination du principe de plaisir dans la vie psychique. La première limite vient du principe de réalité sous l'influence des pulsions d'autoconservation du Moi. Il s'agit même d'une autolimitation du plaisir car le plaisir sans limite conduirait de lui-même à l'autodestruction. Le refoulement des pulsions constitue à lui seul une deuxième limitation. Ces premières limites correspondent à des dangers venus de l'intérieur. Mais les réactions psychiques à certaines formes de danger extérieur, comme la disparition de la personne aimée, les catastrophes naturelles ou les faits de guerre, incitent à penser qu'elles se situent au-delà du principe qui régit le plaisir-déplaisir et correspondent à des traumatismes auxquels l'organisation psychique n'était pas en mesure de répondre sur le coup par ses moyens de protection habituels. Elle reproduit donc le traumatisme pour tenter d'y répondre après coup.

Dans cet ordre de phénomènes, Freud avait observé, on s'en souvient, le jeu auquel son petit-fils Ernst, le fils aîné de Sophie, se livrait lorsqu'il arrivait à sa mère de s'absenter. Il avait attaché une ficelle à une bobine qu'il lançait au loin, en émettant un phonème, *fort*, qui signifiait *partie*, puis la faisait revenir à lui avec un joyeux *da* qui voulait dire *revoilà*. Ernst maîtrisait ainsi le danger que représentait pour lui le départ ou la disparition de sa mère en la faisant lui-même partir et revenir au moyen de ce jeu. Sur cet objet, substitutif de sa mère, Ernst exprimait aussi ses sentiments hostiles ou vengeurs en le jetant au loin de manière répétitive.

D'une manière comparable, on avait observé dans les névroses de guerre ou névroses traumatiques que la scène traumatisante avait tendance à se reproduire dans les rêves et les cauchemars. Ces rêves échappent à la loi de l'accomplissement, même sous leur forme déguisée, de souhaits refoulés. Ils outrepassent le principe de plaisir. Mais cette compulsion à répéter acquiert une valeur générale quand on considère qu'elle s'actualise, au cours d'une analyse, dans les phénomènes de transfert qui font revivre dans le rapport à l'analyste ce qui était refoulé dans le rapport à l'autre et échappait ainsi à la remémoration. La répétition dans le transfert fournit la clé du souvenir qui ouvre la voie au dégagement de son emprise inconsciente. Dans la situation analytique où se déroule l'analyse selon la libre association, le principe de *liaison* qui est sous-jacent aux pulsions de vie (pulsions d'autoconservation, libido narcissique) tend à relier les représentations entre elles et à limiter le libre écoulement des excitations en maintenant des formes relativement stables. À l'opposé, le principe de *déliaison*, que soutiennent silencieusement les pulsions de mort, tend à libérer l'énergie de ses fixations pour en faciliter la libre circulation et diversifier les investissements. En ce sens, la pulsion de mort se met paradoxalement au service de la vie. Les pulsions de vie ne cessent quant à elles de s'employer à recréer de nouvelles unités, puisqu'elles cherchent sans fin, selon le modèle du mythe d'Aristophane dans *Le Banquet* de Platon, à rétablir l'unité perdue d'un être originairement androgyne, antérieur à la séparation des sexes. Toutefois, lorsqu'elle est dérivée vers l'extérieur, dirigée vers les objets du monde extérieur, la pulsion de mort devient destructrice. C'est le sens qu'on retient généralement de cette pulsion. C'est un sens, il est vrai, que Freud ne cessera de développer jusqu'à sa mort, en y adjoignant le sens, l'origine, le destin d'une autre pulsion, non sexuelle, pouvant mettre à son service toutes les autres : *la pulsion de pouvoir*, de domination, de cruauté.

On a parfois cherché à établir une corrélation entre l'introduction de la pulsion de mort dans l'œuvre de Freud et la perte douloureuse de sa fille Sophie. Fritz Wittels, qui avait adhéré à la Société du mercredi en 1906, fut le premier à émettre cette hypothèse dans un livre qu'il publia en 1924 — la première biographie de Freud — sous le titre *Freud. L'homme, la doctrine, l'école*[7]. Il en adressa un exemplaire à Freud, avant même sa parution, et Freud lui répondit, visiblement agacé par cet ouvrage qu'il qualifia de « pamphlet biographique », en lui faisant part de son irritation et en lui adressant un certain nombre de rectifications « pour le cas où il y aurait une seconde édition ». Parmi ces corrections, on trouve la réfutation du rapport de causalité entre la mort de Sophie et l'introduction de la pulsion de mort dans *Au-delà du principe de plaisir* :

> Le *Au-delà* fut écrit en 1919, alors que ma fille était d'une santé florissante. Elle mourut en janvier 1920. C'est en septembre 1919 que j'ai confié le manuscrit du petit livre à plusieurs amis de Berlin à fin de lecture. Il n'y manquait que la partie sur la mortalité ou l'immortalité des protozoaires. Le vraisemblable n'est pas toujours le vrai[8].

On pourra toujours arguer d'une relative concomitance entre la date de la mort de Sophie et celle de la révision du manuscrit dont Freud lui-même fait mention. Et on pourrait ajouter, si l'on tient à établir un lien étroit entre la pensée théorique et les événements de la vie réelle, que Freud avait été affecté quelques jours plus tôt, le 20 janvier 1920, par la mort d'Anton von Freund, décédé à l'âge de quarante ans en plein projet de fondation d'un centre de formation scientifique à Budapest et d'une maison d'édition psychanalytique internationale. Ce serait privilégier le lien que peut avoir une pensée à l'humeur suscitée par un événement. Ce qui est sans doute le cas pour un écrit polémique. C'est pourquoi Freud qualifie l'essai biographique de Wittels de « pamphlet », renvoyant à l'humeur de son auteur qui épouse la mauvaise foi d'Adler. Il paraît plus rigoureux d'insérer la pensée de la pulsion de mort dans un long cheminement de l'œuvre, où la pensée de la mort est toujours présente. Outre la présence insistante des vœux de mort dans *L'Interprétation des rêves*, comme dans *Totem et tabou*, la pensée de la mort, et la hantise de la mort sont fréquemment évoquées dans la correspondance de Freud. Que la guerre ait aussi aiguisé le désir d'explorer les attitudes plus anciennes de l'homme face à la mort ne fait aucun doute :

Lorsque le sauvage affrontement de cette guerre aura trouvé son dénouement, chacun des combattants victorieux retournera joyeux dans son foyer, auprès de sa femme et de ses enfants, sans être arrêté ni perturbé par la pensée des ennemis qu'il a tués dans le corps à corps ou par une arme à longue portée. Il est remarquable que « les peuples primitifs » qui vivent encore sur terre, et sont certainement plus proches que nous de l'homme originaire, ont sur ce point un comportement autre, ou l'ont eu tant qu'ils n'ont pas subi l'influence de notre culture. Le « sauvage » n'est nullement un meurtrier ignorant le repentir ; lorsqu'il revient vainqueur du sentier de la guerre, il n'a pas le droit de pénétrer dans son village ni de toucher sa femme avant d'avoir expié ses meurtres guerriers par des pénitences souvent longues et pénibles [9].

Au-delà de ces différences dans l'évolution de la civilisation et des régressions observées en temps de guerre, où l'homme devient ou redevient le plus cruel des animaux, Freud recherche ce qui s'est maintenu inchangé à travers les âges : c'est l'impossibilité pour notre inconscient de se représenter notre mort propre. Si nous pouvons reconnaître l'existence de la mort pour ceux qui nous sont étrangers ou pour ceux que nous haïssons, voire nous la représenter aisément sans pour autant exécuter la mise à mort réelle, il en va tout autrement pour la mort des personnes aimées. Dans ce cas nous sommes divisés, ambivalents. Comme pouvait l'être notre ancêtre. Car, dans l'être aimé, c'est la mort en moi que je peux reconnaître, sans que ce soit ma propre mort. Avec la personne aimée décédée, nous pouvons imaginer la migration des âmes, des retrouvailles, ou une autre vie au-delà, l'immortalité. De là naissent aussi le sentiment de culpabilité et la conscience morale. Il est difficile de ne pas chercher dans le monde de la fiction un substitut aux pertes inhérentes à la vie ou un au-delà qui mette à l'abri de toute atteinte définitive.

Quand « l'homme sans dieu » qu'est Freud rencontre le pasteur suisse Oskar Pfister qui, dès 1908, a été convaincu de l'intérêt des découvertes freudiennes pour sa pratique de « pasteur d'âmes » (*Seelsorger*), la question de la foi, de l'éthique ou de la morale est au cœur de leurs fréquents échanges. Ils entretiendront une correspondance régulière et le théologien sera souvent convié à la table familiale des Freud, pour le bonheur des enfants auxquels il s'intéressait réellement, contrairement à beaucoup d'autres collègues invités qui privilégiaient la discussion avec le père. Face à l'étonnement de Pfister que l'analyste puisse se dispenser des préceptes religieux, Freud fait remarquer que, s'il faut parler d'une éthique, il professe pour sa part un idéal élevé dont s'écartent en général, de la manière la plus affligeante, ceux qui se réclament d'autres idéaux[10]. Si l'analyste remue avant tout la vie pulsionnelle, c'est qu'il lui faut d'abord déconstruire les agencements de compromis, dont on aura éprouvé qu'ils ne sont pas sans inconvénients majeurs, avant que ne se reconstruise une nouvelle économie psychique. À la question de Freud : « Pourquoi la psychanalyse n'a-t-elle pas été créée par l'un de tous ces hommes pieux, pourquoi a-t-on attendu que ce fût un Juif tout à fait athée ? », Pfister répond de manière imperturbable : d'abord, la piété ne fait pas le génie, ensuite, Freud n'est pas juif et pas même athée (car quiconque vit pour la vérité et lutte pour la libération de l'amour est dans le sein de Dieu), et enfin il n'y eut jamais de meilleur chrétien que lui [11].

Si la mort de Sophie peut difficilement, à elle seule, expliquer l'introduction de la pulsion de mort dans la pensée freudienne, comme a pu le soutenir Wittels, en revanche, « le pamphlet biographique » de ce dernier semblerait appliquer à la Société du mercredi les théories de Gustave Le Bon, *La Psychologie des foules* (1895) ou celles de William McDougall, *The Group Mind* (1920), qui furent le point de départ de l'étude de Freud pour *Psychologie des masses et analyse du moi*. Dans le livre de Wittels, Freud est dépeint sous les traits d'un empereur entouré de ses courtisans, dont Wittels faisait d'ailleurs lui-même partie, ou d'un chef tyrannique dont les partisans devaient suivre scrupuleusement l'enseignement sans s'en écarter. Ce qu'on ne peut exclure, c'est que Freud se soit inspiré de ses observations sur la Société du mercredi et sur l'Association psychanalytique internationale créée dix ans plus tôt, en plus de la somme des lectures dont il fait état, pour penser rien de moins que *le politique* ou, ce qu'il précise dans une lettre à Romain Rolland, pour explorer « le chemin qui mène de l'analyse de l'individu à la compréhension de la société [12] ».

Aux couples d'opposition binaires déjà déconstruits qui tiennent à des présupposés d'ordre biologique ou métaphysique, tels que le plaisir et le déplaisir, l'amitié et l'inimitié, l'amour et la haine, le masculin et le féminin, l'activité et la passivité, le familier et l'étranger, la vie et la mort, *Psycho-*

logie des masses ajoutait l'opposition psychologie individuelle et psychologie sociale en faisant valoir qu'il y a toujours de l'*autre* (modèle, objet, adversaire) dans la vie psychique du *sujet*, en raison des identifications qui sont pour le sujet ses premiers modes de rapport à l'autre. En prenant comme exemples de masses organisées avec meneur l'Église et l'armée — mais une idéologie ou une cause peuvent se substituer au meneur —, Freud met en évidence la nature des liens libidinaux qui unissent les membres entre eux et chacun des membres à celui (guide, commandant, chef) qui se voit mis à la place de l'Idéal du Moi ou du Surmoi comme objet d'admiration ou de crainte. Le Guide est censé aimer chacun d'un amour égal et chacun cède une part de son narcissisme pour tisser le lien de fraternité qui l'unit aux autres membres. Au lieu de l'Église et de l'armée, on peut aussi bien mettre un parti politique et son dirigeant. Freud y fait allusion en parlant du « lien de masse socialiste » qui, dans la Russie de 1920, tend à occuper la place auparavant tenue par l'Église. Si le Chef s'avère défaillant, s'il disparaît, alors la panique politique s'empare des membres. Ils se voient abandonnés et nourrissent à l'égard du Chef les sentiments de haine jusqu'alors refoulés.

Conscient que son analyse politique des masses et des groupes, si incomplète qu'elle soit encore, doive s'appliquer au mouvement psychanalytique, révolutionnaire pour la pensée — où il exerce toujours une autorité morale, même quand les fonctions exercées au sein du Comité de l'Association psychanalytique internationale sont dévolues à d'autres que lui —, Freud saisit l'occasion du prochain Congrès, qui se tiendra à La Haye, pour jouer un rôle plus effacé. Alors qu'Abraham insiste pour qu'il occupe à ce Congrès la place prépondérante du maître, voire qu'il expose son travail en cours sur la psychologie des masses, Freud s'oppose à celui en qui il a reconnu à maintes reprises la force du jugement le plus éclairé :

> Si c'est possible, je ne ferai pas non plus [Abraham invitait Freud à venir parler à Berlin par la même occasion] d'exposé au Congrès. Je crois que j'ai assez parlé [...] Il n'y aura d'ailleurs pas de mal à cela, pourvu que vous vous fassiez tous peu à peu à l'idée que je n'y sois plus. Pourquoi y a-t-il donc un Comité, si ce n'est pour qu'on puisse se passer de plus en plus de ma présence [13] ?

À quoi Abraham réplique que, dans ce cas, la manifestation n'a aucune chance de succès car la personne de Freud est le point de mire de l'attention, qu'elle se traduise par l'approbation ou le rejet. Freud doit alors, à soixante-quatre ans, user d'autorité contre sa propre autorité :

> Je ne parlerai à Berlin ni *avant* ni *après* le Congrès. Vous dites que votre manifestation n'a aucune chance de succès si je n'y suis pas. Mais c'est justement là l'attitude contre laquelle je veux lutter. Essayez seulement, et vous verrez que cela ira. Demain, ou après-demain, il vous faudra en passer par là. Alors autant commencer aujourd'hui [14].

C'est en songeant à la nécessité d'une limitation du pouvoir, de la domination, que Freud avait déjà avancé, dans *Au-delà du principe de plaisir* l'existence d'une « pulsion de pouvoir » (*bemächtigungstrieb*) qu'il avait assignée plus tôt dans les *Trois essais* à la fonction sexuelle : dans l'« emprise amoureuse » (*liebesbemächtigung*), au cours de la phase orale de l'organisation libidinale, cette pulsion pouvait conduire à la dévoration de l'objet, à son anéantissement et, dans la phase génitale, contribuer à la domination violente de l'objet sexuel. Mais désormais, la pulsion de pouvoir, de puissance, voire de souveraineté, non sexuelle en soi, est conçue comme pouvant s'arroger une suprématie sur tout le champ pulsionnel, en mettant à son service aussi bien les pulsions de destruction que les pulsions sexuelles. Comme en témoignent les cruautés de la guerre. Seule la pulsion de mort peut, de l'intérieur, ruiner l'exercice de la pulsion de pouvoir, en assurer l'échec. Ce qui explique que le pouvoir absolu entraîne avec lui sa propre ruine. Dans le cadre de son exercice, la psychanalyse doit rendre possible une certaine maîtrise des forces pulsionnelles, selon la formule des *Nouvelles conférences* : *Wo es war, sol Ich werden* (Là où régnait le *Ça*, *Je* doit advenir). C'est la condition pour que le sujet puisse acquérir une certaine autonomie, mais cette condition en implique une autre : qu'il puisse se dessaisir du pouvoir déjà acquis illusoirement. Car le Moi en place, « au pouvoir en quelque sorte » et pour une large part inconscient, reste soumis à trois sortes de servitudes en subissant les menaces des dangers venant du monde extérieur, de la libido du Ça et de la sévérité du Surmoi. Il est, comme l'homme d'État, en position de se forger constamment des alibis :

> Le Moi ne succombe que trop souvent à la tentation de devenir flagorneur, opportuniste et menteur, un peu comme un homme d'État qui, bien qu'ayant une bonne intelligence de la situation, veut néanmoins s'affirmer dans la faveur de l'opinion publique [15].

En 1923, deux événements devaient au cours du même mois, en février, assombrir la vie de Freud jusqu'à sa mort. Ce fut d'abord la découverte d'une tumeur à la mâchoire et au palais du côté droit pour laquelle fut porté le diagnostic de leucoplasie, sans savoir encore si elle était bénigne ou maligne. Pour Freud, il n'y avait guère de doute que la lésion était cancéreuse et il avança lui-même le diagnostic d'épithélioma. On s'employa à l'en dissuader. Neuf ans plus tôt, à l'âge de cinquante-huit ans, à l'occasion d'une endoscopie, Freud soupçonna pour la première fois un cancer et prononça le mot, alors que le médecin le rassurait sur les résultats de l'examen de la manière la plus chaleureuse. Trop chaleureuse pour être vraie, pensa Freud. Cette fois, à soixante-huit ans, Freud en avait la conviction. Mais Felix Deutsch, spécialiste de médecine interne faisant partie du cercle de ses amis, lui dit qu'il s'agissait d'une simple leucoplasie qu'il était préférable d'exciser. C'est Marcus Hajek, un oto-rhino-laryngologiste, beau-frère d'Arthur Schnitzler, qui procéda à l'intervention chirurgicale. Commentant l'opération, Freud écrit à Karl Abraham :

L'intervention énergique à laquelle a procédé mon médecin, avant de prendre congé de moi il y a trois semaines, a radicalement modifié, dans le bon sens, le caractère de mes misères. Toutes les paresthésies qui s'imposaient tyranniquement à mon attention ont disparu en libérant l'être humain qui peut, s'il en a envie, se plaindre d'une certaine difficulté d'élocution et d'un interminable catarrhe nasal. Telle qu'elle est, la vie est somme toute supportable [...] [16].

Au cours du mois de septembre qui suivit, le Pr Pichler, qui sera son chirurgien pour les nombreuses interventions à venir, découvrit, en compagnie du Dr Hajek, que la tumeur était maligne et qu'elle envahissait les tissus voisins. Quand, objectivement, il fut doublement convaincu du mal dont il était atteint, Freud fit part à Deutsch de son souhait qu'il l'aide à quitter le monde de manière décente s'il était condamné à mourir dans d'atroces souffrances. Il lui confia aussi qu'il craignait que sa mère ne supporte difficilement la nouvelle de sa mort. Pourquoi alors Deutsch ne dit-il pas à Freud la vérité sur son état ? Cette question tourmenta Freud et le détermina à changer de médecin. Max Schur, qui était le médecin de Marie Bonaparte et qui suivit Freud jusqu'à la fin, adopta une attitude conforme aux vœux qu'il avait exprimés à Deutsch [17].

L'autre événement qui devait avoir un profond retentissement dans la vie de Freud fut la mort de son petit-fils Heinerle, le second enfant de Sophie. Après la mort de Sophie, Mathilde l'avait recueilli à Vienne pour s'en occuper. Freud l'aimait beaucoup. Il disait qu'il était l'enfant le plus intelligent qu'il ait jamais rencontré. Heinerle mourut de tuberculose à l'âge de quatre ans et demi. C'est la seule occasion qu'on connaisse où Freud ait fondu en larmes. Il confiera à Marie Bonaparte que la mort de Heinerle lui avait été encore plus pénible que son propre cancer et que, depuis, il n'avait été capable d'aucun nouvel attachement.

Felix Deutsch croyait que Freud ne pourrait pas voir la mort en face ou qu'il ne pourrait vivre sans illusions. C'était mal le connaître.

Nous voulons dès cette terre
Édifier l'empire des cieux.
Il pousse ici-bas assez de pain
Pour tous les petits de l'homme,
Et de petits pois sucrés,
Oui, des petits pois sucrés pour tout un chacun,
Dès que les cosses éclateront.
Le ciel, nous le laissons
Aux anges et aux moineaux[1].

Ce recours de Freud à Heine, comme à l'un de ses « compagnons d'incroyance » — pour Heine, le compagnon d'incroyance est Spinoza —, prend place dans un long dialogue, à vrai dire une controverse, avec celui qu'il appelle affectueusement son « cher homme de Dieu ». Le pasteur Oskar Pfister fut le premier à appliquer à la pédagogie l'enseignement de Freud. Leur correspondance témoigne qu'il suivait attentivement toutes les avancées de la pensée psychanalytique. *L'Avenir d'une illusion*[2], celle de la croyance religieuse, écrit au moment où Freud se sait atteint d'une maladie incurable, montre bien que, face à la mort, il ne cède en rien aux consolations que pourrait lui apporter la foi ou la croyance en autre chose qu'une fin naturelle. Il reste fidèle à sa conception scientifique du monde ou à « notre dieu *Logos* », selon le nom qu'il utilise pour invoquer la raison, une raison dont il ne surestime pas le pouvoir mais une raison qui n'attend pas d'ailleurs ce qu'elle ne peut encore donner. Freud est loin de croire, comme on a pu le penser depuis le siècle des Lumières, que la religion s'achemine vers sa fin.

Vous savez que le combat de l'esprit scientifique contre la vision religieuse du monde n'a pas pris fin, il se déroule encore sous nos yeux, dans le présent [...] et nous n'allons tout de même pas nous refuser de chercher à y voir clair dans cette dispute[3].

L'adversaire, en l'occurrence, serait plutôt kantien et inclinerait à penser *La Religion dans les limites de la simple raison*, à penser une « foi réfléchissante » qui ne dépendrait d'aucune révélation historique. Mais voyons d'abord ce qu'il faut entendre par « illusion », car une illusion n'est pas la même chose qu'une erreur :

L'opinion d'Aristote selon laquelle la vermine se développerait à partir de déchets — opinion à laquelle le peuple dans son ignorance reste aujourd'hui attaché — était une erreur, tout comme celle d'une génération antérieure de médecins qui voulait que le *tabes dorsalis* [affection neurologique de la moelle épinière] soit la conséquence d'une débauche sexuelle. Il serait abusif d'appeler ces erreurs des illusions. En revanche, ce fut une illusion de Christophe Colomb d'avoir cru découvrir une nouvelle voie maritime vers les Indes. La part que prend alors son souhait est très nette. On peut qualifier d'illusion l'affirmation de certains nationalistes selon laquelle les Indo-Germains [équivalent des Indo-Européens dans la terminologie allemande] seraient la seule race humaine capable de culture, ou bien la croyance selon laquelle l'enfant serait un être sans sexualité — croyance qui n'a été finalement détruite que par la psychanalyse [...]. L'illusion n'est pas nécessairement fausse, irréalisable ou en contradiction avec la réalité. Une jeune fille de la bourgeoisie peut, par exemple, se créer l'illusion qu'un prince viendra la chercher. C'est possible, quelques cas de ce genre se sont produits. Qu'un jour le Messie vienne et fonde un âge d'or, c'est bien moins vraisemblable ; selon sa position personnelle, celui qui jugera de cette croyance la classera comme illusion ou comme l'analogue d'une idée délirante[4].

Alors que Freud avait autrefois, dans son article de 1907, « Actes obsédants et exercices religieux », assimilé la religion à une culture fétichiste généralisée dans le déni des réalités humaines, le propos qu'il développe dans *L'Avenir d'une illusion* déborde largement toute catégorie psychiatrique pour inscrire le phénomène religieux dans l'ensemble des savoirs et des techniques, mais aussi des croyances et des illusions, que s'est donné l'homme pour tenter de maîtriser les forces de la nature. Tout en insistant, comme il le fera encore davantage dans *Le Malaise dans la culture* trois ans plus tard, sur les lourdes privations qu'entraînent les mesures prises par la civilisation dans le but de se protéger des incessantes menaces naturelles, il se demande, comme quelque sagesse y incline tout homme de son âge, quel destin attend notre culture à plus ou moins long terme et par quelles transformations elle est appelée à passer. Sans négliger les acquis considérables de la civilisation et les idéaux impressionnants que comportent ses réalisations, la part la plus significative de l'inventaire psychique d'une culture lui paraît tenir à ses représentations religieuses au sens le plus large. Nul ne songerait à le lui contester aujourd'hui face aux discours politico-religieux fortement mondialisés et télé-techno-médiatisés et à leurs effets souvent dévastateurs.

Loin de se fier à une opposition radicale entre foi et savoir dont il connaît les alliances et les contradictions au sein de ces alliances, Freud s'astreint à analyser, dans un style simple, clair et limpide qui lui valut d'être plusieurs fois pressenti pour le prix Nobel de littérature, les sources de la croyance religieuse dans ses manifestations les plus diverses. Ce faisant, il développe une conception scientifique et laïque du monde qui comporte une certaine foi dans les promesses de la science, mais ce n'est pas dans la science entendue au sens que lui donnent les positivistes. Sa foi réside dans la raison qui habite la science. Si tâtonnante, si vacillante qu'elle soit encore, cette raison sans illusions, exerçant sa vigilance sur les illusions qui peuvent toujours l'infiltrer, constitue la seule terre ferme qui puisse être opposée aux explications célestes du monde qui satisfont hâtivement le besoin de protection et de consolation ou le besoin de savoir concernant les origines de la vie et les fins de l'homme.

Si on se demande quelles sont ces représentations

religieuses du monde aujourd'hui, Freud en isole une des phases de développement qui correspondrait à peu près à la « forme prise dans notre culture blanche et chrétienne contemporaine ». Les dernières propositions éclairent d'un coup de phare le conflit mondial actuel :

Tout ce qui se passe en ce moment est l'exécution des desseins d'une intelligence qui nous est supérieure et qui, même si elle est difficile à suivre dans ses tours et détours, finit par diriger toute chose vers le Bien, c'est-à-dire vers ce qui nous réjouit. Sur chacun de nous veille une Providence pleine de bonté, sévère en apparence seulement, qui ne permet pas que nous devenions le jouet des forces naturelles, démesurées et implacables. La mort elle-même n'est pas un anéantissement, un retour à l'inanimé inorganique, mais le début d'un nouveau mode d'existence qui se situe sur la voie d'un développement supérieur. Et, si nous nous tournons vers l'autre aspect de la question, les lois morales que nos cultures ont établies sont celles-là mêmes qui dominent tout l'avenir du monde, à ceci près qu'une instance juridique suprême en assure la garde avec incomparablement plus de puissance et de conséquence. Tout ce qui est bien trouve finalement sa récompense, tout ce qui est mal sa punition, sinon dès cette vie sous sa forme actuelle, du moins dans les existences ultérieures qui commencent après la mort. Ainsi, tous les effrois, souffrances et rigueurs de la vie sont voués à être extirpés ; la vie après la mort, qui prolonge notre vie terrestre, comme la partie invisible du spectre lumineux est accolée à sa partie visible, apportera le plein accomplissement dont peut-être nous avons regretté l'absence ici-bas. Et la sagesse supérieure qui dirige le cours des choses, la suprême bonté qui s'y manifeste, la justice qui s'y impose, telles sont les propriétés des êtres divins qui nous ont créés, nous et le monde dans son ensemble. Ou bien plutôt, celles de l'être divin unique en qui, dans notre culture, se sont condensés tous les dieux des premiers âges. [Et voici le passage qui préfigure *L'Homme Moïse et la religion monothéiste* et *Le Président Wilson*.] Le peuple qui parvint le premier à une telle concentration des propriétés divines ne fut pas peu fier de ce progrès. Il avait dégagé le noyau paternel qui était de tout temps dissimulé derrière chaque figure de dieu ; au fond, c'était un retour aux débuts historiques de l'idée de dieu. Dès lors que Dieu était un être unique, les relations à lui pouvaient recouvrer l'intimité et l'intensité du rapport de l'enfant au père. Cependant, si l'on avait tant fait pour le père, c'est qu'on voulait être récompensé en retour, être pour le moins l'unique enfant à être aimé, le peuple élu. Beaucoup plus tard, la pieuse Amérique éleva la prétention d'être *God's own country* (la propre patrie de Dieu) et, pour l'une des formes sous lesquelles les hommes vénèrent la divinité, cela ne manque pas d'être exact[5].

Puisqu'il est question des États-Unis où sévit à nouveau le combat des créationnistes contre la pensée évolutionniste, on rappellera un procès qui fut intenté dans l'État du Tennessee en 1925. *L'Avenir d'une illusion* y fait allusion. Un professeur de biologie, John Scopes, qui enseignait la théorie darwinienne sur l'origine simienne de l'homme fut accusé de ne pas respecter une disposition juridique en vigueur dans cet État qui stipulait que toute version de la création du monde autre que celle de la Genèse était prohibée dans les écoles publiques. Si cette affaire eut un retentissement qui n'encouragea pas d'autres actions similaires dans l'immédiat, la disposition juridique ne fut pas supprimée pour autant.

Mi-sérieux, mi-ironique, Freud considère que les Américains qui ont engagé le « procès du singe » sont des plus conséquents. À son adversaire, à qui il prête toutes les objections possibles, et aux nombreux reproches qu'on ne manquera pas de lui faire, y compris de troubler l'homme de piété en publiant ces propos, de manquer d'idéalisme et de compréhension pour les plus hauts intérêts de l'humanité, de faire tort à la religion, Freud répond qu'il est le seul à qui cette publication peut porter préjudice et qu'autrefois ses propos lui eussent valu de voir son existence terrestre abrégée et l'occasion sensiblement rapprochée de faire ses propres expériences sur la vie dans l'au-delà. Si cette littérature ne comporte aujourd'hui aucun danger pour l'auteur, on risque, en revanche, par un déplacement du nom de Freud sur celui de la psychanalyse, de voir le discrédit se porter une nouvelle fois sur elle : Voyez où mène la psychanalyse, de la chose sexuelle à la négation de Dieu et des valeurs morales. Il faut brûler Freud et en finir avec la psychanalyse !

Pfister ne pouvait se contenter de se reconnaître dans les propos que Freud prête à son interlocuteur dans son livre. À *L'Avenir d'une illusion*, il répond par *L'Illusion d'un avenir*, un amical débat avec le Pr Freud. Chacun craint un peu la réaction de l'autre. L'un, d'être traité de mécréant, l'autre, d'infidèle. Pfister adresse à Freud sa réplique le 20 février 1928 en lui demandant s'il pense qu'elle se prête à la publication ou s'il a le sentiment que sur un point ou sur un autre il commet une injustice à son égard[6]. Quatre jours plus tard, à sa grande surprise, il reçoit la réponse :

Elle est déjà à la rédaction. Il était absolument nécessaire que mon *Illusion* fût contredite par quelqu'un appartenant à nos milieux et il est bon que cela ait eu lieu d'une manière aussi digne et aussi amicale.

Le débat entre ces deux hommes, à maints égards si éloignés l'un de l'autre mais l'un et l'autre si sincères et si justes, restera exemplaire ; chacun peut se reconnaître en l'autre et reconnaître l'autre en soi tout en considérant que l'autre reste tout autre. C'est sans doute pourquoi « l'éthique », au sens que prend trop souvent ce mot, demeure pour Freud « une espèce d'ordre de marche à l'usage du commerce des hommes entre eux[7] ».

Pfister, qui n'était pas médecin, s'était réjoui l'année précédente que Freud ait fait paraître sa prise de position sur la question de savoir si la psychanalyse pouvait être pratiquée par d'autres que les médecins.

> Je ne sais [lui écrit Freud,] si vous avez saisi le lien secret qui existe entre l'« Analyse par les non-médecins » et l'« Illusion » ? Dans l'un, je veux protéger l'analyste contre le médecin, dans l'autre contre les prêtres. Je voudrais lui assigner un statut qui n'existe pas encore, le statut de pasteurs d'âmes *séculiers* qui n'auraient pas besoin d'être médecins et pas le droit d'être prêtres[8].

Ces échanges avec Pfister sont aussi l'occasion de préciser ce qui, dans la pratique, ressortit à la compétence de chacun et surtout comment la psychanalyse peut être utilisée de manière différente.

> En tant que pasteur d'âmes, vous avez naturellement le droit, vous, d'appeler à votre secours tous les renforts qui se trouvent à votre disposition. En tant qu'analystes, nous sommes obligés d'être plus réservés et de mettre l'accent prin-

cipal sur l'effort à faire pour que le patient acquière son indépendance[9].

Cette dernière phrase implique que pour l'analyste l'effet thérapeutique n'est pas au premier plan. Il survient par surcroît lorsque, dans une nouvelle économie psychique, le symptôme n'a plus sa raison d'être. L'analyste respecte la solution qui, en un premier temps, a été trouvée par le patient dans la création du symptôme car il sait que son rapide abandon lui en ferait trouver un autre.

Malgré l'inconfort et les douleurs que lui cause sa prothèse à la mâchoire, Freud continue de mener une vie à peu près normale. En plus de sa clientèle et du temps important qu'il consacre à l'écriture et à la correspondance, il reçoit des visiteurs. Romain Rolland vient le voir accompagné de Stefan Zweig. Ses difficultés d'élocution se font particulièrement sentir quand il doit parler une langue étrangère. Son humour vient alors à sa rescousse. Lorsqu'il rencontre Yvette Guilbert, il se tourne vers son mari pour lui confier : « Ma prothèse ne parle pas français ! » L'année 1925 fut en partie occupée par l'affaire Theodor Reik. Ce dernier, analyste non médecin, que Freud aimait et soutenait — et qui devait apporter une contribution originale à la psychanalyse —, fut poursuivi à Vienne pour exercice illégal de la médecine. C'est pour sa défense et l'élucidation de ce problème que Freud écrivit *La Question de l'analyse profane*. Question qui garde aujourd'hui encore, peut-être plus que jamais, toute son actualité.

Le droit à la psychanalyse

Il règne dans notre patrie une vraie furor prohibendi *[une fureur d'interdire], un penchant à mettre en tutelle, à intervenir et à interdire qui, comme nous le savons tous, n'a pas précisément porté jusqu'ici de bons fruits [...] Je suppose que dans cette décision à prendre sur le cas de la psychanalyse, qui nous occupe actuellement, vous avez votre mot à dire, un mot qui compte ; je ne sais si vous avez l'envie ou l'influence nécessaires pour vous opposer aux penchants bureaucratiques. Bien que mes pensées sur la question ne fassent pas autorité, je ne vous les épargnerai pas. J'estime qu'un excès d'ordonnances et d'interdictions nuit à l'autorité de la loi. C'est un fait d'observation : là où il n'existe que peu d'interdictions, elles sont soigneusement respectées ; là où à chaque pas on se heurte à des interdictions, on éprouve bel et bien la tentation de passer outre. Il y a plus ; on n'est pas pour autant un anarchiste parce qu'on est prêt à reconnaître que, en fonction de leur provenance, les lois et les ordonnances ne peuvent prétendre avoir un caractère sacré et inviolable, qu'elles sont souvent, dans leur contenu, déficientes et propres à violer notre sentiment de la justice, ou du moins qu'elles le seront après un certain temps, et que, devant la lourderie des personnes qui dirigent la société, on n'a souvent pas d'autre moyen pour corriger des lois aussi inappropriées que de les transgresser allègrement. Par ailleurs, il est à conseiller, si l'on veut maintenir le respect des lois et des ordonnances, de n'en promulguer aucune dont l'observance et la transgression seront difficiles à surveiller*[1].

Quand on sait que l'homme qui tient ce discours ferme et vigoureux, face aux gesticulations légiférantes, mène un combat intérieur non moins intense contre les souffrances physiques qui l'assaillent, on se dit que le mal dont il est atteint n'entame guère ses forces de vie. En 1926, Freud aura consacré à son cancer pas moins de quarante-huit visites à son chirurgien, le Dr Pichler, subi une biopsie, deux cautérisations et de constants essais de prothèses afin d'en trouver une mieux adaptée à l'état de sa mâchoire. Et c'est une année où il n'a pas à affronter d'interventions chirurgicales importantes, comme ce sera le cas dans les années qui suivront. 1926, c'est aussi l'année de son soixante-dixième anniversaire. Il n'a aucune envie de participer aux différentes festivités qui se préparent pour cette occasion. À l'association B'nai B'rith, il adresse un petit discours pour la cérémonie, dans lequel il dit notamment :

Ce qui me rattachait au judaïsme n'était pas la foi — je dois l'avouer — ni même l'orgueil national, car j'ai toujours été incroyant ; j'ai été élevé sans religion mais non sans le respect de ce qu'on appelle les exigences « éthiques » de la civilisation. [Suit cette déclaration concernant deux traits de sa personnalité qui sont mis en rapport avec sa judéité et qui rendent compte de ce dont il a fait montre dans sa vie, en effet : du peu de préjugés et d'une étonnante résistance à l'adversité.] Je compris que c'était seulement à ma nature de Juif que je devais les deux qualités qui m'étaient devenues indispensables dans ma difficile existence. Parce que j'étais juif, je me suis trouvé libéré de bien des préjugés qui limitent chez les autres l'emploi de leur intelligence ; en tant que Juif, j'étais prêt à passer dans l'opposition et à renoncer à m'entendre avec la « majorité compacte » [expression empruntée à Henrik Ibsen dans *L'Ennemi du peuple*] [2].

Freud fait part à Marie Bonaparte du discours du Pr Ludwig Braun à cette occasion, qui a tenu tout l'auditoire sous le charme, y compris sa famille, et lui confie :

Je m'étais excusé ; j'aurais trouvé embarrassant et de mauvais goût de m'y trouver. En général, lorsque quelqu'un m'insulte, je sais me défendre ; mais lorsqu'on me loue, je suis sans défense [3].

Les journaux allemands et autrichiens ont écrit, dans l'ensemble, des choses plutôt élogieuses mais le monde officiel, l'Université, l'Académie, l'Association des médecins ont complètement ignoré l'événement. (C'est l'usage, encore aujourd'hui, en Allemagne et en Autriche, de souligner, pour leurs penseurs et même pour des penseurs étrangers renommés, ce genre d'anniversaire.) La ville de Vienne, cependant, lui remit le titre de citoyen d'honneur. Mais les félicitations qui lui firent le plus plaisir furent celles qu'il reçut d'Einstein, de Brandes, de Romain Rolland, d'Yvette Guilbert et de Marie Bonaparte.

C'est à la suite de son anniversaire, et des réponses faites à tous ceux qui lui ont écrit, que Freud rédige en juin et juillet *La Question de l'analyse profane*, sous la forme d'entretiens avec un homme impartial. On suppose que le modèle de cet « homme impartial » était Arnol Durig, membre du Conseil supérieur de la santé de la ville de Vienne qui avait demandé à Freud, en 1924, un avis d'expert sur la question de l'analyse pratiquée par des non-médecins. Malgré l'avis de Freud, la municipalité avait décidé l'année suivante d'interdire l'exercice de l'analyse à Theodor Reik. Il était accusé d'avoir enfreint une ancienne loi autrichienne réprimant le « charlatanisme ». C'est pourquoi Freud s'engage dans une définition du charlatanisme qui contient une bonne part des arguments à venir :

Permettez-moi de donner au mot « charlatan » le sens auquel il a droit et non pas sa signification légale. Pour la loi, est charlatan celui qui soigne des malades sans pouvoir prouver qu'il possède un diplôme médical d'État. Je préférerais une autre définition : est charlatan celui qui entreprend un traitement sans posséder les connaissances et les capacités requises. M'appuyant sur cette définition, je me risque à affirmer que — pas uniquement dans les pays d'Europe — les médecins fournissent à l'analyse son plus gros contingent de charlatans. Très souvent ils pratiquent le traitement analytique sans l'avoir appris et sans le comprendre[4].

On aurait tort de réduire, comme cela fut longtemps fait, *La Question de l'analyse profane* à un pur écrit de circonstance. La raison qui le suscite déborde largement l'événement qui lui donne un ton polémique. Freud s'en prend à un préjugé, une fois de plus, dont on verra qu'il a la vie dure car il persiste aujourd'hui encore dans ses formes les plus retorses. Et la question, qui ne vient pas, cette fois, que d'une résistance extérieure à la psychanalyse, va diviser immédiatement le milieu analytique comme elle continue de le faire, peut-être plus gravement que jamais. La question venue de l'extérieur — de la médecine et du droit — touche au cœur de l'identité du psychanalyste : identité invérifiable, statut indéfinissable, qualification n'offrant aucune garantie, légitimité ne s'arrachant que sur fond d'illégitimité. Ce n'est, à proprement parler, qu'après coup qu'il pourra être dit qu'il y a eu analyse, que l'« analyste » présumé a été analyste, qu'il était donc qualifié et légitimé à exercer son droit à la psychanalyse. Mais la psychanalyse a-t-elle le droit, comme l'inconscient dans la vie psychique — son objet —, d'occuper une place aussi inqualifiable au regard de la bonne conscience ? Freud n'y va pas par quatre chemins. La question est claire :

> La pratique de la psychanalyse est-elle un objet qui doive être soumis à l'intervention des pouvoirs publics, ou est-il plus approprié de la laisser à son développement naturel [5] ?

Ce qui le fait plaider en faveur d'une politique du *laisser-faire* (en français dans le texte), il l'a exposé longuement, argumenté comme question de principe. Mais alors, dira-t-on, comment nous mettre à l'abri des charlatans ? (Ceux qui posent aujourd'hui cette question ne parlent pas pour eux-mêmes car, eux, ils savent, mais au nom de ceux qu'ils appellent « les usagers » !) Laissons ceux qui cherchent une aide psychique, dira Freud, faire eux-mêmes la découverte qu'il est pour eux dommageable de le faire auprès de personnes qui n'ont pas appris comment on la dispense. Éclairons-les, mettons-les en garde. Qui tient à sa vie s'impose lui-même de faire attention. Quant à ce qui est requis pour ceux qui occupent la place d'analyste, les exigences sont telles qu'on ne saurait manquer de le reconnaître très tôt.

Si Freud semble s'en prendre d'abord aux médecins qui s'autorisent du titre pour pratiquer l'analyse sans avoir les compétences nécessaires, c'est pour plusieurs raisons. Ce sont eux qui ont le plus combattu la psychanalyse et continuent de le faire ; ce sont eux qui, aux États-Unis, sont le plus farouchement opposés à la pratique de l'analyse par les non-médecins ; c'est de la médecine que vient la préoccupation « thérapeutique » toujours mise au premier plan. Or, sur ce dernier point, la position de Freud ne peut être que radicale, car le risque est bien que la thérapeutique en vienne à tuer la science. La guérison, du point de vue médical, c'est la restitution d'un état antérieur considéré comme sain : la *restitutio ad integrum*. Rien de plus opposé à l'expérience de la psychanalyse où ce sont les modifications intervenant sur le passé qui changent le présent, la remémoration venant à la place d'une répétition qui s'ignore comme telle. Si l'analyste est médecin — et l'analyste doit bien, parmi toutes les connaissances requises, posséder un certain savoir médical —, il doit aussi être autre chose que médecin. La psychanalyse ne saurait être pour Freud, comme d'autres dans son camp pouvaient le souhaiter, une spécialité de la médecine. Il revendique pour la psychanalyse le droit à « l'unilatéralité », c'est-à-dire le droit de ne pas être assujettie à un autre savoir constitué, pas plus qu'à la religion, à une idéologie ou à un pouvoir d'État. Cette unilatéralité la concerne en tant que science du psychique inconscient. Ce qui ne veut pas dire qu'elle soit souveraine ; ni dans un splendide isolement, ni en position hégémonique par rapport aux autres savoirs :

> Si, ce qui aujourd'hui encore peut paraître fantastique, on avait à fonder une *École supérieure de psychanalyse*, il faudrait y enseigner bien des choses qu'enseigne également la Faculté de médecine et à côté de la psychologie des profondeurs, qui resterait toujours la part essentielle, une introduction à la biologie, dans des proportions aussi grandes que possible la science de la vie sexuelle, une initiation aux tableaux de maladie de la psychiatrie. Par ailleurs, l'enseignement analytique engloberait aussi des disciplines qui sont éloignées du médecin et qu'il ne rencontre pas dans son activité professionnelle : l'histoire de la civilisation, la mythologie, la psychologie des religions, la littérature[6].

Freud y revient de manière insistante l'année suivante, à la suite des positions divergentes qui se sont manifestées et ont donné lieu à un long débat et à pas moins de vingt-huit contributions au Congrès d'Innsbruck en 1927. Il faut dire que, à l'automne précédent, une loi avait été votée dans l'État de New York déclarant illégale l'analyse pratiquée par des non-médecins. Une postface est ajoutée à *La Question de l'analyse profane* dans laquelle Freud manifeste l'espoir que ses confrères auront compris que la psychanalyse présente une situation tout à fait inédite, pour laquelle toutes les qualifications existantes sont inadéquates ; l'écoute de l'inconscient de l'autre, à travers le propre fonctionnement psychique de quelqu'un qui est en train de constamment se libérer de ses entraves en faveur de cette écoute, ne saurait relever des mêmes critères et des mêmes méthodes que ce qui, en d'autres domaines, reste aisément objectivable. La préparation à l'activité analytique responsable a ses critères propres qui comportent un redoutable paradoxe à soutenir : celui qui a fait une analyse menée à son terme, qui a saisi ce qui lui a été de ce fait transmis de la psychologie de l'inconscient, de la *science* de la vie sexuelle, et qui aura acquis, avec des analystes d'expérience, la technique délicate de l'*art* de l'interprétation, de la reconnaissance des résistances et du maniement du transfert, « celui-là n'est plus un profane dans le domaine de la psychanalyse[7] », mais il demeure aussi un profane dans la mesure où il n'applique pas simplement un savoir, dans la mesure où il accueille d'une oreille toujours neuve et sans préjugés ce qui arrive de l'autre comme inattendu et toujours singulier.

Qui plus est, Freud le répète, à peine autrement :

Le programme d'enseignement pour l'analyste reste à créer, il doit comprendre comme matières, aussi bien les sciences de l'esprit, la psychologie, l'histoire de la civilisation, la sociologie que l'anatomie, la biologie et l'histoire de l'évolution. [...] Il est commode d'objecter à cette proposition qu'il n'existe pas de telles écoles supérieures d'analyse, que c'est là une exigence idéale. Eh oui, un idéal, mais un idéal que l'on peut réaliser et qu'il faut réaliser. Nos instituts d'enseignement sont déjà, en dépit de toute leur juvénile insuffisance, le début d'une telle réalisation[8].

Si la psychanalyse, pour l'enseignement et la recherche, doit faire appel à d'autres pensées, à d'autres savoirs sans exclusive, elle doit aussi se donner son propre corps de références et se fonder sur ses propres modes de transmission, étant donné son objet qui ne connaît rien d'analogue dans la science (les découvertes d'un biologiste ou d'un physicien ne sont pas étroitement liées à ce qu'il découvre en lui-même). Et si la psychanalyse tient à conserver sa spécificité, elle ne saurait faire allégeance à quelque autorité qui voudrait la légitimer, voire en assurer les intérêts. Elle ne saurait donc que rester circonspecte à l'égard de toute tentative de séduction, voire de celle que peuvent exercer ses propres institutions et, *a fortiori*, de celle qui ne manquera pas de venir de l'État car il ne peut s'agir, dans ce cas, Freud le note expressément, que d'une tentative d'appropriation, n'échappant pas à la pulsion d'emprise ou de pouvoir, qui vise à détruire l'objet qu'elle s'approprie ou à le conserver sous la forme la moins subversive, la moins dérangeante, la plus acceptable par les instances étatiques que la psychanalyse est le plus à même de critiquer.

Dans ses préoccupations pour l'avenir de la psychanalyse, Freud n'aura pas manqué, en cette fin des années 1920, de vues largement anticipatrices. Outre l'alerte concernant les pouvoirs publics, il en est une autre qui figurait dans *La Question* mais qui avait été supprimée à la publication en raison des avis donnés par Eitingon et Jones. Ce passage du texte a été retrouvé par Ilse Grubrich-Simitis. Elle le reproduit dans *Freud : retour aux manuscrits*, et les *Œuvres complètes* en français l'ont intégré. Ce passage prévient, entre autres, de ce qui nous revient aujourd'hui d'Amérique :

> Un trait américain [transféré de la vie politique à l'activité scientifique] se manifeste dans le comportement des milieux scientifiques qui, par exemple, réservent le même intérêt à toutes les variantes des doctrines s'intitulant psychanalytiques et s'en glorifient comme d'une preuve de leur *openmindedness* (ouverture d'esprit). L'Européen, sceptique, ne peut réprimer le soupçon que cet intérêt n'atteint pas dans tous les cas une grande profondeur et que derrière cette impartialité se cache l'incapacité à porter un jugement[9].

De même Freud met-il en garde contre l'idéologie de l'efficacité (*efficiency*) qui, mêlée au proverbial *time is money,* concourt à diminuer la sévérité du Surmoi quand il s'agit de ce qui intéresse le profit. La multiplication des thérapies brèves, même illusoires, se retrouve aisément dans cette idéologie.

Mais peut-être mes lecteurs [concluait-il], trouveront que j'ai dit suffisamment de mal du pays devant lequel nous avons, au cours de la dernière décennie, appris à nous incliner [allusion au rôle des États-Unis pendant la Première Guerre mondiale] [10].

Face à une nouvelle vague venue d'Amérique qui voit déferler sur l'Europe la vieille volonté de réprimer les symptômes par tous les moyens possibles de conditionnement, on se demande aujourd'hui ce que deviendront le droit *à* la psychanalyse et le droit *de* la psychanalyse.

Warum Krieg ?*

Que sont devenus nos engagements envers ceux qui sont morts en France ? Ces hommes furent des Croisés. Ils n'allèrent pas au combat pour démontrer la puissance des États-Unis. Ils y allèrent pour démontrer la puissance de la justice et du Bien, et le monde entier les a considérés comme des Croisés, et leur victoire transcendante a amené l'univers à croire en l'Amérique comme il ne croit en aucune autre nation du monde moderne civilisé. Il me semble qu'entre nous et le refus ou l'altération de ce traité se dressent les rangs serrés de ces garçons en kaki, non seulement de ceux qui sont rentrés, mais de ces chers fantômes qui se déploient encore sur les champs de France.

Mes amis, je suis allé, le 30 mai dernier, sur une belle colline, voisine de Paris, au cimetière de Suresnes, où sont enterrés les morts américains. Derrière moi, sur les pentes, se tenaient les rangs serrés

* C'est à la demande de Freud que ce titre *Warum Krieg ?* (Pourquoi la guerre ?) fut retenu pour la publication de l'échange de lettres avec Einstein, sollicité par l'Institut international de coopération intellectuelle de la Société des nations.

des soldats vivants et devant moi, à mon niveau, les rangs serrés des soldats morts.

Tout à côté de la tribune où je me trouvais, il y avait un petit groupe de femmes françaises qui les avaient adoptés, qui s'étaient faites les mères de ces chers fantômes en fleurissant tous les jours leurs tombes, en les considérant comme leurs fils, leurs bien-aimés, parce qu'ils avaient donné leur vie pour la même cause ; la France et le monde étaient libres parce que l'Amérique était venue.

Je voudrais que certains hommes politiques, qui s'opposent maintenant au traité pour lequel ces soldats sont morts, puissent visiter ce lieu. Je voudrais que la pensée qui s'élève de ces tombes pût pénétrer dans leur conscience. Je voudrais qu'ils sentissent l'obligation morale que nous avons de ne pas renier ces garçons, mais d'aller jusqu'à la réussite de ce qu'ils ont entrepris, jusqu'au bout, et d'effectuer la rédemption du monde. Car de cette décision ne dépend rien de moins, oui, rien de moins que la libération et le salut du monde[1].

Ce discours aux accents familiers à l'homme d'aujourd'hui, depuis la date du 11 septembre 2001, devenue un concept de référence pour l'histoire du XXIe siècle, n'est pas du président George W. Bush mais de l'un de ses prédécesseurs, le président Thomas Woodrow Wilson. Ce fut son dernier discours, en septembre 1919. Mis à part une rhétorique plus ampoulée que celle de Bush, les mêmes poncifs s'y retrouvent : la croisade pour le Bien, la nation qui incarne le monde moderne civilisé, sa mission salvatrice dans le monde, etc. Ne serait-ce que de ce point de vue — il y en a d'autres —, de la perspective historique déjà introduite par Freud quand il parlait, dans *L'Avenir d'une illusion*, « de la prétention de la pieuse Amérique d'être la propre patrie de Dieu (*God's own country*) », l'étude menée avec William Bullitt sur le président Wilson mérite l'attention. Elle pourrait bien, au-delà de son difficile déchiffrement, être la mémoire, l'archive, la matrice d'un autre déchiffrement, celui de la mondialisation de la religion — partie cachée du spectre de la mondialisation marchande. Comme programme bio-politique s'inscrivant dans l'horizon de la mort de Dieu, la mondialisation en cours soutient la promesse d'une nouvelle rédemption, d'une restauration de l'indemne et de l'indemnisation, fût-ce au prix des pires cruautés et du meurtre d'âme surajouté. Du même coup, les hégémonies qui y ont pris racine ne peuvent que se sentir sourdement menacées et conduites à adosser leur sécurité et celle des peuples à la croyance en une élection divine, à la croyance en un peuple choisi par Dieu pour représenter la justice idéale, décider où est le Bien et où se trouve le Mal. Serait-il innocent que ce soit de cette terre promise de l'empire américain — telle que Freud la désignait à l'avidité de Jung dès 1909 en le comparant à Josué — que nous viennent et se répandent à travers le monde toutes ces transactions nourries d'alibis et de compromis avec la psychanalyse pour l'assigner « bonne à tout faire » (autre expression de Freud) dans une nomenclature psychiatrique qui n'a pour fonction que de convoquer la pharmacologie à venir réguler notre humeur et faire taire tout désir de rébellion ? Ajournant de jour en jour la dose létale qu'elle se doit d'administrer à l'inconscient, l'industrie pharmaceutique, qui sait faire élire un président, vous promet le bonheur ici-bas au cas où vous ne sauriez l'attendre de l'au-delà.

C'est en 1930, au mois de mai, alors que Freud est à Berlin pour un ajustement de prothèse réalisé par le Pr Schröder — un séjour qui devait s'avérer plus pénible et plus long que prévu —, qu'il rencontre William Bullitt. C'est aussi l'année où le prix Goethe lui sera attribué au cours d'une cérémonie qui aura lieu le 28 août. Son état de santé ne lui permettra pas de se rendre à Francfort. C'est sa fille Anna qui le représentera et lira le discours qu'il a préparé sur les rapports de Goethe avec la psychanalyse. L'état de santé de sa mère, déjà âgée de quatre-vingt-quinze ans, ira se dégradant au cours de ces mois d'été. Elle s'éteindra en septembre, laissant Freud soulagé qu'elle ait trouvé le repos et dégagé de son appréhension de mourir avant elle.

William Bullitt était un diplomate américain qui fut le premier ambassadeur à Moscou, sous la présidence de Roosevelt, avant de devenir ambassadeur à Paris en 1936. En 1930, il était à Berlin, plongé dans l'étude des archives allemandes concernant la Conférence de paix qui s'était tenue à Paris à la fin de la guerre. Ses critiques du traité de Versailles lui avaient valu le discrédit auprès du président Wilson, qui l'avait déjà chargé, en 1919, d'établir des contacts avec le nouveau régime bolchevique.

Profitant du séjour prolongé de Freud à Berlin, Bullitt lui proposa de travailler avec lui à une étude sur le président Wilson, dont on pouvait considérer que le rôle qu'il avait joué dans les négociations de Versailles était susceptible d'avoir une influence considérable sur la politique mondiale qui allait suivre. On s'est interrogé sur la part qui revenait à chacun d'eux dans l'écriture du livre auquel leur collaboration a donné naissance. Dans l'introduction signée de Freud, écrite en 1930, on peut lire :

> Bullitt, qui a connu personnellement le Président, qui était à son service à la grande époque et lui était attaché avec tout l'enthousiasme de la jeunesse, a rédigé seul la section historique de ce livre sur l'enfance et la jeunesse de Wilson. Pour la partie analytique, nous sommes l'un et l'autre responsables dans une même mesure ; elle naquit d'une étroite collaboration et nous l'avons écrite ensemble [2].

Il persiste toutefois des doutes au sujet du total accord de Freud sur certaines parties de l'ouvrage, qui furent l'objet d'un litige en 1932, selon la préface de Bullitt rédigée peu de temps avant la parution du livre en 1967. Cependant, dans une lettre à Marie Bonaparte du 7 décembre 1933, Freud regrette que ce travail soit resté inachevé. Bullitt revit Freud à Londres en 1938 et ils seraient parvenus à se mettre d'accord sur le texte définitif, tout en prenant la décision de ne pas publier le livre du vivant de la seconde femme de Wilson. Cette disposition fut respectée et la publication coïncida avec la mort de Bullitt lui-même en 1967. Quant à la participation de chacun des auteurs à l'ouvrage, il n'est pas difficile, comme le souligne Jones, de reconnaître le style de l'un et de l'autre, étant donné que nous connaissons bien celui de Freud.

Dès le départ, Freud déclare au lecteur que, s'il a travaillé *sine ira et studio* (sans colère ni parti pris), ce n'est pas sans avoir dû surmonter un vif sentiment d'antipathie :

Il me faut faire débuter ma contribution à cette étude psychologique sur Thomas Woodrow Wilson par l'aveu que la figure du Président américain me fut d'emblée antipathique, dès qu'il émergea à l'horizon de l'Europe, et que cette aversion ne fit que s'intensifier au cours des années ; plus on en apprit sur lui et plus fortement on souffrit des conséquences que son intervention dans notre destin avait engendrées. Nos connaissances augmentant, il ne fut pas difficile de trouver de bonnes raisons à l'appui de cette position relevant du sentiment. On rapporte que Wilson, président nouvellement élu, se débarrassa d'un homme politique qui faisait état auprès de lui des services qu'il avait rendus justement dans cette élection, en lui disant : « Dieu a ordonné que je sois le prochain Président des États-Unis. Ni vous ni aucun autre mortel n'aurait pu l'empêcher[3]. » Je ne puis me défendre de juger qu'un homme capable de prendre ainsi à la lettre les mirages de la religion, et qui croit être sûr d'avoir un rapport personnel particulier à la divinité, n'est pas fait pour le commerce avec le tout-venant des autres hommes. Comme chacun sait, l'un des camps ennemis hébergea pendant la guerre un enfant chéri élu de la Providence [Guillaume II]. Il fut très regrettable que, plus tard, un autre vînt s'y ajouter de l'autre côté. Cela ne fut au bénéfice de personne, et ne fut pas davantage en mesure d'accroître le prestige de la puissance divine[4].

Si, à la lecture des nombreux documents que lui fournit William Bullitt, Freud ne se départit pas complètement de son sentiment d'antipathie pour Wilson, comme en témoigne ce qui précède, il éprouve néanmoins une compassion certaine pour celui qu'il compare au personnage de Don Quichotte, auquel il s'était intéressé dans son jeune âge. Un personnage à l'opposé du Prince de Machiavel. Mais ce qu'entreprend Freud est tout autre chose qu'une étude psychobiographique. Fidèle à sa méthode, il éclaire la conjoncture politique mondiale en établissant la continuité entre les rêves messianiques d'un homme parvenu au pouvoir et le fantasme de désir d'un peuple. Le père de Woodrow, pasteur presbytérien, demeura pour son fils, sa vie durant, l'incomparable père tout-puissant de sa première enfance. Woodrow ne cessera de s'identifier à lui imaginairement au point de rêver de devenir le Père des nations en écartant toute vision réaliste du monde.

Réélu président des États-Unis pour un second mandat, alors qu'il avait jusque-là maintenu la neutralité de son pays, Wilson n'avait pas renoncé à ce que,

> par la Providence de Dieu, une lumière nouvelle se lève en Amérique qui projette les rayons de la liberté et de la justice au loin sur toutes les mers et même sur les terres qui stagnent dans les ténèbres et refusent de la voir [5].

Rêvant de devenir à son tour « le père incomparable », Wilson se voyait en futur Père des nations et, pour ce motif même, ne pouvait qu'imaginer une « paix sans victoire ». Contraint de faire entrer son pays en guerre, Wilson poursuivra une politique dictée par la mission spirituelle qu'il s'est attribuée, en entraînant dans sa croisade des millions de jeunes dont il évoquera plus tard les fantômes au cimetière de Suresnes. Ayant conçu les quatorze points qui devaient devenir la base de l'armistice et du traité de Versailles, il réitérait en septembre 1918, après la déroute des armées allemandes, les principes selon lesquels « la justice impartiale qui doit être appliquée exige qu'il n'existe aucune discrimination entre ceux envers lesquels nous avons le désir d'être justes et les autres. Il ne doit y avoir aucun favori et les seules normes doivent être les droits égaux des différents intéressés[6] ».

Ces beaux discours qui appuyaient le projet d'une Société des nations s'avéraient bien peu réalistes au regard des ambitions des pays dont il avait favorisé la victoire. L'Angleterre, la France et l'Italie étaient venues à la Conférence de la paix avec la ferme intention d'obtenir la caution des États-Unis pour les annexions territoriales qu'elles voulaient opérer. En raison de leur dépendance morale et économique à l'égard des États-Unis, Wilson aurait pu imposer la paix « juste et durable » qu'il avait promise au monde, mais plutôt que d'adopter une attitude de fermeté, il se prêta aux interminables marchandages dans l'espoir d'obtenir la création de la Société des nations à laquelle resterait attaché son nom. Il consentit à ce que l'Allemagne perde ses colonies, soit contrainte de verser des réparations exorbitantes et que ses forces armées soient réduites au minimum. Il prenait aussi la décision paradoxale de ne pas donner suite à l'offre de Lénine de conclure un armistice dans lequel seraient reconnus les gouvernements anticommunistes de seize régions, dont la Finlande, la Lituanie, la Pologne, l'Ukraine, la Roumanie et jusqu'au pays de Staline, la Géorgie. Lorsque le traité de Versailles fut remis aux Allemands, le président de l'Assemblée de Weimar déclara : « Il est incompréhensible qu'un homme qui a promis au monde une paix juste, sur laquelle pourrait être fondée une Société des nations, ait pu aider à élaborer ce projet dicté par la haine. » Jusqu'à son dernier jour, Wilson crut que l'Amérique était à l'apogée de son histoire et qu'on la reconnaissait enfin comme « sauveur du monde ». Le 17 mai 1919, William Bullitt, membre de la délégation américaine à la Conférence de la paix, adressait au président des États-Unis sa lettre de démission en affirmant que le traité « rendait de nouveaux conflits internationaux inévitables et livrait les peuples à un siècle de guerres futures ».

Nommé ambassadeur des États-Unis en France en 1936, William Bullitt interviendra auprès de Roosevelt, qui fera prendre au secrétaire d'État les dispositions nécessaires pour que la sécurité de Freud à Vienne soit assurée avant son exil à Londres.

Albert Einstein, qui avait été membre de la Commission internationale de coopération intellectuelle de 1922 à 1931, à la demande, à l'origine, de Marie Curie, avait une intense activité en faveur de la paix et du désarmement. Lorsqu'il fut pressenti pour le deuxième volume de *Correspondance* publié par la Société des nations — le premier, *Pour une Société des esprits,* contenait des textes de Paul Valéry et d'Henri Focillon —, Einstein suggéra de s'entretenir avec Freud sur une question qui, dans l'état actuel des choses, lui paraissait la plus importante pour la civilisation : y a-t-il un moyen de libérer les hommes de la fatalité de la guerre ? Il jugeait cette question particulièrement alarmante en raison des progrès de la technique et de l'existence chez l'homme d'un besoin de haïr et d'anéantir qui, présent en temps ordinaire à l'état latent, peut aisément se réveiller et s'intensifier en psychose de masse. Comment se fait-il, demande Einstein, que la masse se laisse si facilement enflammer jusqu'à la frénésie et au sacrifice de soi ? Il sait bien que la *soif de pouvoir politique* se nourrit souvent de l'aspiration au pouvoir d'une autre couche, au sein de chaque peuple, d'un petit groupe, inaccessible aux considérations sociales, pour qui la guerre, la fabrication et le commerce des armes ne sont rien d'autre que l'occasion de tirer des avantages personnels. Il sait aussi qu'une minorité dominante peut tenir en main l'école, la presse et le plus souvent aussi les instances religieuses. Il pense même qu'il faudrait une organisation supra-étatique qui soit en mesure de conférer à sa juridiction une incontestable autorité et les moyens d'appliquer ses décisions. La voie menant à la sécurité internationale passerait alors par le renoncement inconditionnel des États à une partie de leur liberté d'action, c'est-à-dire à une limitation de leur souveraineté.

Nous sommes en 1932 et nous savons aujourd'hui, en 2006, que malgré les efforts de l'Organisation des Nations unies qui a succédé à la Société des nations, malgré la création d'un Tribunal pénal international, certains pays (dont les États-Unis) refusent toujours quelque limitation que ce soit de leur souveraineté, y compris celle que leur imposerait l'adhésion à ce Tribunal. Il en est de même pour le droit de veto que conservent les pays vainqueurs de la Seconde Guerre mondiale.

En parlant de « besoin de pouvoir » (*das Machtbedürfnis*), Einstein anticipe la réponse de Freud concernant la nécessaire hypothèse d'une cruauté originaire mise en œuvre par une pulsion de pouvoir (*Bemachtigungstrieb*) dont il était déjà question dans *Au-delà du principe de plaisir* ; une cruauté qui ne s'accompagne ni de plaisir ni de déplaisir, ni même d'aucune conscience de culpabilité. Cette cruauté n'est manifeste qu'aux yeux de l'autre. En elle-même elle ignore tout de la souffrance d'autrui. Autrui n'existe qu'à partir du moment où son inexistence se pose comme telle et où la possibilité d'exercer la cruauté sur soi-même donne naissance à la conscience morale. Au moment de conclure sa lettre et de demander à Freud son avis, Einstein évoque le besoin d'anéantir qui se manifeste aussi dans les guerres civiles et dans les persécutions des minorités raciales. Toutefois, s'il a mis l'accent sur la forme de conflit entre communautés, la plus représentative et la plus funeste car la plus débridée, c'est en pensant qu'on peut le mieux démontrer, à partir d'elle, comment les conflits guerriers pourraient être évités. À quoi Freud fait écho en affirmant :

Quand les hommes sont invités à faire la guerre, bon nombre de motifs en eux peuvent y répondre favorablement, nobles et vulgaires, ceux dont on parle à haute voix et d'autres que l'on passe sous silence. Il n'y a pas lieu ici de les exposer tous. Le plaisir pris à l'agression et à la destruction compte certainement parmi eux ; d'innombrables cruautés relevant de l'histoire et du quotidien confirment leur existence et leur force. L'amalgame de ces tendances destructrices avec d'autres, érotiques et idéologiques, facilite naturellement leur satisfaction. Nous avons parfois l'impression, lorsque nous entendons parler des atrocités de l'histoire, que les motifs idéologiques n'ont servi que de prétextes aux désirs destructifs. D'autres fois, par exemple avec les cruautés de la Sainte Inquisition, nous estimons que les motifs d'idées se sont mis au premier plan de la conscience, les motifs destructifs leur ayant apporté un renforcement inconscient[7].

C'est donc autour du mot *cruauté*, du sens de la cruauté, des cruautés, que l'argumentation de Freud se fait à la fois le plus politique *et* le plus rigoureusement analytique lorsqu'il est interrogé sur ce qui ne va pas dans le monde, sur ce qui ne va pas dans la mondialisation déjà annoncée. C'est à cette logique de la sommation des pulsions destructrices et des pulsions sexuelles, enrôlées et dominées par la pulsion de pouvoir, de domination, de souveraineté, que la révolution psychanalytique doit se confronter. Son progressisme sans illusions ne saurait penser éradiquer les pulsions de cruauté et de pouvoir, pas plus celles qui relèvent du quotidien que celles qui abondent malheureusement dans l'Histoire. Elles sont indéracinables. En revanche, la raison psychanalytique œuvre à la limitation du pouvoir, de la cruauté, de la souveraineté en proposant les voies indirectes qui en constituent les forces antagonistes. Ces voies vont de l'amour, de l'amour de la vie, jusqu'à prendre en compte l'inégalité, aussi indéracinable, qui divise en classes les guides, les chefs, les meneurs d'un côté et, de l'autre, les masses dépendantes qui suivent les premiers. Il faudrait, dira Freud, éduquer une couche supérieure d'hommes à l'esprit indépendant, capables de résister à l'intimidation et soucieux de vérité, pour qu'ils dirigent les masses dépendantes. L'idéal serait une communauté dont la liberté consisterait à soumettre la vie pulsionnelle à une « dictature de la raison ».

L'échange de lettres entre Einstein et Freud, publié en 1933, simultanément en allemand, en français et en anglais, sous le titre *Pourquoi la guerre ?* fut immédiatement interdit de diffusion en Allemagne.

La terre impromise

L'homme croyait, au début de ses recherches, que son lieu de résidence, la Terre, se trouvait immobile au centre de l'univers, tandis que le Soleil, la Lune et les planètes se mouvaient autour de la Terre suivant des trajectoires circulaires. Ce faisant, il suivait sur un mode naïf l'impression de ses perceptions sensorielles, car il ne sent pas que la Terre se meut, et, où qu'il puisse promener librement son regard autour de lui, il se trouve au centre d'un cercle qui circonscrit le monde extérieur. La position centrale de la Terre lui garantissait d'ailleurs qu'elle avait dans l'univers un rôle dominant, et cela lui paraissait bien s'accorder avec son penchant à se ressentir comme le maître de ce monde. La destruction de cette illusion narcissique se rattache pour nous au nom et à l'œuvre de Nicolas Copernic au XVI*e siècle. Longtemps avant lui, les Pythagoriciens avaient douté de la position privilégiée de la Terre, et Aristarque de Samos avait énoncé au* III*e siècle avant Jésus-Christ que la Terre était bien plus petite que le Soleil et qu'elle se mouvait autour de ce corps céleste. Même la grande* *découverte de Copernic avait donc déjà été faite avant lui. Mais lorsqu'elle fut reconnue de manière universelle, l'amour-propre humain avait subi là sa première vexation, la vexation* cosmologique.

Au cours de son évolution culturelle, l'homme s'érigea en maître de ses co-créatures animales. Mais non content de cette hégémonie, il se mit à creuser un fossé entre leur essence et la sienne. Il leur dénia la raison et s'attribua une âme immortelle, allégua une origine divine élevée, qui permit de rompre le lien de communauté avec le monde animal. Il est remarquable que cette outrecuidance soit encore étrangère aux petits enfants de même qu'à l'homme primitif et préhistorique. Elle est le résultat d'une évolution ultérieure prétentieuse. Au stade du totémisme, le primitif ne trouvait pas choquant de faire descendre sa lignée d'un ancêtre animal. Le mythe, qui renferme la cristallisation de cet antique mode de pensée, fait endosser aux dieux la forme d'animaux, et l'art des premiers temps façonne les dieux avec des têtes d'animaux. L'enfant ne ressent pas de différence entre sa propre essence et celle de l'animal ; dans le conte, il fait penser et parler les animaux sans s'étonner ; il déplace un affect d'angoisse qui vise le père humain sur un chien ou sur un cheval, sans intention de rabaisser par là son père. C'est seulement lorsqu'il sera devenu adulte qu'il se sentira si étranger à l'animal qu'il pourra injurier l'homme en invoquant le nom de l'animal. Nous savons tous que les recherches de Charles Darwin, de ses collaborateurs et de ses précurseurs, ont mis fin il y a un peu plus d'un demi-siècle à cette présomption de l'homme. L'homme n'est rien d'autre ni rien de mieux que les animaux, il est lui-même issu de la série animale, apparenté de près à certaines espèces, de plus loin à d'autres. Ses acquisitions ultérieures ne sont pas parvenues à effacer les témoignages de cette équivalence, présents tant dans son anatomie que dans ses dispositions psychiques. Or c'est là la deuxième vexation pour le narcissisme humain, la vexation biologique.

Mais l'atteinte la plus douloureuse vient sans doute de la troisième vexation, qui est de nature psychologique. L'homme, même s'il est ravalé à l'extérieur, se sent souverain dans son âme propre. Quelque part dans le noyau de son moi, il s'est créé un organe de surveillance qui contrôle ses motions et ses actions propres, pour voir si elles concordent avec ses exigences. Si tel n'est pas le cas, elles sont impitoyablement inhibées et retirées. Sa perception interne, la conscience, tient le moi au courant de tous les processus importants qui se passent dans les rouages psychiques, et la volonté, guidée par ces informations, exécute ce que le moi ordonne, modifie ce qui voudrait s'accomplir de manière autonome. Car cette âme n'est rien de simple, elle est plutôt une hiérarchie d'instances supérieures et subordonnées, un pêle-mêle d'impulsions qui poussent à l'action indépendamment les unes des autres, selon la multiplicité des pulsions et des relations au monde extérieur, dont beaucoup s'opposent les unes aux autres et sont incompatibles les unes avec les autres. Il est nécessaire au bon fonctionnement *que l'instance suprême soit informée de tout ce qui se prépare, et que sa volonté puisse pénétrer partout pour exercer son influence. Or le moi se sent certain que ces informations sont complètes et sûres aussi bien que de la bonne transmission de ses ordres. Le moi rencontre des limites à son pouvoir à l'intérieur de sa propre maison, l'âme. Des pensées surgissent soudain dont on ne sait d'où elles viennent ; et l'on ne peut rien faire pour les chasser. Ces hôtes étrangers semblent avoir eux-mêmes plus de pouvoir que ceux qui sont soumis au moi ; ils résistent à tous les moyens par ailleurs éprouvés par lesquels la volonté exerce son pouvoir, ne se laissent pas démonter par la réfutation logique, restent imperméables aux énoncés contraires de la réalité. Ou bien surviennent des impulsions qui ressemblent à celles d'un étranger, si bien que le moi les dénie, mais il ne peut s'empêcher de les redouter et de prendre à leur encontre des mesures préventives. Le moi se dit que c'est une maladie, une invasion étrangère, il accroît sa vigilance, mais il ne peut comprendre pourquoi il se sent si étrangement paralysé. Il est vrai que la psychiatrie, dans de telles occurrences, conteste que des esprits malins étrangers aient pénétré dans la vie psychique ; mais par ailleurs, elle se contente de hausser les épaules en disant : dégénérescence, disposition héréditaire, infériorité constitutionnelle ! La psychanalyse, elle, entreprend d'élucider ces cas étranges [*unheimlich*], elle se lance dans des investigations minutieuses et de longue haleine, élabore des concepts auxiliaires et des constructions scien-*

tifiques, et elle peut finalement dire au moi : « Rien d'étranger n'est entré en toi ; c'est une partie de ta propre vie psychique qui s'est dérobée à ta connaissance et à la domination de ta volonté. C'est pourquoi d'ailleurs tu es si faible pour te défendre ; tu combats avec une partie de tes forces contre l'autre partie ; tu ne peux pas mobiliser toutes tes forces comme contre un ennemi extérieur. Et ce n'est même pas la part la plus mauvaise ou la plus insignifiante de tes forces psychiques qui s'est ainsi opposée à toi et est devenue indépendante de toi. La responsabilité, je dois le dire, t'en incombe entièrement. Tu as surestimé tes forces quand tu as cru que tu pouvais faire de tes pulsions sexuelles ce que tu voulais, et que tu n'avais pas besoin de faire le moindre cas de leurs intentions. Alors elles se sont révoltées, et ont suivi leur propre voie obscure pour échapper à la répression, elles se sont fait droit d'une manière qui ne peut plus te convenir. Comment elles y ont réussi, et par quelles routes elles ont cheminé, cela, tu ne l'as pas appris ; c'est seulement le résultat de ce travail, le symptôme, que tu ressens comme souffrance, qui est parvenu à ta connaissance. Tu ne le reconnais pas alors comme un rejeton de tes propres pulsions réprouvées, et tu ne sais pas qu'il s'agit là de leur satisfaction substitutive.

« Mais ce qui rend tout ce processus possible, c'est seulement le fait que tu es également dans l'erreur sur un autre point important. Tu es assuré d'apprendre tout ce qui se passe dans ton âme, pourvu que ce soit assez important, parce que,

alors, ta conscience te le signale. Et quand dans ton âme tu n'as reçu aucune nouvelle de quelque chose, tu admets en toute confiance que cela n'est pas contenu en elle. Davantage, tu vas jusqu'à tenir "psychique" pour identique à "conscient", c'est-à-dire connu de toi, malgré les preuves les plus patentes que, dans ta vie psychique, il doit en permanence se passer beaucoup plus de choses qu'il n'en peut accéder à ta conscience. Accepte donc sur ce point de te laisser instruire ! Le psychique en toi ne coïncide pas avec ce dont tu es conscient ; ce sont deux choses différentes, que quelque chose se passe dans ton âme, et que tu en sois par ailleurs informé. Je veux bien concéder qu'à l'ordinaire le service de renseignements qui dessert ta conscience suffit à tes besoins. Tu peux te bercer de l'illusion que tu apprends tout ce qui revêt une certaine importance. Mais dans bien des cas, par exemple dans celui d'un conflit pulsionnel de ce genre, il est en panne, et alors, ta volonté ne va pas plus loin que ton savoir. Mais dans tous les cas, ces renseignements de ta conscience sont incomplets et souvent peu sûrs ; par ailleurs, il arrive assez souvent que tu ne sois informé des événements que quand ils se sont déjà accomplis et que tu ne peux plus rien y changer. Qui saurait évaluer, même si tu n'es pas malade, tout ce qui s'agite dans ton âme et dont tu n'apprends rien, ou dont tu es mal informé ? Tu te comportes comme un souverain absolu, qui se contente des renseignements que lui apportent les hauts fonctionnaires de sa cour, et qui ne descend pas dans la rue pour écouter la voix du peuple.

Entre en toi-même, dans tes profondeurs, et apprends d'abord à te connaître, alors tu comprendras pourquoi il te faut devenir malade, et tu éviteras peut-être de le devenir. »

Telle est la leçon que la psychanalyse aura voulu donner au moi. Mais ces deux élucidations, à savoir que la vie pulsionnelle de la sexualité en nous ne peut être domptée entièrement, et que les processus psychiques sont en eux-mêmes inconscients, ne sont accessibles au moi et ne sont soumis à celui-ci que par le biais d'une perception incomplète et peu sûre, reviennent à affirmer que le moi n'est pas maître dans sa propre maison. *Elles représentent ensemble la troisième vexation infligée à l'amour-propre, celle que j'aimerais appeler la vexation* psychologique. *Rien d'étonnant donc que le moi n'accorde pas sa faveur à la psychanalyse et lui refuse obstinément toute créance*[1].

L'esprit scientifique qui présidait aux découvertes d'Einstein n'avait apparemment rien de commun avec celui qui entraînait Freud à retirer une à une les couches successives d'illusions que se donne la conscience de l'homme, cette petite part émergée de l'iceberg que forme son psychisme. Mais l'échange de leurs points de vue sur les motifs cachés de la guerre avait dû les rapprocher. Le sort également que subissaient leurs œuvres condamnées au bûcher en ce mois de mai 1933.

À l'occasion du quatre-vingtième anniversaire de Freud, en 1936, Einstein est de ceux qui lui adressent leur hommage. Alors qu'il avait été jusque-là dans l'impossibilité de se former un jugement sur les vérités que contiennent les impressionnantes révélations de Freud, Einstein reconnaît n'avoir pu expliquer certains faits récemment portés à sa connaissance autrement que par la théorie du refoulement. Il découvrait que la grande pensée de Freud s'accordait à la réalité. Bien que la lettre d'Einstein n'appelle pas de réponse, comme il le précise en post-scriptum, Freud lui écrit :

> C'est en vain que vous protestez contre ma réponse à votre aimable lettre. Il me faut pourtant vous dire comment je suis ravi d'apprendre que votre jugement s'est modifié ou tout au moins commence à se modifier. Naturellement, j'ai toujours su que vous ne m'admiriez que « par politesse », mais que vous ne croyiez que bien peu à toutes mes assertions. Or je me suis souvent demandé ce qu'on peut réellement y admirer si elles sont erronées, c'est-à-dire si elles ne contiennent pas une grande part de vérité. Ne pensez-vous pas d'ailleurs que j'aurais été beaucoup mieux traité si mes théories avaient contenu un plus grand pourcentage d'erreur et d'absurdité ? Vous êtes tellement plus jeune que moi ; quand vous aurez atteint mon âge, j'ose espérer que vous serez devenu un de mes disciples. Comme je ne serai plus là pour l'apprendre, je m'offre maintenant à l'avance cette satisfaction (vous voyez à quoi je pense : « Dans ce pressentiment d'une si grande félicité, je jouis à présent de l'instant suprême [2] ») [3].

À Ernest Jones, qui souhaitait préparer une importante célébration de son quatre-vingtième anniversaire, Freud répond qu'il préfère que cela demeure une affaire privée entre ses amis et lui. Parmi les nombreux hommages que reçoit Freud en 1936, l'un d'eux, collectif, le touche tout particulièrement. Il est signé de Thomas Mann, Romain Rolland, Jules Romains, Virginia Woolf, Stefan Zweig et de plus de cent quatre-vingt-dix autres écrivains. D'après les termes de cet hommage, tout ce que Freud avait construit et les mots qu'il avait utilisés à cette fin faisaient désormais partie du langage vivant, et cela dans toutes les sciences humaines, y compris dans la poésie. Un livre de Stefan Zweig paru en allemand en 1931, *La Guérison par l'esprit*[4], consacrait une place importante aux découvertes de Freud. Dans une lettre qu'il adresse à Zweig au sujet de son livre, Freud relève certaines erreurs tout en soulignant qu'il est chose fréquente de ne pas reconnaître son propre portrait. Toutefois, il lui sait gré que les traits les plus marquants de son cas ne lui aient pas échappé : que les résultats obtenus par ses recherches tiennent moins à l'intelligence qu'au caractère. Quant à l'accent mis sur le côté « petit-bourgeois » de sa personne, Freud émet quelque protestation : « J'ai eu, moi aussi, mes céphalées et mes états de fatigue, comme tout le monde, j'ai été un fumeur passionné (je voudrais l'être encore) qui attribuait au cigare le rôle le plus important dans la maîtrise de soi-même et dans la ténacité au travail[5]. »

Pour les noces d'or de Martha et de Sigmund Freud, le 13 septembre 1936, toute la famille est réunie, à l'exception d'Oliver. À cette occasion, Freud écrit à Marie Bonaparte en lui faisant l'éloge de Martha : « Elle est toujours aussi tendre, vive et active[6]. »

Avec l'invasion nazie de l'Autriche en 1938, la

question de l'exil se pose. Freud semblait décidé, tel un combattant, à ne pas déserter son poste et ne se voyait mourir qu'à Vienne. Il prit avec un certain humour une première visite effectuée par les SA. Ces messieurs, cherchant de l'argent, furent priés par Martha de se servir. Lorsque Freud apprit combien ils avaient emporté, il ne put s'empêcher de dire qu'il n'avait jamais, lui, touché une telle somme pour une seule visite. L'arrestation d'Anna par la Gestapo et la longue journée d'attente furent décisives. Restaient les formalités administratives et le lieu d'exil. Les autorités nazies exigeaient une forte somme d'argent. C'est Marie Bonaparte qui avança la rançon. Il avait toujours été attiré par l'Angleterre et une partie de sa famille y résidait déjà. Freud écrit à son fils Ernst qu'il est heureux de venir les rejoindre et de pouvoir « mourir libre », se comparant à Jacob que ses enfants conduisent en Égypte. Jones se chargea d'assurer l'accueil de Freud à Londres. C'est lui qui rapporte que, lorsque Freud dut signer avant son départ de Vienne le document attestant qu'il avait été bien traité par les autorités allemandes et particulièrement par la Gestapo, il demanda la permission d'ajouter : « Je recommande chaleureusement la Gestapo à quiconque ! » Si vraisemblable que soit ce trait d'ironie, il n'a jamais pu être attesté.

Minna Bernays, accompagnée de Dorothy Burlingham, fut la première à quitter Vienne. Ce furent ensuite Martin et Mathilde. Freud partit le dernier, début juin, par l'Orient-Express, avec Martha et Anna. Max Schur rejoignit Londres et ne cessa de s'occuper de la santé de Freud, de plus en plus déclinante. À sa demande et à celle de Marie Bonaparte, le Pr Lacassagne de l'Institut Curie à Paris vint à deux reprises au chevet de Freud. La seconde fois, il estima qu'aucune intervention n'était plus possible. Lorsque Freud jugea qu'il n'y avait plus aucun sens à prolonger ses souffrances, il rappela à Schur sa promesse et lui demanda d'en parler à Anna. Le 23 septembre, Freud quittait la vie dignement. Une vie qui avait valu la peine d'être vécue, une seule fois, une fois pour toutes.

Au cours des dernières années de sa vie, de 1934 à 1939, Freud n'avait cessé de se préoccuper des grandes illusions de l'humanité. Il avait consacré presque tout son temps à l'écriture de *L'Homme Moïse et la religion monothéiste*. Composé en plusieurs parties, avec des préfaces intercalées en des temps différents qui font une allusion directe à la barbarie de l'Allemagne nazie, cet ouvrage soutient quant à l'origine de l'antisémitisme la thèse suivante : L'homme Moïse fut un intellectuel égyptien qui choisit les Hébreux comme peuple d'adoption, à qui il voulut restituer le sentiment d'amour-propre qui lui avait été enlevé dans son long esclavage en Égypte. Pour inculquer à ce peuple une loi rationnelle, Moïse s'inspira du culte d'Aton, celui d'un dieu unique, qui avait été refoulé de la mémoire collective après la mort du pharaon Akhénaton. Parti de l'interrogation : « Pourquoi le peuple juif s'est-il attiré tant de haine depuis si longtemps et pourquoi cette haine insiste-t-elle aujourd'hui aussi violemment », Freud, fidèle à sa méthode, se demande quel peut être son point d'ancrage dans l'Histoire à partir duquel se développe une telle jalousie délirante.

J'ose affirmer qu'aujourd'hui encore la jalousie à l'égard du peuple qui se donna pour l'enfant premier-né, favori de Dieu le Père, n'a pas été surmontée chez les autres comme s'ils ajoutaient foi à cette prétention [7].

Ce motif revient à plusieurs reprises. S'interrogeant sur le trait de caractère le plus marquant dans le rapport des Juifs avec les autres, Freud affirme :

[...] il n'est pas douteux qu'ils ont une opinion particulièrement haute d'eux-mêmes, qu'ils se considèrent comme plus nobles, d'une situation plus élevée, supérieurs aux autres, dont ils se séparent aussi par nombre de leurs usages. En même temps, ils sont animés d'une confiance particulière dans la vie, comme celle que confère la possession secrète d'un bien précieux. Nous connaissons le fondement de ce comportement et savons en quoi consiste leur trésor secret. Ils se considèrent vraiment comme le peuple élu de Dieu [8].

Mais, pour Freud, ce fut l'homme Moïse qui marqua le peuple juif du sceau de cet important trait de caractère qui lui permit de défier les malheurs avec une capacité de résistance sans exemple. Moïse le fit

en élevant leur amour-propre, en les assurant qu'ils étaient le peuple élu de Dieu ; il leur imposa de se sanctifier et de vivre à l'écart des autres. Comme nous savons que cela fut accompli par Moïse, en affirmant qu'il agissait sur l'ordre de Dieu, *nous osons dire* [seconde audace de Freud] que ce fut le seul homme Moïse qui a créé les Juifs [9].

En redonnant vie longtemps plus tard à la religion d'Akhénaton, inventeur du monothéisme, Moïse est la véritable figure du souvenir, de la mémoire, de la trace de la Lettre symbolique, et, à ce titre, le fondateur et le créateur du peuple juif. Cette reprise de la religion monothéiste s'accompagne du refus de la magie et de la mystique, nourrit l'incitation à accomplir des progrès dans la vie de l'esprit et pousse à l'abandon du fantasme de désir de domination universelle, car le peuple, quittant l'idolâtrie, se voit davantage animé par le désir de vérité.

Si *L'Homme Moïse* a pu représenter, à certains égards, une atteinte narcissique pour tout peuple ayant la prétention de se croire le peuple élu de Dieu, il est surtout l'œuvre de déconstruction radicale de toute idée d'exclusion, de race et d'identité culturelle. C'est sur la mémoire de l'expérience des générations antérieures qu'une symbolicité transcende la diversité des langues et des peuples. La limitation de la pulsion de pouvoir, de domination, de souveraineté tient de la nécessité, tout autant pour les peuples que pour chacun des sujets. Ce qui pourrait se traduire en un aphorisme : plus d'un nom, plus d'une langue, plus d'un État, plus d'une filiation. Que la terre impromise.

ANNEXES

REPÈRES CHRONOLOGIQUES

1856. Naissance, le 6 mai, de Schlomo Sigismund Freud à Freiberg en Moravie, aujourd'hui Pribor en République tchèque. Son père, négociant en laine, né en 1815 en Galicie, province polonaise rattachée à l'Autriche, a déjà deux fils d'un premier mariage et même un petit-fils, John, d'un an plus âgé que Sigmund. Sa mère, Amalia Nathanson, née également en Galicie en 1835, a vingt et un ans à la naissance de Sigmund, son premier enfant.
Victor Hugo écrit Les Contemplations. *Wagner compose* La Walkyrie *et* Siegfried.

1859. La crise économique sévit et le commerce de Jacob Freud périclite. C'est la ruine.
Naissance de Bertha Pappenheim (Anna O.).
Début des guerres d'Italie.
Darwin publie De l'origine des espèces au moyen de la sélection naturelle.

1860. La famille s'installe à Vienne dans des conditions précaires.

1865. Entrée de Sigmund au Gymnasium (lycée).

1866. *Dostoïevski écrit* Crime et Châtiment.

1867. *Marx publie le premier tome du* Capital.

1870. Freud reçoit les œuvres complètes de Ludwig Börne.
Naissance d'Alfred Adler en Autriche.
Déclaration de guerre de la France à la Prusse. Défaite de Sedan.

1871. Début de la correspondance entre Sigmund Freud et son camarade de lycée Édouard Silberstein. Leur dernière lettre

sera datée de janvier 1881. Tous deux sont d'assidus lecteurs de Feuerbach.
Jean-Martin Charcot commence à s'intéresser à l'hystérie à l'hôpital de la Salpêtrière à Paris.
Darwin écrit La Descendance de l'homme.

1873. Entrée de Sigmund à l'Université de Vienne pour commencer des études de médecine. Il abandonne l'idée de faire du droit après avoir lu l'*Essai sur la nature* attribué à Goethe.
Naissance d'Oskar Pfister en Suisse et de Sandor Ferenczi en Hongrie.

1874. Freud suit les cours de Brentano.

1875. Voyage à Manchester (Angleterre) chez son frère aîné.
Naissance, en Suisse, de Carl Gustav Jung.
Établissement de la République en France.

1876. Freud se rend à Trieste pour mener ses premières recherches personnelles sur les glandes sexuelles des anguilles. Il entre à vingt ans dans le laboratoire du physiologiste Ernst von Brücke, héritier de la pensée de Hermann von Helmholtz.
Wagner compose Der Ring des Nibelungen.

1877. Publication de ses travaux anatomiques portant sur le système nerveux central d'une larve de lamproie.
Naissance de Karl Abraham en Allemagne.

1878. Dans le laboratoire de Brücke, ses recherches lui font approcher la découverte du neurone. Il se lie d'amitié avec Breuer (de quatorze ans son aîné) qui l'encourage moralement et matériellement, et avec Ernst von Fleischl-Marxow.
Publication par Bourneville et Regnard de *Iconographie photographique de la Salpêtrière* avec des photos d'hystériques soignées par Charcot, dont Blanche Wittmann.

1879. Freud suit les cours de psychiatrie de Meynert. Il s'intéresse essentiellement à l'aspect neurologique des symptômes.
Naissance d'Ernest Jones au pays de Galles, et d'Albert Einstein en Allemagne.
Alliance de l'Allemagne avec l'Autriche-Hongrie (la Duplice).
Ibsen écrit Maison de poupée.

1880. Freud fait un an de service militaire pendant lequel il traduit quatre essais de John Stuart Mill. Il envisage une carrière

non dans la pratique médicale mais dans la recherche ou l'enseignement.
Naissance en Autriche de Hanns Sachs. Breuer entreprend la cure de Bertha Pappenheim (Anna O.).

1881. Sigmund Freud obtient son diplôme de médecin.
Naissance de Max Eitingon en Biélorussie.

1882. Sans ressources matérielles, il ne peut continuer une carrière de chercheur. Il rencontre en avril Martha Bernays et se fiance avec elle dès le mois de juin. Il entre à l'hôpital général de Vienne dans le service de Hermann Nothnagel, professeur de médecine interne. Breuer lui parle du cas d'Anna O. dont le traitement est interrompu depuis juin. Freud se montre intéressé.
Création à Paris de la Chaire de clinique des maladies nerveuses. La neurologie est reconnue comme une discipline autonome. Charcot en est nommé titulaire. Il présente à l'Académie des sciences sa conférence sur les états nerveux déterminés par l'hypnotisme.
Naissance de Melanie Klein en Autriche et de Marie Bonaparte en France.
Signature de la Triplice (Triple Alliance) entre l'Allemagne, l'Autriche-Hongrie et l'Italie. Expulsion des Juifs de Russie.

1883. Freud devient l'assistant de Theodor Meynert, professeur de psychiatrie, et décide de se spécialiser en neurologie.
En France, adoption des lois républicaines de Jules Ferry et développement de l'empire colonial français.
Publication par Theodor Ribot des Maladies de la volonté.
Nietzsche écrit Ainsi parlait Zarathoustra.

1884. Chargé d'une étude sur la cocaïne, Freud découvre ses propriétés analgésiques et soupçonne ses qualités anesthésiantes. Il commence à soigner par électrothérapie des patients atteints de maladie nerveuse.
Le juriste Paul Daniel Schreber est soigné à Leipzig pour maladie mentale. Naissance en Autriche d'Otto Rank et d'Helene Deutsch en Pologne.

1885. Freud soigne son ami Fleischl par des injections de cocaïne, provoquant chez lui une grave intoxication. Il est nommé *Privatdozent* puis obtient une bourse de l'Université de Vienne pour faire un voyage d'études. Il choisit d'aller à

Paris, chez Charcot, à la Salpêtrière. Il détruit tous ses manuscrits. En octobre, il commence son stage chez Charcot où il observe les effets de la suggestion et de l'hypnotisme sur des patientes hystériques. Il loge dans un hôtel de la rue Royer-Collard, dans le 5e arrondissement.
Mort de Victor Hugo. Zola écrit Germinal.

1886\. Freud quitte Paris pour Wandsbeck afin de rejoindre Martha. Puis il se rend à Berlin où il s'intéresse à la neuropathologie infantile. De retour à Vienne, il fait un séjour au département de neurologie de l'Institut des enfants malades et commence une pratique en privé. Il fait une conférence, sur l'hystérie masculine, à la Société des médecins de Vienne qui est mal reçue car il attribue à Charcot la paternité de notions déjà connues à Vienne. Il publie la traduction des *Leçons sur les maladies du système nerveux III* de Charcot. En septembre, il épouse Martha Bernays.
Nietzsche publie Par-delà le bien et le mal.

1887\. Naissance de sa première fille, Mathilde. Sans abandonner l'électrothérapie, il commence à utiliser l'hypnose. Il est élu membre de la Société médicale de Vienne. Il fait la connaissance de Wilhelm Fliess avec qui il commence une très longue correspondance.
Le peintre André Brouillet présente *La Leçon de Charcot* au Salon des indépendants.

1888\. Freud publie la traduction du livre de Bernheim *De la suggestion et des applications thérapeutiques*. Il applique, pour la première fois, une méthode inspirée de Breuer à Emmy von N. (Fanny Moser).
Avènement de Guillaume II.
Ribot publie Psychologie de l'attention. *Inauguration de l'Institut Pasteur.*

1889\. Freud se rend à Nancy auprès de Bernheim et de Liébault puis assiste à Paris au premier Congrès d'hypnotisme. Naissance de son premier fils, Jean-Martin.
Montée à Vienne du parti chrétien-social de Karl Lueger.

1890\. Freud commence à utiliser la méthode cathartique.
Guillaume II renvoie Bismarck.

1891\. Pour son trente-cinquième anniversaire, il reçoit de son père la Bible familiale avec une dédicace en hébreu. Naissance de son deuxième fils, Oliver. La famille s'installe au 19 Berggasse. Il publie son premier livre, intitulé *Contribution à la conception des aphasies,* où il critique la théorie des localisations. Il le dédie à Josef Breuer.

1892. Freud poursuit sa collaboration avec Josef Breuer. Une de ses patientes (Elisabeth von R.) lui impose la méthode des associations libres. Il publie la traduction d'un deuxième volume de Bernheim. Naissance de son troisième fils, Ernst.
Le scandale de Panamá éclate.

1893. Freud se rend à Berlin pour rencontrer Fliess. Des rencontres régulières suivront. Il publie en français un article sur « Les paralysies hystériques » dans la *Revue de neurologie*. Il formule, dans une lettre à Fliess, la théorie de la séduction traumatique qu'il abandonnera quatre ans plus tard. Mort de Jean-Martin Charcot. Freud rédige l'article nécrologique pour la *Wiener Medizinische Wochenschrift* dans lequel il le compare à Pinel. Naissance de « son enfant du dimanche », sa deuxième fille, Sophie.
Mort de Guy de Maupassant.

1894. Freud écrit un article sur « Les psychonévroses de défense ». Il continue la traduction des *Leçons du mardi* de Charcot. Wilhelm Fliess se propose de pratiquer une intervention sur le nez d'une patiente de Freud, Emma Eckstein.
Naissance de Raymond de Saussure en Suisse.
Condamnation en France du capitaine Dreyfus par un Conseil de guerre.

1895. Publication avec Josef Breuer des *Études sur l'hystérie*. Le 14 juillet, il fait un rêve, « l'injection faite à Irma », et pour la première fois interprète ce rêve que l'on peut lire comme le roman familial de l'histoire de la psychanalyse. Voyage d'été en Italie avec son frère, Alexander, et sa belle-sœur, Minna, la sœur de Martha. Il rédige l'*Esquisse d'une psychologie scientifique* et adresse à Fliess son schéma de la sexualité. Il adhère à l'association juive B'nai B'rith. Naissance de son dernier enfant, Anna.
Karl Lueger est élu bourgmestre de la ville de Vienne. L'empereur François-Joseph refuse de l'investir en raison de ses opinions antilibérales et antisémites.
Gustave Le Bon publie La Psychologie des foules. *Édition du*

livre III du Capital *de Karl Marx. Invention du cinématographe par les frères Lumière. Gide publie* Les Nourritures terrestres.

1896. Rupture avec Breuer. Freud utilise pour la première fois le terme de « psychoanalyse » dans un article rédigé en français : « L'hérédité et l'étiologie des névroses ». Il donne une conférence sur l'étiologie sexuelle de l'hystérie à l'Association viennoise pour la neurologie et la psychiatrie. Il y annonce la « théorie de la séduction » qu'il abandonnera l'année suivante. Richard von Krafft-Ebing la qualifiera de « conte de fées scientifique ». Mort de son père, Jacob. Minna Bernays, inconsolable depuis la mort de son fiancé, vient s'installer au 19 Berggasse. Dans une lettre à Fliess, Freud utilise pour la première fois le terme d'« appareil psychique » avec ses trois composantes : le conscient, le préconscient et l'inconscient.

1897. Freud commence son auto-analyse au travers de sa correspondance avec Fliess. Il renonce à la théorie de la séduction et s'en explique dans une longue lettre à Fliess. Dans une autre lettre à Fliess, il formule sa première interprétation de la pièce de Sophocle, *Œdipe roi.* Il voyage en Italie mais ne peut dépasser Pérouse. Il s'arrête, comme Hannibal, au bord du lac Trasimène. Il évoque tout cela, y compris sa passion pour Rome, dans sa correspondance avec Fliess.
L'empereur François-Joseph est contraint d'accepter l'investiture de Karl Lueger à la mairie de Vienne.
Création à Vienne du mouvement artistique Sécession. Stéphane Mallarmé publie Un coup de dés jamais n'abolira le hasard.

1898. Freud commence *Psychopathologie de la vie quotidienne* et rassemble des exemples pour *Le Mot d'esprit et sa relation à l'inconscient.* Il publie *Les Mécanismes de l'oubli* et termine *L'Interprétation des rêves,* sauf le chapitre VII.
Guerre hispano-américaine à Cuba. Mort de Bismarck.
Pierre et Marie Curie découvrent les propriétés du radium. Émile Zola écrit J'accuse !

1899. Publication des *Souvenirs-écrans* et de *L'Interprétation des rêves,* datée par l'éditeur en 1900.

1900. Dernière rencontre avec Fliess au Tyrol. Celui-ci accuse Freud de lui voler ses idées sur la bisexualité.
Exposition universelle à Paris.

1901. Freud écrit *Rêve et hystérie* à propos du cas Dora qui ne sera publié qu'en 1905 sous un autre titre. Les relations avec Fliess se tendent. Premier voyage à Rome. Il publie *Psychopathologie de la vie quotidienne.*
Thomas Mann publie Les Buddenbrooks.

1902. Freud est nommé professeur extraordinaire. Le décret est signé par l'empereur François-Joseph. Voyage dans le sud de l'Italie, à Naples et Pompéi, avec son frère Alexander et sa belle-sœur Minna. Fin de la correspondance avec Fliess.
Création à Vienne de la Société psychologique du mercredi.

1903. Naissance de Herbert Graf (le petit Hans) qui, à l'âge de cinq ans, sera analysé par son père sous les directives de Freud. Ce sera aussi la première psychanalyse d'enfant. Suicide d'Otto Weininger.

1904. Freud voyage en Grèce avec son frère Alexander. Il entreprend une correspondance avec Eugen Bleuler qui dirige la clinique du Burghölzli et dont l'assistant est Carl Gustav Jung. Sabina Spielrein, étudiante russe, y est hospitalisée et sera soignée par Jung. Freud fait la connaissance d'Otto Gross.
Guerre russo-japonaise. Congrès de l'Internationale socialiste à Amsterdam.

1905. Freud publie *Le Mot d'esprit et sa relation à l'inconscient, Trois essais sur la théorie sexuelle* et *Fragment d'une analyse d'hystérie* (le cas Dora).
Crise franco-allemande à propos du Maroc. Première révolution russe. Einstein travaille sur la relativité restreinte et découvre les photons.

1906. Début de la correspondance de Freud avec Jung. Pour les cinquante ans de Freud, ses disciples lui offrent une médaille : sur l'avers est gravé le profil de Freud, au revers Œdipe. Sur la tranche, en grec, le vers de Sophocle : « Qui résolut l'énigme et fut un homme de grand pouvoir. »
Ferenczi, dans un texte intitulé *Les États sexuels intermédiaires*, prend la défense des homosexuels.

1907. Freud publie *Le Délire et les rêves dans la* Gradiva *de W. Jensen*. Il propose, par lettre, la dissolution de la Société psychologique du mercredi. Ernst Lanzer (« l'homme aux rats ») commence une analyse avec lui.

Ier Congrès de neurologie et de psychiatrie à Amsterdam. Ernest Jones y rencontre Carl Gustav Jung. Max Eitingon est le premier étranger à participer aux réunions de la Société du mercredi. Jung rend visite à Freud et commence à assister aux réunions du mercredi. Jung crée à Zurich la Société Freud qui deviendra l'Association psychanalytique de Zurich. Visite de Karl Abraham.

Bergson publie L'Évolution créatrice.

1908. Première rencontre à Vienne de Freud et de Sandor Ferenczi. Début d'une longue amitié et d'une importante correspondance. Deuxième voyage en Angleterre.

Ier Congrès international de psychanalyse à Salzbourg. Freud y présente ses *Remarques sur un cas de névrose obsessionnelle*. Première rencontre avec Ernest Jones. Création par Karl Abraham de la Société psychanalytique de Berlin. La Société psychologique du mercredi devient la Société psychanalytique de Vienne.

Annexion de la Bosnie-Herzégovine par l'Autriche.

Début du mouvement cubiste.

1909. Le pasteur Oskar Pfister rend visite à Freud à Vienne. Voyage aux États-Unis avec Jung et Ferenczi. Conférence de Freud à la Clark University de Worcester.

Paul Claudel publie L'Otage.

1910. Début de l'analyse de Sergueï Pankejeff (« l'homme aux loups »). Publication d'*Un souvenir d'enfance de Léonard de Vinci*. Fait l'analyse de Mahler en quelques heures, au cours d'une promenade avec lui dans les rues de Leyde. Voyage en Sicile avec Ferenczi. Publication des *Cinq leçons sur la psychanalyse*.

IIe Congrès international de psychanalyse à Nuremberg organisé par Jung. Ferenczi, avec l'accord de Freud, propose la création d'une organisation internationale (l'IPA). Jung en est élu président.

Mort de Tolstoï et de Mark Twain. Richard Strauss compose Le Chevalier à la rose.

1911. Mort de Daniel Paul Schreber. Freud analysera le cas et le publiera sous le titre *Remarques psychanalytiques sur l'autobiographie d'un cas de paranoïa*, à travers l'ouvrage de Schreber, *Mémoires d'un névropathe*.
Démission d'Adler. IIIe Congrès de l'IPA à Weimar auquel Lou Andreas-Salomé participe. Sabina Spielrein présente à la Société viennoise de psychanalyse ses thèses sur l'instinct de mort qui seront reprises par Freud.
Seconde crise franco-allemande à propos du Maroc.

1912. Parution de la revue *Imago*, consacrée à la psychanalyse appliquée, sous la direction de Freud, Rank et Sachs. Avec l'accord de Freud, Jones crée un Comité secret pour veiller à la diffusion de la cause psychanalytique. Autre voyage de Freud à Rome. Arrivée à Vienne de Lou Andreas-Salomé qui participera aux réunions de la Société viennoise jusqu'au printemps 1913.
Jones passe deux mois à Budapest pour faire son analyse avec Ferenczi puis s'installe à Londres.
Première guerre balkanique.
Paul Claudel publie L'Annonce faite à Marie *et Thomas Mann* Der Tod in Venedig (*La Mort à Venise*).

1913. Rupture définitive avec Jung. Freud commence à écrire *Pour introduire le narcissisme* et rédige une préface à *Totem et tabou* paru l'année précédente.
IVe Congrès de l'IPA à Munich. Jung démissionne de ses fonctions et l'Association psychanalytique de Zurich est dissoute. Jones fonde la Société psychanalytique de Londres.
Première réunion du Comité secret. Freud offre à ses disciples une intaille grecque montée en anneau.
Deuxième guerre balkanique.
Marcel Proust publie À la recherche du temps perdu. *Stravinski compose* Le Sacre du printemps *et Apollinaire écrit* Alcools.

1914. Freud publie la première étude *Sur l'histoire du mouvement psychanalytique* et, anonymement, dans la revue *Imago, Le Moïse de Michel-Ange.*
Jung quitte l'IPA.
28 juin : assassinat de l'archiduc François-Ferdinand.
28 juillet : déclaration de guerre de l'Autriche à la Serbie.

31 juillet : assassinat de Jean Jaurès.
1er août : déclaration de guerre de l'Allemagne à la France.

1915. Freud compose plusieurs essais de métapsychologie : *Pulsions et destins de pulsions*, *Le Refoulement*, *L'Inconscient*, *Deuil et mélancolie*, et *Actuelles sur la guerre et la mort*.
Georg Groddeck adhère à la Société psychanalytique de Vienne.

1916. *Mort de l'empereur François-Joseph.*
Romain Rolland reçoit, au titre de l'année 1915, le prix Nobel de littérature. Paul Claudel rédige Le Père humilié.

1917. Freud publie *Deuil et mélancolie* et *Introduction à la psychanalyse*.
4 avril : entrée en guerre des États-Unis.
Octobre : révolution bolchevique en Russie.

1918. Freud publie *Extrait de l'histoire d'une névrose infantile* (« l'homme aux loups »).
Fondation par Anton von Freund de la Société d'édition *Verlag*. Ve Congrès de l'IPA à Budapest.
11 novembre : fin de la Première Guerre mondiale.
12 novembre : proclamation de la République en Autriche.

1919. Freud rédige *Au-delà du principe de plaisir* et *On bat un enfant*.
Jones dissout la Société psychanalytique de Londres et fonde la Société britannique de psychanalyse. Oskar Pfister fonde la Société suisse de psychanalyse. Suicide de Viktor Tausk. Ferenczi obtient la première chaire d'enseignement de la psychanalyse.
Insurrection en Hongrie. Bela Kun proclame la République des Conseils.
28 juin : traité de Versailles.
10 septembre : traité de Saint-Germain-en-Laye qui prend acte du démembrement de l'Autriche-Hongrie en cinq États : Autriche, Hongrie, Tchécoslovaquie, Roumanie, Yougoslavie.
Bergson publie L'Énergie spirituelle.

1920. Mort d'Anton von Freund, ami proche de Freud et mécène.
Sophie, la deuxième fille de Freud, meurt à vingt-sept ans de la grippe espagnole.
Freud achève la rédaction de *Psychologie des masses et analyse du moi*.

Création de la Polyclinique de Berlin et de l'Institut psychanalytique de Berlin par Max Eitingon. Berlin devient le lieu de formation de tous les pionniers du freudisme.
VIe Congrès de l'IPA à La Haye.

1921. Publication de *Psychologie des masses et analyse du moi.* Freud achève la rédaction (avec Ferenczi) de *Psychanalyse et télépathie.*
Melanie Klein s'installe à Berlin.

1922. VIIe Congrès de l'IPA à Berlin.
Début de la dictature de Mussolini en Italie.

1923. Premières manifestations du cancer de la mâchoire. Freud subit une intervention pour une tumeur de la mâchoire supérieure et du palais. Son médecin, Felix Deutsch, lui cache la nature de sa maladie. Début de la correspondance de Freud avec Romain Rolland. Mort de Heinerle, petit-fils préféré de Freud, second fils de sa fille Sophie. Opération de la mâchoire en automne. Il devra désormais porter une prothèse qu'il appellera « le monstre ». Il subira dans les années suivantes plus de trente opérations. Il publie *Le Moi et le Ça.*
Otto Rank publie *Le Traumatisme de la naissance.* Première diffusion, sur le continent sud-américain, des œuvres de Freud en espagnol.
À Munich, tentative ratée de putsch par Hitler.

1924. Rupture avec Otto Rank. Début du grand débat sur la psychanalyse d'enfants qui oppose Melanie Klein et Anna Freud.
VIIIe Congrès de l'IPA à Salzbourg.
Mort de Lénine.
Thomas Mann publie La Montagne magique.

1925. Freud publie son autobiographie, sa *Selbstdarstellung,* d'abord traduite sous le titre *Ma vie et la psychanalyse,* et ensuite *Sigmund Freud présenté par lui-même.* Theodor Reik, membre non médecin de la Société psychanalytique de Vienne, se voit interdire l'exercice de l'analyse en vertu d'une ancienne loi autrichienne réprimant le « charlatanisme ». Intervention énergique de Freud auprès de l'administration viennoise. Publication de *Inhibition, symptôme et angoisse* et de *La Négation.* Mort de Josef Breuer.

IXe Congrès de l'IPA à Bad-Hombourg au cours duquel Max Eitingon définit les règles de l'analyse didactique. Marie Bonaparte se rend à Vienne pour entreprendre une analyse avec Freud. Mort de Karl Abraham. Création de la première Société italienne de psychanalyse.
Eisenstein tourne Le Cuirassé Potemkine. *Publication de* Mein Kampf *d'Adolf Hitler.*

1926. Einstein rend visite à Freud. Publication de *La Question de l'analyse profane.*
Création de la Société psychanalytique de Paris. Projection à Berlin du film de Pabst *Les Mystères de l'âme.*

1927. Le Comité est dissous. Freud travaille à la rédaction de *L'Avenir d'une illusion.*
Xe Congrès de l'IPA à Innsbruck.
Soulèvement socialiste à Vienne.

1928. *Flemming découvre la pénicilline.*
André Breton et Louis Aragon célèbrent le cinquantenaire de l'hystérie qu'ils qualifient de « plus grande découverte poétique de la fin du siècle ». Bertolt Brecht monte L'Opéra de quat'sous.

1929. Freud publie *Malaise dans la civilisation.* Max Schur devient son médecin personnel.
Création de l'Institut psychanalytique de Francfort. XIe Congrès de l'IPA à Oxford.
Début de la crise économique mondiale.

1930. Freud reçoit le prix Goethe à Francfort. C'est sa fille, Anna, qui se rend en Allemagne et qui lit le discours qu'il a préparé. La mère de Freud, Amalia, meurt à l'âge de quatre-vingt-quinze ans. Freud collabore avec l'ambassadeur américain, William Bullitt, à la rédaction du livre *Le Président Thomas Woodrow Wilson* qui ne sera publié qu'en 1967.
Musil publie L'Homme sans qualités.

1931. *Proclamation de la République en Espagne.*

1932. Freud rédige les *Nouvelles conférences sur la psychanalyse.*
XIIe Congrès de l'IPA à Wiesbaden, qui sera le dernier à se tenir en Allemagne.
Dollfuss est nommé chancelier en Autriche. Salazar prend le pouvoir au Portugal.

1933. Les nazis brûlent les livres de Freud à Berlin. La psychanalyse

est qualifiée à Berlin de « science juive ». Mort de Sandor Ferenczi. Max Eitingon quitte l'Europe pour la Palestine. Émigration massive des psychanalystes allemands. Ils seront suivis par les Autrichiens et les Hongrois.
Hitler devient chancelier du Reich.

1934. XIIIe Congrès de l'IPA à Lucerne.
Assassinat de Dollfuss en Autriche.

1935. Les membres juifs de la Société psychanalytique d'Allemagne sont contraints de démissionner. Exécution du psychanalyste allemand John Rittmeister par les nazis pour sa participation au réseau de résistance l'Orchestre rouge.
Vote des lois raciales de Nuremberg.
Exposition surréaliste à Prague.

1936. Récidive du cancer de Freud.
XIVe Congrès de l'IPA à Marienbad.
Thomas Mann publie Freud et la pensée moderne. *Picasso peint* Guernica.

1937. Mort de Lou Andreas-Salomé. Freud publie *Analyse finie et analyse infinie.*

1938. Freud quitte Vienne, avec sa femme et sa fille Anna, grâce à l'intervention de William Bullitt et à la rançon payée par Marie Bonaparte. Ils s'installent à Londres au 20 Maresfield Gardens. Salvador Dalí lui rend visite et fait son portrait. Freud publie une partie de *L'Homme Moïse et la religion monothéiste.*
XVe Congrès de l'IPA à Paris.
Premières lois antisémites en Italie. Les psychanalystes juifs émigrent.
Rattachement de l'Autriche à l'Allemagne (Anschluss).

1939. Parution de la fin de *L'Homme Moïse et la religion monothéiste.* 23 septembre : mort de Freud à trois heures du matin. À sa demande, Max Schur lui a injecté une forte dose de morphine.
1er septembre : invasion de la Pologne par Hitler.
Jean-Paul Sartre publie La Nausée.

RÉFÉRENCES BIBLIOGRAPHIQUES

ŒUVRES COMPLÈTES DE FREUD

Œuvres complètes [*O.C.*], sous la direction de Jean Laplanche, PUF, 21 vol., 1988-2006.
En allemand : *Gesammelte Werke* [*G.W.*], 18 vol., Londres, Imago Publishing, 1940-1950 ; Francfort, Fisher Verlag.
En anglais : *Standard Edition* [*S.E.*], traduction de James Strachey, 24 vol., Londres, The Hogarth Press, 1954-1974.

ŒUVRES

Abrégé de psychanalyse, traduction d'Anne Berman, PUF, 1949.
La Technique psychanalytique, traduction d'Anne Berman, PUF, 1953.
Cinq psychanalyses, traduction de Marie Bonaparte et Rudolph Loewenstein, PUF, 1954.
Études sur l'hystérie, avec Josef Breuer, traduction d'Anne Berman, PUF, 1956.
La Naissance de la psychanalyse, traduction d'Anne Berman, PUF, 1956.
L'Interprétation des rêves, traduction d'Ignace Meyerson, révisée par Denise Berger, PUF, 1967, 1999.
Inhibition, symptôme et angoisse, traduction de Michel Tort, PUF, 1968.
La Vie sexuelle, traduction de Denise Berger et Jean Laplanche, PUF, 1969.

Malaise dans la civilisation, traduction de Ch. et J. Odier, PUF, 1971.
L'Avenir d'une illusion, traduction de Marie Bonaparte, PUF, 1971.
Névrose, psychose et perversion, sous la direction de Jean Laplanche, PUF, 1973.
L'Homme aux rats — Journal d'une analyse, traduction d'Elza Ribeiro Hawelka, PUF, 1974.
Contribution à la conception des aphasies, traduction de Claude Van Reeth, PUF, 1983.
Nouvelles conférences d'introduction à la psychanalyse, traduction de Rose-Marie Zeitlin, Gallimard, 1984.
Sigmund Freud présenté par lui-même, traduction de Fernand Cambon, Gallimard, 1984.
Résultats, idées, problèmes, sous la direction de Jean Laplanche, PUF, 2 vol., 1984-1985.
La Question de l'analyse profane, traduction de Janine Altounian, André et Odile Bourguignon, Pierre Cotet et Alain Rauzy, Gallimard, 1985.
L'Inquiétante Étrangeté, traduction de Bertrand Féron, Gallimard, 1985.
L'Homme Moïse et la religion monothéiste, traduction de Cornélius Heim, Gallimard, 1986.
Le Délire et les rêves dans la Gradiva *de W. Jensen*, traduction de Paule Arhex et Rose-Marie Zeitlin, Gallimard, 1986.
Vue d'ensemble des névroses de transfert, traduction de Patrick Lacoste, Gallimard, 1986.
Trois essais sur la théorie sexuelle, traduction de Philippe Koeppel, Gallimard, 1987.
Sur le rêve, traduction de Cornélius Heim, Gallimard, 1988.
Le Mot d'esprit et sa relation à l'inconscient, traduction de Denis Messier, Gallimard, 1988.
Sur l'histoire du mouvement psychanalytique, traduction de Cornélius Heim, Gallimard, 1991.
Sur la psychanalyse — Cinq conférences, traduction de Cornélius Heim, Gallimard, 1991.
Un souvenir d'enfance de Léonard de Vinci, traduction de Janine Altounian, André et Odile Bourguignon, Pierre Cotet et Alain Rauzy, Gallimard, 1991.
Le Président Thomas Woodrow Wilson, portrait psychologique, avec

W.C. Bullitt, Albin Michel, 1967, « Petite Bibliothèque Payot », 2005.

CORRESPONDANCE

Correspondance (1873-1939), traduction d'Anne Berman et Jean-Pierre Grossein, Gallimard, 1966.

Correspondance avec Oskar Pfister (1909-1939), traduction de Lily Jumel, Gallimard, 1966.

Correspondance avec Karl Abraham (1907-1926), traduction de Fernand Cambon et Jean-Pierre Grossein, Gallimard, 1969.

Correspondance avec Lou Andreas-Salomé (1912-1936), traduction de Lily Jumel, Gallimard, 1970.

Correspondance avec Arnold Zweig (1927-1939), traduction de Luc Weibel et Jean-Claude Gehrig, Gallimard, 1973.

Lettres de jeunesse, traduction de Cornélius Heim, Gallimard, 1990.

Correspondance avec Carl Gustav Jung (1906-1914), édition de William McGuire, traduction de Ruth Fivaz-Silbermann, Gallimard, 1992.

Correspondance avec Sandor Ferenczi, traduction du Groupe du Coq Héron, Calmann-Lévy, 1996 et 2000.

Correspondance avec Ernest Jones, traduction de Pierre-Emmanuel Dauzat, PUF, 1998.

Correspondance Sigmund Freud et Romain Rolland (1923-1936), Henri Vermorel, Madeleine Vermorel, PUF, 1993.

BIBLIOGRAPHIE GÉNÉRALE

ANDERSSON, Ola, *Freud avant Freud : la préhistoire de la psychanalyse (1886-1896),* Les Empêcheurs de penser en rond, 1997.

ANDREAS-SALOMÉ, Lou, *Lettre ouverte à Freud*, traduction de Dominique Miermont, Seuil, 1987-2000.

– *Correspondance avec Sigmund Freud (1912-1936)* suivi de *Journal d'une année (1912-1913),* traduction de Lily Jumel, Gallimard, « Connaissance de l'inconscient », 1970.

ANZIEU, Didier, *L'Auto-analyse de Freud et la découverte de la psychanalyse*, PUF, 1988.

BABIN, Pierre, *Sigmund Freud : un tragique à l'âge de la science*, Gallimard, 1990.

BALMARY, Marie, *L'Homme aux statues. Freud et la faute cachée du père*, Grasset, 1979, 1994.

BINSWANGER, Ludwig, *Analyse existentielle et psychanalyse freudienne : discours, parcours de Freud*, traduction de Roger Lewinter, Gallimard, 1981.

BOURGERON, Jean-Pierre, *Marie Bonaparte et la psychanalyse*, Genève, Éditions Slatkine, 1993.

CLÉMENT, Catherine, *Pour Sigmund Freud*, Mengès, « Destins », 2005.

COBLENCE, Florence, *Sigmund Freud 1, 1886-1897*, PUF, 2000.

DENIS, Paul, *Sigmund Freud 3, 1905-1920*, PUF, 2000.

DERRIDA, Jacques, *Mal d'archive*, Galilée, 1995.

– *États d'âme de la psychanalyse*, Galilée, 2000.

DIDIER-WEILL, Alain, (sous la dir.) *Freud et Vienne*, Érès, 2004.

H. D., *Visage de Freud*, Denoël, 1977, traduit par Françoise de Gruson.

EISSLER, Kurt R., *Léonard de Vinci. Étude psychanalytique*, PUF, 1980, traduction de Sophie Mellor-Picaut.

ELLENBERGER, Henri, *Histoire de la découverte de l'inconscient* [1970], Fayard, 1994.

ENGELMAN, Edmund, *La Maison de Freud : Berggasse 19, Vienne*, Seuil, 1979.

FICHTL, Paula, *La Famille Freud au jour le jour : souvenir de Paula Fichtl*, PUF, 1991.

FLEM, Lydia, *La Vie quotidienne de Freud et de ses patients*, Hachette « Littératures », 1986.

– *L'Homme Freud : une biographie intellectuelle*, Seuil, 1985.

FREUD, Ernst, FREUD, Lucie, et GRUBRICH-SIMITIS, Ilse, *Sigmund Freud, lieux, visages, objets*, traduction d'Evelyne Senycer, Éditions Complexe/Gallimard, 1979.

GARDINER, Muriel, *L'Homme aux loups par ses psychanalystes et par lui-même*, traduction de Luc Weibel, Gallimard, 1981.

GAY, Peter, *En lisant Freud, explorations et divertissements*, PUF, 1995.

– *Freud, une vie*, traduction de Tina Jolas, Hachette « Littératures », 1991.

– *Un Juif sans Dieu : Freud, l'athéisme et la naissance de la psychanalyse*, Alain de Mijolla (dir.), traduction de Kim Tran, PUF, 1990.

GRAF, Max, *Le Cas Nietzche-Wagner*, Buchet-Chastel et L'Unebévue, traduction de François Dachet et Marc Dormex.

JACCARD, Roland, *Freud. Jugements et témoignages*, PUF, « Que sais-je ? », 1983.

JONES, Ernest, *La Vie et l'œuvre de Sigmund Freud*, PUF, 3 vol., 1958-1969, traduction d'Anne Berman (vol. I et II) et de Liliane Flournoy (vol. III).

KAHN, Laurence, *Sigmund Freud 2, 1897-1905*, PUF, 2000.

KOFMAN, Sarah, *L'Énigme de la femme : la femme dans les textes de Freud*, PUF, 1994.

KRÜLL, Marianne, *Sigmund, fils de Jacob*, traduction de Marielene Weber, Gallimard, 1983.

LE RIDER, Jacques, PLON, Michel, RAULET, Gérard, REY-FLAUD, Henri, *Autour du* Malaise dans la culture *de Freud*, PUF, 1998.

– *Freud, de l'Acropole au Sinaï*, PUF, 2002.

MAJOR, René, *De l'élection. Freud face aux idéologies américaine, allemande et soviétique*, Aubier, 1986.

– *Au commencement – La vie la mort*, Galilée, 1999.

– *La Démocratie en Cruauté*, Galilée, 2003.

MANNONI, Octave, *Freud*, Seuil, « Écrivains de toujours », 1968, 2001.

– *Fictions freudiennes*, Seuil, 1978.

MENAHEM, Ruth, *Sigmund Freud 4, 1920-1939*, PUF, 2000.

MEREJKOWSKI, Dmitri, *Le Roman de Léonard de Vinci*, traduction de M. Dumesnil de Gramont, Gallimard, 1934.

MIJOLLA, Alain de (sous la dir.), *Dictionnaire international de la psychanalyse*, Calmann-Lévy, 2002, Hachette « Littératures », 2005.

MINOR, Nata, *Le Chapeau de Monsieur Freud*, Grasset, 2004.

MOLNAR, Michael, *The Diary of Sigmund Freud (1929-1939). A Record of the Final Decade*, Londres, The Hogarth Press, 1992. *Chronique la plus brève. Carnets intimes*, annoté et présenté par Michael Molnar, Paris, Albin Michel, 1992.

MOREL, Pierre, BOURGERON, Jean-Pierre, ROUDINESCO, Elisabeth, *Au-delà du conscient. Histoire illustrée de la psychiatrie et de la psychanalyse*, Hazan, 2000.

OBHOLZER, Karin, *Entretiens avec l'homme aux loups*, traduction de Romain Dugas, Gallimard, 1981.

Les Premiers Psychanalystes. Minutes de la Société psychanalytique de Vienne, Gallimard, 4 vol., 1976-1983.

Rey-Flaud, Henri, *« Et Moïse créa les Juifs » — Le testament de Freud*, Aubier-Flammarion, 2006.

Ricœur, Paul, *De l'interprétation : essai sur Freud*, Seuil, 1965, 1995.

Robert, Marthe, *La Révolution psychanalytique : la vie et l'œuvre de Sigmund Freud*, Payot, 1989.

Rodrigué, Emilio, *Freud, le siècle de la psychanalyse*, 2 vol., Payot, 2000.

Roudinesco, Élisabeth, Plon, Michel, *Dictionnaire de la psychanalyse*, Fayard, 1997 et 2000.

Sartre, Jean-Paul, *Le Scénario Freud*, Gallimard, 1984.

Schapiro, Meyer, *Style, artiste et société*, Gallimard, 1982.

Schur, Max, *La Mort dans la vie de Freud*, traduction de Brigitte Bost, Gallimard, 1982.

Sulloway, Frank J., *Freud, biologiste de l'esprit*, traduction de Jean Lelaidier, Fayard, 1981, 1998.

Wittels, Fritz, *Freud, l'homme, la doctrine, l'école*, Alcan, 1929, PUF, 1999.

Yerushalmi, Yosef Hayim, *Le Moïse de Freud : judaïsme terminable et interminable*, traduction de Jacqueline Carnaud, Gallimard, 1993.

FILMOGRAPHIE

Sigmund Freud. L'invention de la psychanalyse, film documentaire en deux parties réalisé, pour Arte et France 3, par Élisabeth Kapnist, écrit par Élisabeth Roudinesco, produit par Françoise Castro (BFC productions), 1997.

NOTES

AVANT-PROPOS

1. Michel Foucault, *La Volonté de savoir*, Gallimard, 1976.

POURQUOI BRÛLER FREUD ?

1. Rapporté par S. Freud dans *The Diary of Sigmund Freud (1929-1939)*, Londres, The Hogarth Press, 1992, *Chronique la plus brève. Carnets intimes*, annoté et présenté par Michael Molnar, Paris, Albin Michel, 1992.

2. *Ibid.* [traduit par les auteurs].

3. S. Freud, *Le Mot d'esprit et sa relation à l'inconscient* [1905], Gallimard, 1988.

4. Lettre du 1er-2 février 1933 citée dans *The Diary of Sigmund Freud, op. cit.*

5. Lettre citée par Ernest Jones dans *La Vie et l'œuvre de Sigmund Freud*, PUF, 1958.

6. S. Freud, *L'Homme Moïse et la religion monothéiste* [1939], Gallimard, 1986.

7. Cité par Ernest Jones dans *La Vie et l'œuvre de Sigmund Freud, op. cit.*

8. *L'Homme Moïse et la religion monothéiste, op. cit.*

9. S. Freud et Arnold Zweig, *Correspondance (1927-1939)*, Gallimard, 1973.

10. S. Freud, *L'Homme Moïse et la religion monothéiste, op. cit.*

11. *In* Peter Gay, *Un Juif sans Dieu*, PUF, 1989 ; S. Freud, *Correspondance (1873 -1939)*, Gallimard, 1966.

12. Du 30-6-1939.

13. Cité par Ernest Jones dans *La Vie et l'œuvre de Sigmund Freud*, *op. cit.*

14. Cité par Max Schur dans *La Mort dans la vie de Freud*, Gallimard, 1975.

15. Édition du 14-7-1939.

16. Lettre anonyme en date du 26-5-1939, *Archives du Freud Museum*, Londres.

17. *Sigmund Freud Copyrights*, Wivenhoe (Angleterre).

18. *Ibid.*

19. Élisabeth Roudinesco a publié récemment la lettre complète, dans *Cliniques méditerranéennes*, n° 70, Éres, 2004.

20. Lettre du 4-3-1923, *in* S. Freud, *Correspondance (1873-1939)*, *op. cit.*

21. *Si nequeo Superos, Acheronta movebo*, tiré de Virgile, l'*Énéide* « Si je ne puis fléchir les dieux d'en haut, je mettrai en mouvement les puissances infernales de l'Achéron ».

22. Victor Klemperer, *LTI, La langue du IIIe Reich*, Albin Michel, 1996.

VIENNE FIN DE SIÈCLE

1. Stefan Zweig, *Le Monde d'hier. Souvenirs d'un Européen* [1948], traduction nouvelle de Serge Niemetz, Belfond, 1982, 1993.

2. *Ibid.*

3. In *Connaissance des Arts*, « Vienne 1900. Klimt, Schiele, Moser, Kokoschka », n° 259.

4. *Ibid.*

5. Comte de Saint-Aulaire, *François-Joseph*, Arthème Fayard, 1945.

6. Thomas Mann, *Sur le mariage. Lessing, Freud et la pensée moderne*, Mon Temps [1929], Aubier-Flammarion, 1970.

7. Thomas Mann, « Freud et l'avenir » [1936], *in* R. Jaccard, *Freud. Jugements et témoignages*, PUF, 1976.

PORTRAITS DE FAMILLE

1. S. Freud, *L'Interprétation des rêves* [1900], PUF, 1967.
2. *Ibid.*
3. S. Freud, *Œuvres complètes*, PUF, vol. IV. Préface à la troisième édition anglaise (Vienne, le 15 mars 1931), p. 23.
4. *Ibid.*, p. 18
5. Ernest Jones, *La Vie et l'œuvre de Sigmund Freud, op. cit.*
6. Lettre du 29-5-1918, *in Sigmund Freud et Karl Abraham, Correspondance (1907-1926)*, Gallimard, 1969.
7. S. Freud, *La Naissance de la psychanalyse*, PUF, 1956, Lettre du 3-10-1897.
8. *Ibid.*, Lettre du 21-9-1897.
9. « Analyse originelle », *in* Octave Mannoni, *Clefs pour l'imaginaire*, Seuil, 1969.
10. S. Freud, *La Naissance de la psychanalyse, op. cit.*, Lettre du 3-10-1897.
11. *Ibid.*, Lettre du 15-10-1897.
12. *Ibid.*, Lettre du 27-10-1897.
13. *Ibid.*, Lettre du 15-10-1897.
14. *Ibid.*

LES DOUBLES DE FREUD
EN LITTÉRATURE ET EN PHILOSOPHIE

1. S. Freud, *O.C.*, vol. XVIII, « Dostoïevski et la mise à mort du père » [1928], p. 223-224.
2. S. Freud, Lettre du 14-5-1922, in *Correspondance (1873-1939), op. cit.*
3. S. Freud, Lettre à Stefan Zweig du 19-10-1920, *ibid.*
4. S. Freud, *Le Délire et les rêves dans la* Gradiva *de W. Jensen* [1907], Gallimard, 1986.
5. Josef Breuer et Sigmund Freud, *Études sur l'hystérie* [1895], PUF, 1956.
6. S. Freud, *O.C.*, vol. XII, « Sur la psychologie du lycéen », p. 333-334.
7. *Ueber die Nature*, dans Fritz Wittels, « Freud und Goethe », *Psychoanalytische Bewegung*, II, Jahrgang, 1930.

8. Lettre du 16-6-1873. Prenant ce conseil à la lettre, Emil Fluss les conserva. Elles furent publiées dans Sigmund Freud, *Lettres de jeunesse*, Gallimard, 1990.

9. S. Freud, *Psychopathologie de la vie quotidienne* [1905], Gallimard, 1997.

10. *Sigmund Freud présenté par lui-même* [1925], Gallimard, 1984.

REVENANTS

1. S. Freud, *L'Interprétation des rêves* [1900], PUF, 1967 ; *O.C.*, vol. IV.

2. S. Freud, « L'hérédité et l'étiologie des névroses », in *La Revue neurologique III*, repris dans « Nouvelles remarques sur les psychonévroses de défense » [1896], in *Névrose, psychose et perversion*, PUF, 1973.

LES MAÎTRES EN QUESTION

1. Freud à Martha Bernays, 19 octobre et 8 novembre 1885, in *Correspondance (1873-1939), op. cit.*

2. S. Freud, *Lettres de jeunesse (1871-1881), op. cit.*

3. Lettre à Martha du 24-11-1885, in *Correspondance (1873-1939), op. cit.*

4. *The Complete Psychological Works of Sigmund Freud*, The Hogarth Press, 1962, vol. III, « Charcot » [1893], *Cahiers Confrontation*, n° 9, Aubier, 1983.

5. *Ibid.*

6. S. Freud, *« Le traitement psychique »* [1905].

7. S. Freud, *Contribution à la conception des aphasies* [1891], PUF, 1983.

8. *Sigmund Freud présenté par lui-même, op. cit.*

9. Josef Breuer et Sigmund Freud, *Études sur l'hystérie, op. cit.*

UN HEUREUX CONTRETEMPS

1. *Sigmund Freud présenté par lui-même, op. cit.*
2. *Ibid.*
3. *Ibid.*
4. S. Freud, *Sur l'histoire du mouvement psychanalytique*, Gallimard, 1991.
5. *Ibid.*
6. *Ibid.*
7. *Sigmund Freud présenté par lui-même, op. cit.*
8. *Ibid.*
9. Josef Breuer et Sigmund Freud, *Études sur l'hystérie, op. cit.*
10. S. Freud, *Gesammelte Werke*, Londres, Imago Publishing, 1948, Francfort, Fisher Verlag, 1948.
11. S. Freud, *Sur l'histoire du mouvement psychanalytique, op. cit.*
12. Celles notamment de Dora Edinger, Henri Ellenberger, Albrecht Hirschmuller, John Forrester, Élisabeth Roudinesco.
13. On trouvera une réfutation point par point de l'utilisation qui a pu être faite des documents en question dans l'ouvrage de René Major, *Au commencement — la vie la mort*, au chapitre « De "l'hystérie" de Freud », Galilée, 1999.
14. *Sigmund Freud présenté par lui-même, op. cit.*

LE CŒUR TENDU VERS LE SUD

1. Wilhelm Jensen, *Gradiva, fantaisie pompéienne* [1903], *in* Sigmund Freud, *Le Délire et les rêves dans la* Gradiva *de W. Jensen* [1907], *op. cit.*
2. *Ibid.* [traduction légèrement modifiée].
3. S. Freud, « Sur l'étiologie de l'hystérie », in *O.C.*, vol. III, p. 150.
4. *Ibid.*
5. S. Freud, *La Naissance de la psychanalyse, op. cit.*, Lettre du 27-8-1899.
6. *Ibid.*, Lettre à Fliess du 3-12-1897.
7. Suétone, *Vie des douze Césars.*
8. S. Freud, *La Naissance de la psychanalyse, op. cit.*
9. *Sigmund Freud présenté par lui-même, op. cit.*, Post-scriptum 1935.

10. S. Freud, « *Notre cœur tend vers le sud* », in *Correspondance de voyage 1895-1923*, Fayard, 2005.

11. S. Freud, *La Naissance de la psychanalyse, op. cit.*, Lettre à Fliess du 11-3-1902.

12. S. Freud, *O.C.*, vol. IV, p. 173 [traduction modifiée].

13. *Ibid.*

14. S. Freud, *La Naissance de la psychanalyse, op. cit.*, Lettre à Fliess du 11-3-1902.

15. S. Freud, *L'Interprétation des rêves, op. cit.*

16. S. Freud, *Correspondance de voyage 1895-1923, op. cit.*

17. S. Freud, *Un souvenir d'enfance de Léonard de Vinci* [1910], Gallimard, 1987.

18. Paru en français aux éditions Gallimard en 1934.

19. Meyer Schapiro, « Léonard et Freud », in *Style, artiste et société*, Gallimard, 1982.

20. S. Freud, *Un souvenir d'enfance de Léonard de Vinci, op. cit.*

21. *Ibid.*

22. S. Freud et Lou Andreas-Salomé, *Correspondance (1912-1936)*, Gallimard, 1970, Lettre du 9-2-1919.

23. S. Freud, *Un souvenir d'enfance de Léonard de Vinci, op. cit.*

24. *Ibid.*

THÉORIES SEXUELLES

1. S. Freud, *Névrose, psychose et perversion*, PUF, 1973, « Les souvenirs-écrans » [1899]. [La traduction est la nôtre.]

2. *Ibid.*

3. *Ibid.*

4. S. Freud, *La Naissance de la psychanalyse, op. cit.*

5. S. Freud, *Trois essais sur la théorie sexuelle* [1905], Gallimard, 1987.

6. S. Freud, in *La Vie sexuelle* [1910], PUF, 1969.

L'HOMME FREUD

1. Lettre à Martha du 26-8-1882, citée par Ernest Jones dans *The Life and Work of Sigmund Freud*, New York, Basic Books, 1953 [notre traduction].

2. S. Freud, *Correspondance (1873-1939)*, *op. cit.*

3. *Ibid.*

4. *In* Ernest Jones, *The Life and Work of Sigmund Freud*, *op. cit.* [notre traduction].

5. Lettre du 2-8-1882, *in* Ernest Jones, *The Life and Work of Sigmund Freud*, *op. cit.*

6. *Ibid.*

7. S. Freud, *Correspondance (1873-1939)*, *op. cit.*, Lettre du 15-11-1883.

8. *Ibid.*

9. *Ibid.*, Lettre du 21-2-1883.

10. Ernest Jones, *The Life and Work of Sigmund Freud*, *op. cit.* [notre traduction].

11. S. Freud, *Psychopathologie de la vie quotidienne*, Payot, 1923.

LE CERCLE DES PREMIERS DISCIPLES

1. Lettre de Ferenczi à Freud du 26-12-12 in *Correspondance, 1908-1914*, Calmann-Lévy, 1992.

2. Sigmund Freud et Karl Abraham, *Correspondance (1907-1926)*, *op. cit.*, Lettre du 21-6-1925.

3. Hanns Sachs, *Freud, mon maître et mon ami*, Denoël, 1977.

4. *In* Fritz Wittels, *Freud, l'homme, la doctrine, l'école* [1924], Alcan, 1929, PUF, 1999.

5. S. Freud, *Sur l'histoire du mouvement psychanalytique*, *op. cit.*

6. Sandor Ferenczi, « De l'histoire du mouvement psychanalytique », in *Psychanalyse* I, Payot, 1968.

7. S. Freud, *Sur la psychanalyse. Cinq conférences* [1910], Gallimard, 1991.

8. *Ibid.*

9. S. Freud, *Sur l'histoire du mouvement psychanalytique*, *op. cit.*

10. C. G. Jung, « Zur gegenwärtigen Lage der Psychotherapie », in *Zentralblatt für Psychotherapie*, 7, 1934 [notre traduction].

11. S. Freud et Lou Andreas-Salomé, *Correspondance (1912-1936)*, Gallimard, 1970.

12. Lou Andreas-Salomé, *L'Amour du narcissisme*, Gallimard, 1980.

13. Jeanne Lampl-de Groot, *Souffrance et jouissance*, Aubier, 1983.

14. Muriel Gardiner, *L'Homme aux loups par ses psychanalystes et par lui-même*, Gallimard, 1981.

15. Joseph Buttinger, *Le Précédent autrichien*, Gallimard, 1956.

16. Muriel Gardiner, *Le Temps de l'ombre*, Aubier, 1981.

17. Anna Freud, *Le Traitement psychanalytique des enfants*, PUF, 1951.

18. Freud-Ferenczi, *Correspondance*, Freud Collection, cité par Peter Gay, *Freud, une vie*, Hachette, 1991.

19. S. Freud et Oskar Pfister, *Correspondance (1909-1939)*, Gallimard, 1966.

HISTOIRES DE CAS

1. S. Freud, *L'Inquiétante étrangeté et autres essais* [1919], Gallimard, 1985.

2. *In* S. Freud, *Cinq psychanalyses*, PUF, 1954. Dans les *Œuvres complètes* publiées aux PUF, ces cinq analyses apparaissent dans la chronologie de leur première publication en allemand.

3. S. Freud, « Remarques sur un cas de névrose obsessionnelle » [1909], in *Cinq psychanalyses* et in *O.C.*, vol. IX ; *L'Homme aux rats, journal d'une analyse*, PUF, 1974.

4. S. Freud, *Cinq psychanalyses, op. cit.*, et *O.C., op. cit.*

5. S. Freud, « Analyse d'une phobie chez un petit garçon de cinq ans », in *Cinq psychanalyses, op. cit.*, et *O.C., op. cit.*

6. S. Freud, « La psychologie de la vie amoureuse », in *La Vie sexuelle, op. cit.*

7. S. Freud, *Cinq psychanalyses, op. cit.*, et *O.C., op. cit.*

8. S. Freud, *Névrose, psychose et perversion*, PUF, 1978.

PENDANT LA GUERRE

1. S. Freud, Lettre à Frederik van Eeden du 28-12-1914, in *Standard Edition, op. cit.* [notre traduction].

2. S. Freud, « Actuelles sur la guerre et la mort » [1915], in *O.C.*, vol. XIII, p. 157.

3. *Ibid.*, p. 131-132.

4. John M. Keynes, *The Economic Consequences of the Peace* [1920].

5. S. Freud, « Actuelles sur la guerre et la mort », *op. cit.*, p. 143.

6. Lettre d'Alexander Freud du 29-7-1914, Freud Museum, Londres.

7. Lettre de Rilke à Lou Andreas-Salomé du 9-9-1914, in *Correspondance*, Gallimard, 1980.

8. Thomas Mann, « Gedanken im Krieg », *Neue Rundschau*, novembre 1914.

9. S. Freud et Lou Andreas-Salomé, *Correspondance, op. cit.*

10. Lettre à Jones du 25-12-1914, *in* Ernest Jones, *The Life and Work of Sigmund Freud, op. cit.*

11. *Ibid.*

12. *O.C.*, vol. XI, p. 193.

13. S. Freud, *Totem et tabou, op. cit.* [traduction légèrement modifiée].

14. Lettres de Freud à Abraham et à Ferenczi, *in* Ernest Jones, *The Life and Work of Sigmund Freud, op. cit.*

15. Gallimard, 1986.

16. S. Freud, *O.C.*, vol. XVI, p. 37-38.

DER TOD

1. En référence à Thomas Mann, *Der Tod in Venedig (La Mort à Venise)*, qui rendit à Freud, à l'occasion de son quatre-vingtième anniversaire, en 1936, l'un des hommages les plus courageux.

2. Homère, *L'Odyssée*, Les Belles Lettres, 1925.

3. Dans la *Revue internationale d'histoire de la psychanalyse*, n° 5, 1992.

4. S. Freud, *O.C.,* vol. XVIII.

5. S. Freud, « Notre rapport à la mort », *O.C.,* vol. XIII, p. 146.

6. S. Freud, Lettre à Ferenczi du 4-2-1920, in *Correspondance (1873-1939), op. cit.*

7. Fritz Wittels, *Freud. L'homme, la doctrine, l'école*, Alcan, 1929, PUF, 1999.

8. Lettre du 18-12-1923 publiée, pour la première fois, par Ilse Grubrich-Simitis en 1987. Voir *O.C.*, vol. XVI, p. 355-365.

9. S. Freud, « Notre rapport à la mort », *O.C.*, vol. XIII.

10. S. Freud et Oskar Pfister, *Correspondance (1909-1939)*, Gallimard, 1966.

11. *Ibid.*

12. S. Freud, Lettre du 4-3-1923, *Correspondance (1873-1939)*, *op. cit.*

13. S. Freud et Karl Abraham, *Correspondance (1907-1926)*, *op. cit.*, Lettres du 21-6-1920.

14. *Ibid.*, Lettre du 4-7-1920.

15. S. Freud, *Le Moi et le Ça* [1923], in *O.C.*, vol. XVI, p. 299.

16. S. Freud et Karl Abraham, *Correspondance (1907-1926)*, *op. cit.*, Lettre du 21-7-1925.

17. Max Schur, *La Mort dans la vie de Freud*, Gallimard, 1975. Cet ouvrage rend très bien compte, entre autres, de l'évolution de la maladie de Freud.

LA VIE SANS ILLUSIONS

1. Heinrich Heine, *Allemagne, un conte d'hiver.*
2. S. Freud, *L'Avenir d'une illusion* [1927], in *O.C.*, vol. XVIII.
3. *Ibid.*
4. *Ibid.*
5. *Ibid.*
6. S. Freud et Oskar Pfister, *Correspondance (1909-1939)*, *op. cit.*
7. *Ibid.*, Lettre du 24-2-1928.
8. *Ibid.*, Lettre du 25-11-1928.
9. *Ibid.*, Lettre du 22-10-1927.

LE DROIT À LA PSYCHANALYSE

1. S. Freud, *La Question de l'analyse profane*, Gallimard, 1985.
2. Aux membres de l'association B'nai B'rith en date du 6 mai 1926, *in* S. Freud, *Correspondance (1873-1939)*, *op. cit.*
3. S. Freud, Lettre du 6-5-1926, in *Correspondance (1873-1939)*, *op. cit.*
4. S. Freud, *La Question de l'analyse profane*, *op. cit.*
5. *Ibid.*, p. 62.
6. *Ibid.*, p. 73.

7. *Ibid.*, p. 54.

8. *Ibid.*, p. 80.

9. Ilse Grubrich-Simitis, *Zurück zu Freud Texten*, Francfort, Fisher Verlag, 1993 ; *Freud : retour aux manuscrits*, PUF, 1997, et *O.C.*, vol. XVIII, p. 87-90.

10. S. Freud, *O.C.*, vol. XVIII, p. 90.

WARUM KRIEG ?

1. S. Freud, W. C. Bullitt, *Le Président Thomas Woodrow Wilson, portrait psychologique*, Albin Michel, 1967.

2. S. Freud, *O.C.*, vol. XVIII, p. 368.

3. Bullitt donne cette déclaration pour tout à fait crédible. Elle s'adressait à William McCombs, président du Comité démocratique national.

4. S. Freud, W. C. Bullitt, *Le Président Thomas Woodrow Wilson, portrait psychologique, op. cit.*

5. *Ibid.*

6. *Ibid.*

7. S. Freud, *Pourquoi la guerre ?*, *O.C.*, vol. XIX, p. 76-77.

LA TERRE IMPROMISE

1. S. Freud, « Une difficulté de la psychanalyse », in *L'Inquiétante étrangeté, op. cit.*

2. Citation de Goethe, *Faust*.

3. S. Freud, Lettre du 3-5-1936, *Correspondance (1873-1939), op. cit.*

4. Stefan Zweig, *La Guérison par l'esprit*, Stock, 1948.

5. S. Freud, Lettre du 7-2-1931, *Correspondance (1873-1939), op. cit.*

6. Lettre du 27-9-1936, in Ernest Jones, *The Life and Work of Sigmund Freud, op. cit.*

7. S. Freud, *L'Homme Moïse et la religion monothéiste, op. cit.* [c'est nous qui soulignons].

8. *Ibid.*

9. *Ibid.* [C'est nous qui soulignons.]

Remerciements

À Gérard de Cortanze, directeur de la collection, qui a bien voulu accepter que cette biographie de Freud mette l'accent sur la dimension politique, insuffisamment remarquée, de son œuvre.

À Jean-Paul Peton, lecteur profane mais éclairé, dont la lecture attentive et minutieuse nous aura été d'un recours irremplaçable.

Avant-propos 9
Pourquoi brûler Freud ? 13
Vienne fin de siècle 27
Portraits de famille 36
Les doubles de Freud en littérature et en philosophie 53
Revenants 63
Les maîtres en question 78
Un heureux contretemps 89
Le cœur tendu vers le sud 101
Théories sexuelles 134
L'homme Freud 149
Le cercle des premiers disciples 167
Histoires de cas 195
Pendant la guerre 219
Der Tod 239
La vie sans illusions 256
Le droit à la psychanalyse 265
Warum Krieg ? 276
La terre impromise 289

ANNEXES

Repères chronologiques 305
Références bibliographiques 318
Notes 324
Remerciements 335

FOLIO BIOGRAPHIES

Attila, par ÉRIC DESCHODT

Balzac, par FRANÇOIS TAILLANDIER

Jules César, par JOËL SCHMIDT

Cézanne, par BERNARD FAUCONNIER

James Dean, par JEAN-PHILIPPE GUERAND

Freud, par RENÉ MAJOR ET CHANTAL TALAGRAND

Gandhi, par CHRISTINE JORDIS

Billie Holiday, par SYLVIA FOL

Ibsen, par JACQUES DE DECKER

Kafka, par GÉRARD-GEORGES LEMAIRE

Louis XVI, par BERNARD VINCENT

Michel-Ange, par NADINE SAUTEL

Modigliani, par CHRISTIAN PARISOT

Pasolini, par RENÉ DE CECCATTY

Virginia Woolf, par ALEXANDRA LEMASSON

Stefan Zweig, par CATHERINE SAUVAT

À paraître en octobre 2006

Baudelaire, par JEAN-BAPTISTE BARONIAN

Jack Kerouac, par YVES BUIN

Picasso, par GILLES PLAZY

Shakespeare, par CLAUDE MOURTHÉ

COLLECTION FOLIO

Dernières parutions

4011.	George Sand	*La petite Fadette.*
4012.	Jorge Amado	*Le Pays du Carnaval.*
4013.	Alessandro Baricco	*L'âme d'Hegel et les vaches du Wisconsin.*
4014.	La Bible	*Livre d'Isaïe.*
4015.	La Bible	*Paroles de Jérémie-Lamentations.*
4016.	La Bible	*Livre de Job.*
4017.	La Bible	*Livre d'Ezéchiel.*
4018.	Frank Conroy	*Corps et âme.*
4019.	Marc Dugain	*Heureux comme Dieu en France.*
4020.	Marie Ferranti	*La Princesse de Mantoue.*
4021.	Mario Vargas Llosa	*La fête au Bouc.*
4022.	Mario Vargas Llosa	*Histoire de Mayta.*
4023.	Daniel Evan Weiss	*Les cafards n'ont pas de roi.*
4024.	Elsa Morante	*La Storia.*
4025.	Emmanuèle Bernheim	*Stallone.*
4026.	Françoise Chandernagor	*La chambre.*
4027.	Philippe Djian	*Ça, c'est un baiser.*
4028.	Jérôme Garcin	*Théâtre intime.*
4029.	Valentine Goby	*La note sensible.*
4030.	Pierre Magnan	*L'enfant qui tuait le temps.*
4031.	Amos Oz	*Les deux morts de ma grand-mère.*
4032.	Amos Oz	*Une panthère dans la cave.*
4033.	Gisèle Pineau	*Chair Piment.*
4034.	Zeruya Shalev	*Mari et femme.*
4035.	Jules Verne	*La Chasse au météore.*
4036.	Jules Verne	*Le Phare du bout du Monde.*
4037.	Gérard de Cortanze	*Jorge Semprun.*
4038.	Léon Tolstoï	*Hadji Mourat.*
4039.	Isaac Asimov	*Mortelle est la nuit.*
4040.	Collectif	*Au bonheur de lire.*

4041. Roald Dahl — *Gelée royale.*
4042. Denis Diderot — *Lettre sur les Aveugles.*
4043. Yukio Mishima — *Martyre.*
4044. Elsa Morante — *Donna Amalia.*
4045. Ludmila Oulitskaïa — *La maison de Lialia.*
4046. Rabindranath Tagore — *La petite mariée.*
4047. Ivan Tourguéniev — *Clara Militch.*
4048. H.G. Wells — *Un rêve d'Armageddon.*
4049. Michka Assayas — *Exhibition.*
4050. Richard Bausch — *La saison des ténèbres.*
4051. Saul Bellow — *Ravelstein.*
4052. Jerome Charyn — *L'homme qui rajeunissait.*
4053. Catherine Cusset — *Confession d'une radine.*
4055. Thierry Jonquet — *La Vigie.*
4056. Erika Krouse — *Passe me voir un de ces jours.*
4057. Philippe Le Guillou — *Les marées du Faou.*
4058. Frances Mayes — *Swan.*
4059. Joyce Carol Oates — *Nulle et Grande Gueule.*
4060. Edgar Allan Poe — *Histoires extraordinaires.*
4061. George Sand — *Lettres d'une vie.*
4062. Frédéric Beigbeder — *99 francs.*
4063. Balzac — *Les Chouans.*
4064. Bernardin de Saint Pierre — *Paul et Virginie.*
4065. Raphaël Confiant — *Nuée ardente.*
4066. Florence Delay — *Dit Nerval.*
4067. Jean Rolin — *La clôture.*
4068. Philippe Claudel — *Les petites mécaniques.*
4069. Eduardo Barrios — *L'enfant qui devint fou d'amour.*
4070. Neil Bissoondath — *Un baume pour le cœur.*
4071. Jonathan Coe — *Bienvenue au club.*
4072. Toni Davidson — *Cicatrices.*
4073. Philippe Delerm — *Le buveur de temps.*
4074. Masuji Ibuse — *Pluie noire.*
4075. Camille Laurens — *L'Amour, roman.*
4076. François Nourissier — *Prince des berlingots.*
4077. Jean d'Ormesson — *C'était bien.*
4078. Pascal Quignard — *Les Ombres errantes.*
4079. Isaac B. Singer — *De nouveau au tribunal de mon père.*
4080. Pierre Loti — *Matelot.*

4081.	Edgar Allan Poe	*Histoires extraordinaires.*
4082.	Lian Hearn	*Le clan des Otori, II : les Neiges de l'exil.*
4083.	La Bible	*Psaumes.*
4084.	La Bible	*Proverbes.*
4085.	La Bible	*Évangiles.*
4086.	La Bible	*Lettres de Paul.*
4087.	Pierre Bergé	*Les jours s'en vont je demeure.*
4088.	Benjamin Berton	*Sauvageons.*
4089.	Clémence Boulouque	*Mort d'un silence.*
4090.	Paule Constant	*Sucre et secret.*
4091.	Nicolas Fargues	*One Man Show.*
4092.	James Flint	*Habitus.*
4093.	Gisèle Fournier	*Non-dits.*
4094.	Iegor Gran	*O.N.G.!*
4095.	J.M.G. Le Clézio	*Révolutions.*
4096.	Andreï Makine	*La terre et le ciel de Jacques Dorme.*
4097.	Collectif	*« Parce que c'était lui, parce que c'était moi ».*
4098.	Anonyme	*Saga de Gísli Súrsson.*
4099.	Truman Capote	*Monsieur Maléfique* et autres nouvelles.
4100.	E. M. Cioran	*Ébauches de vertige.*
4101.	Salvador Dali	*Les moustaches radar.*
4102.	Chester Himes	*Le fantôme de Rufus Jones* et autres nouvelles.
4103.	Pablo Neruda	*La solitude lumineuse.*
4104.	Antoine de St-Exupéry	*Lettre à un otage.*
4105.	Anton Tchekhov	*Une banale histoire.*
4106.	Honoré de Balzac	*L'Auberge rouge.*
4107.	George Sand	*Consuelo I.*
4108.	George Sand	*Consuelo II.*
4109.	André Malraux	*Lazare.*
4110.	Cyrano de Bergerac	*L'autre monde.*
4111.	Alessandro Baricco	*Sans sang.*
4112.	Didier Daeninckx	*Raconteur d'histoires.*
4113.	André Gide	*Le Ramier.*
4114.	Richard Millet	*Le renard dans le nom.*
4115.	Susan Minot	*Extase.*
4116.	Nathalie Rheims	*Les fleurs du silence.*

4117.	Manuel Rivas	*La langue des papillons.*
4118.	Daniel Rondeau	*Istanbul.*
4119.	Dominique Sigaud	*De chape et de plomb.*
4120.	Philippe Sollers	*L'Étoile des amants.*
4121.	Jacques Tournier	*À l'intérieur du chien.*
4122.	Gabriel Sénac de Meilhan	*L'Émigré.*
4123.	Honoré de Balzac	*Le Lys dans la vallée.*
4124.	Lawrence Durrell	*Le Carnet noir.*
4125.	Félicien Marceau	*La grande fille.*
4126.	Chantal Pelletier	*La visite.*
4127.	Boris Schreiber	*La douceur du sang.*
4128.	Angelo Rinaldi	*Tout ce que je sais de Marie.*
4129.	Pierre Assouline	*État limite.*
4130.	Élisabeth Barillé	*Exaucez-nous.*
4131.	Frédéric Beigbeder	*Windows on the World.*
4132.	Philippe Delerm	*Un été pour mémoire.*
4133.	Colette Fellous	*Avenue de France.*
4134.	Christian Garcin	*Du bruit dans les arbres.*
4135.	Fleur Jaeggy	*Les années bienheureuses du châtiment.*
4136.	Chateaubriand	*Itinéraire de Paris à Jerusalem.*
4137.	Pascal Quignard	*Sur le jadis. Dernier royaume, II.*
4138.	Pascal Quignard	*Abîmes. Dernier Royaume, III.*
4139.	Michel Schneider	*Morts imaginaires.*
4140.	Zeruya Shalev	*Vie amoureuse.*
4141.	Frédéric Vitoux	*La vie de Céline.*
4142.	Fédor Dostoïevski	*Les Pauvres Gens.*
4143.	Ray Bradbury	*Meurtres en douceur.*
4144.	Carlos Castaneda	*Stopper-le-monde.*
4145.	Confucius	*Entretiens.*
4146.	Didier Daeninckx	*Ceinture rouge.*
4147.	William Faulkner	*Le Caïd.*
4148.	Gandhi	*La voie de la non-violence.*
4149.	Guy de Maupassant	*Le Verrou et autres contes grivois.*
4150.	D. A. F. de Sade	*La Philosophie dans le boudoir.*
4151.	Italo Svevo	*L'assassinat de la Via Belpoggio.*
4152.	Laurence Cossé	*Le 31 du mois d'août.*
4153.	Benoît Duteurtre	*Service clientèle.*
4154.	Christine Jordis	*Bali, Java, en rêvant.*
4155.	Milan Kundera	*L'ignorance.*
4156.	Jean-Marie Laclavetine	*Train de vies.*

4157. Paolo Lins — *La Cité de Dieu.*
4158. Ian McEwan — *Expiation.*
4159. Pierre Péju — *La vie courante.*
4160. Michael Turner — *Le Poème pornographe.*
4161. Mario Vargas Llosa — *Le Paradis — un peu plus loin.*
4162. Martin Amis — *Expérience.*
4163. Pierre-Autun Grenier — *Les radis bleus.*
4164. Isaac Babel — *Mes premiers honoraires.*
4165. Michel Braudeau — *Retour à Miranda.*
4166. Tracy Chevalier — *La Dame à la Licorne.*
4167. Marie Darrieussecq — *White.*
4168. Carlos Fuentes — *L'instinct d'Iñez.*
4169. Joanne Harris — *Voleurs de plage.*
4170. Régis Jauffret — *univers, univers.*
4171. Philippe Labro — *Un Américain peu tranquille.*
4172. Ludmila Oulitskaïa — *Les pauvres parents.*
4173. Daniel Pennac — *Le dictateur et le hamac.*
4174. Alice Steinbach — *Un matin je suis partie.*
4175. Jules Verne — *Vingt mille lieues sous les mers.*
4176. Jules Verne — *Aventures du capitaine Hatteras.*
4177. Emily Brontë — *Hurlevent.*
4178. Philippe Djian — *Frictions.*
4179. Éric Fottorino — *Rochelle.*
4180. Christian Giudicelli — *Fragments tunisiens.*
4181. Serge Joncour — *U.V.*
4182. Philippe Le Guillou — *Livres des guerriers d'or.*
4183. David McNeil — *Quelques pas dans les pas d'un ange.*
4184. Patrick Modiano — *Accident nocturne.*
4185. Amos Oz — *Seule la mer.*
4186. Jean-Noël Pancrazi — *Tout est passé si vite.*
4187. Danièle Sallenave — *La vie fantôme.*
4188. Danièle Sallenave — *D'amour.*
4189. Philippe Sollers — *Illuminations.*
4190. Henry James — *La Source sacrée.*
4191. Collectif — *« Mourir pour toi ».*
4192. Hans Christian Andersen — *L'elfe de la rose et autres contes du jardin.*

4193. Épictète — *De la liberté* précédé de *De la profession de Cynique.*
4194. Ernest Hemingway — *Histoire naturelle des morts* et autres nouvelles.
4195. Panaït Istrati — *Mes départs.*
4196. H. P. Lovecraft — *La peur qui rôde* et autres nouvelles.
4197. Stendhal — *Féder ou Le Mari d'argent.*
4198. Junichirô Tanizaki — *Le meurtre d'O-Tsuya.*
4199. Léon Tolstoï — *Le réveillon du jeune tsar* et autres contes.
4200. Oscar Wilde — *La Ballade de la geôle de Reading.*
4201. Collectif — *Témoins de Sartre.*
4202. Balzac — *Le Chef-d'œuvre inconnu.*
4203. George Sand — *François le Champi.*
4204. Constant — *Adolphe. Le Cahier rouge. Cécile.*
4205. Flaubert — *Salammbô.*
4206. Rudyard Kipling — *Kim.*
4207. Flaubert — *L'Éducation sentimentale.*
4208. Olivier Barrot/Bernard Rapp — *Lettres anglaises.*
4209. Pierre Charras — *Dix-neuf secondes.*
4210. Raphaël Confiant — *La panse du chacal.*
4211. Erri De Luca — *Le contraire de un.*
4212. Philippe Delerm — *La sieste assassinée.*
4213. Angela Huth — *Amour et désolation.*
4214. Alexandre Jardin — *Les Coloriés.*
4215. Pierre Magnan — *Apprenti.*
4216. Arto Paasilinna — *Petits suicides entre amis.*
4217. Alix de Saint-André — *Ma Nanie,*
4218. Patrick Lapeyre — *L'homme-soeur.*
4219. Gérard de Nerval — *Les Filles du feu.*
4220. Anonyme — *La Chanson de Roland.*
4221. Maryse Condé — *Histoire de la femme cannibale.*
4222. Didier Daeninckx — *Main courante* et *Autres lieux.*
4223. Caroline Lamarche — *Carnets d'une soumise de province.*
4224. Alice McDermott — *L'arbre à sucettes.*

4225. Richard Millet	*Ma vie parmi les ombres.*
4226. Laure Murat	*Passage de l'Odéon.*
4227. Pierre Pelot	*C'est ainsi que les hommes vivent.*
4228. Nathalie Rheims	*L'ange de la dernière heure.*
4229. Gilles Rozier	*Un amour sans résistance.*
4230. Jean-Claude Rufin	*Globalia.*
4231. Dai Sijie	*Le complexe de Di.*
4232. Yasmina Traboulsi	*Les enfants de la Place.*
4233. Martin Winckler	*La Maladie de Sachs.*
4234. Cees Nooteboom	*Le matelot sans lèvres.*
4235. Alexandre Dumas	*Le Chevalier de Maison-Rouge.*
4236. Hector Bianciotti	*La nostalgie de la maison de Dieu.*
4237. Daniel Boulanger	*Le tombeau d'Héraldine.*
4238. Pierre Clementi	*Quelques messages personnels.*
4239. Thomas Gunzig	*Le plus petit zoo du monde.*
4240. Marc Petit	*L'équation de Kolmogoroff.*
4241. Jean Rouaud	*L'invention de l'auteur.*
4242. Julian Barnes	*Quelque chose à déclarer.*
4243. Yves Bichet	*La part animale.*
4244. Christian Bobin	*Louise Amour.*
4245. Mark Z. Danielewski	*Les lettres de Pelafina.*
4246. Philippe Delerm	*Le miroir de ma mère.*
4247. Michel Déon	*La chambre de ton père.*
4248. David Foenkinos	*Le potentiel érotique de ma femme.*
4249. Eric Fottorino	*Caresse rouge.*
4250. J.M.G. Le Clézio	*L'Africain.*
4251. Gilles Leroy	*Grandir.*
4252. Jean d'Ormesson	*Une autre histoire de la littérature française I.*
4253. Jean d'Ormesson	*Une autre histoire de la littérature française II.*
4254. Jean d'Ormesson	*Et toi mon cœur pourquoi bats-tu.*
4255. Robert Burton	*Anatomie de la mélancolie.*
4256. Corneille	*Cinna.*
4257. Lewis Carroll	*Alice au pays des merveilles.*
4258. Antoine Audouard	*La peau à l'envers.*
4259. Collectif	*Mémoires de la mer.*

4260. Collectif — *Aventuriers du monde.*
4261. Catherine Cusset — *Amours transversales.*
4262. A. Corréard et H. Savigny — *Relation du naufrage de la frégate la* Méduse.
4263. Lian Hearn — *Le clan des Otori, III : La clarté de la lune.*
4264. Philippe Labro — *Tomber sept fois, se relever huit.*
4265. Amos Oz — *Une histoire d'amour et de ténèbres.*
4266. Michel Quint — *Et mon mal est délicieux.*
4267. Bernard Simonay — *Moïse le pharaon rebelle.*
4268. Denis Tillinac — *Incertains désirs.*
4269. Raoul Vaneigem — *Le chevalier, la dame, le diable et la mort.*
4270. Anne Wiazemsky — *Je m'appelle Élisabeth.*
4271. Martin Winckler — *Plumes d'Ange.*
4272. Collectif — *Anthologie de la littérature latine.*
4273. Miguel de Cervantes — *La petite Gitane.*
4274. Collectif — *«Dansons autour du chaudron».*
4275. Gilbert Keeith Chesterton — *Trois enquêtes du Père Brown.*
4276. Francis Scott Fitzgerald — *Une vie parfaite* suivi de *L'accordeur.*
4277. Jean Giono — *Prélude de Pan* et autres nouvelles.
4278. Katherine Mansfield — *Mariage à la mode* précédé de *La Baie.*
4279. Pierre Michon — *Vie du père Foucault — Vie de Georges Bandy.*
4280. Flannery O'Connor — *Un heureux événement* suivi de *La Personne Déplacée.*
4281. Chantal Pelletier — *Intimités* et autres nouvelles.
4282. Léonard de Vinci — *Prophéties* précédé de *Philosophie et aphorismes.*
4283. Tonino Benacquista — *Malavita.*
4284. Clémence Boulouque — *Sujets libres.*
4285. Christian Chaix — *Nitocris, reine d'Égypte T. 1.*
4286. Christian Chaix — *Nitocris, reine d'Égypte T. 2.*
4287. Didier Daeninckx — *Le dernier guérillero.*
4288. Chahdortt Djavann — *Je viens d'ailleurs.*
4289. Marie Ferranti — *La chasse de nuit.*

4290. Michael Frayn — *Espions.*
4291. Yann Martel — *L'Histoire de Pi.*
4292. Harry Mulisch — *Siegfried. Une idylle noire.*
4293. Ch. de Portzamparc/ Philippe Sollers — *Voir Écrire.*
4294. J.-B. Pontalis — *Traversée des ombres.*
4295. Gilbert Sinoué — *Akhenaton, le dieu maudit.*
4296. Romain Gary — *L'affaire homme.*
4297. Sempé/Suskind — *L'histoire de Monsieur Sommer.*
4298. Sempé/Modiano — *Catherine Certitude.*
4299. Pouchkine — *La Fille du capitaine.*
4300. Jacques Drillon — *Face à face.*
4301. Pascale Kramer — *Retour d'Uruguay.*
4302. Yukio Mishima — *Une matinée d'amour pur.*
4303. Michel Schneider — *Maman.*
4304. Hitonari Tsuji — *L'arbre du voyageur.*
4305. George Eliot — *Middlemarch.*
4306. Jeanne Benameur — *Les mains libres.*
4307. Henri Bosco — *Le sanglier.*
4308. Françoise Chandernagor — *Couleur du temps.*
4309. Colette — *Lettres à sa fille.*
4310. Nicolas Fargues — *Rade Terminus*
4311. Christian Garcin — *L'embarquement.*
4312. Iegor Gran — *Ipso facto.*
4313. Alain Jaubert — *Val Paradis.*
4314. Patrick Mcgrath — *Port Mungo.*
4315. Marie Nimier — *La Reine du silence.*
4316. Alexandre Dumas — *La femme au collier de velours.*
4317. Anonyme — *Conte de Ma'rûf le savetier.*
4318. René Depestre — *L'œillet ensorcelé.*
4319. Henry James — *Le menteur.*
4320. Jack London — *La piste des soleils.*
4321. Jean-Bernard Pouy — *La mauvaise graine.*
4322. Saint Augustin — *La Création du monde et le Temps.*
4323. Bruno Schulz — *Le printemps.*
4324. Qian Zhongshu — *Pensée fidèle.*
4325. Marcel Proust — *L'affaire Lemoine.*

Composition Bussière.
Impression Maury-Eurolivres 45300 Manchecourt, le 20 avril 2006.
Dépôt légal : avril 2006.
Numéro d'imprimeur : 60430.
ISBN 2-07-032090-1./Imprimé en France.

16067